J'AI RENDEZ-VOUS AVEC TOI

Lorraine Fouchet a perdu son père à dix-sept ans, juste après son bac. Elle est devenue médecin urgentiste pour sauver les papas des autres. Elle a travaillé pendant quinze ans au SAMU et à SOS Médecins, avant de se consacrer à l'écriture. Elle est l'auteur de vingt-deux romans, dont *Les Couleurs de la vie*, *Poste restante à Locmaria* et *Tout ce que tu vas vivre*. *Entre ciel et Lou*, paru aux éditions Héloïse d'Ormesson en 2016, a remporté le prix Bretagne/prix Breizh, le prix Ouest et le prix Système U. Elle vit entre les Yvelines et l'île de Groix.

Paru au Livre de Poche :

Les Couleurs de la vie

Entre ciel et Lou

J'ai failli te manquer

Poste restante à Locmaria

Tout ce que tu vas vivre

LORRAINE FOUCHET

J'ai rendez-vous avec toi

ÉDITIONS HÉLOÏSE D'ORMESSON

ISBN : 978-2-253-07774-9 – 1re publication LGF

Je dédie ce livre aux heures durant lesquelles
j'ai feuilleté les agendas de mon père de 1944 à 1974.
Je l'ai vu rire, souffrir, se battre,
écrire un roman, pleurer des amis,
tomber amoureux, s'engager,
rédiger ses Mémoires, vibrer.
J'ai lu la page de ma naissance.
Celle de sa mort. Et aussi la suivante.
Si vous pouviez en faire autant avec les agendas de quelqu'un
qui vous manque, vous chercheriez quelle page ?

Avant-propos

Il y a un an, tôt un dimanche, je suis allée à une brocante. Un couple âgé vendait des bibelots et des bouquins, j'ai reconnu la couverture de ton livre bleu. Avec ton nom au-dessus de ta photo et de quatre dates : Londres 1940, Varsovie 1945, Alger 1962, mai 1968. J'ai acheté ton livre un euro, papa. J'ai acheté tes souvenirs, tes mots, tes aventures, tes déchirements, tes espoirs et tes rêves un foutu euro.

Je ne t'ai connu que dix-sept ans. Tu mesurais un mètre quatre-vingt-quinze, tu es mort d'un infarctus un mois après mon bac. Tu avais publié un roman de jeunesse et deux livres de Mémoires, un bleu et un jaune, je n'avais lu aucun des trois. Je ne pouvais pas, j'étais bloquée, je me réservais pour plus tard, comme on garde exprès le dernier chocolat de la boîte. Je connaissais la couleur de tes chaussettes mais j'ignorais ton passé. Nous avions trouvé le temps de nous aimer, pas celui de nous parler.

Quarante ans après ta disparition, je t'ai lu. Enfin. Et j'ai décidé de retrouver les paroles perdues. Il y a tant de sujets qu'on n'a jamais abordés ensemble. Je suis allée aux Archives nationales et j'ai parcouru tous tes agendas, jusqu'au dernier, où tu prévoyais de me téléphoner le lendemain de ta mort. Puis j'ai reposé ta vie dans les boîtes numérotées.

C'était comme si je t'avais retrouvé dans une émission de téléréalité du genre : « Votre père vivait à trois kilomètres de chez vous et vous ne le saviez pas. » C'est un peu ça. Tu vivais dans ma bibliothèque, je n'avais qu'à allonger le bras !

Ce livre est un dialogue entre nous deux, mais ce pourrait être une conversation entre n'importe quels père et fille, parce que les liens qui unissent pères et filles sont universels, intemporels. Il n'est jamais trop tard. Les écrivains rembobinent le temps par un tour de passe-passe.

Pour ceux qui ne te connaissaient pas dans l'intimité, tu étais un homme politique imposant et sérieux. Pour moi, tu étais un papa souriant qui avait pour amis Charles de Gaulle, Saint-Exupéry, Alexandra David-Néel ou André Malraux. Un papa qui avait sur son bureau un téléphone, même pas rouge, réservé à l'Élysée. Un papa pour lequel je suis devenue urgentiste, ce qui m'a permis de réanimer les papas des autres. La veille de ta mort, tu m'as dit que médecin c'était le plus beau métier du monde. J'ai fait médecine à cause de cette dernière conversation que nous avons eue au téléphone. Heureusement que tu n'as pas dit mannequin, ça m'aurait privée pour la vie de moelleux au chocolat.

Genève, 11 août 1974

Le soleil de sa mort caracole, fier et impassible, dans le ciel d'été suisse. La semaine dernière, Christian a eu une trouille bleue. Après dix jours de vacances en famille à Évian, il a accompagné sa fille unique à la gare, qui rejoignait ses amis près de La Baule. Ils se sont chamaillés parce qu'elle n'avait pas emporté sa gabardine. Sa femme Colette et lui ont bouclé leurs valises pour rentrer à Paris en voiture. Soudain, il a ressenti une douleur dans la poitrine. Il est dur au mal, il a cru à un point de côté. La douleur, supportable au début, a empiré. Puis une main gigantesque lui a froissé le cœur. Son épouse a appelé un médecin. Il a été transporté d'urgence à l'hôpital cantonal de Genève en cardiologie. C'était un infarctus. Il a failli passer l'arme à gauche. Heureusement, le destin lui accorde une seconde chance. Sa grande carcasse est solide. Georges Pompidou est mort en avril, Duke Ellington en mai. Il n'a plus dix-huit ans comme le jeune Borg qui vient de remporter Roland-Garros, mais il a encore de l'avenir. Soixante-trois ans, c'est trop tôt pour mourir !

Christian se sent mieux aujourd'hui. Ce matin, il a papoté au téléphone avec ses deux sœurs et son petit frère, avec Gaston Palewski et André Malraux. Sa femme et sa collaboratrice Mme Gouineau sont venues en début d'après-midi. Le général de Gaulle, qu'il surnommait « le grand Charles », est mort il y a quatre ans. Il lui manque, c'était son ami. S'il l'avait vu pendant le trajet en ambulance d'Évian à Genève, sanglé sur cette civière dont son long corps dépassait ridiculement, le grand Charles aurait grommelé : « Vous et moi n'avons décidément pas la taille standard, Fouchet ! »

Ses cardiologues, le professeur M. et le docteur F., sont des types sérieux. Il leur a dédicacé ses deux livres de Mémoires. Il va bientôt sortir de l'hôpital, rentrer à Paris, retourner dans sa circonscription de Toul en Lorraine. Il a arrêté de fumer la pipe, il s'est mis au régime et à la natation. Il a acheté une forêt dans le Morbihan, il va y construire une maison. Il déborde de projets.

Dans son agenda, il inscrit les coups de fil qu'il a passés et les visites qu'il a reçues. À la date du 12 août, il note une seule chose : appeler sa fille. Il ne détache pas le pointillé de l'angle inférieur de la page, il le fera demain. Elle sera majeure en octobre, il lui a promis de l'emmener en voyage pour ses dix-huit ans. Il ne lui a pas dit où, ce sera une surprise ! Elle a vécu en France, au Danemark et en Angleterre, mais elle ne connaît ni la Pologne, ni les Indes, ni l'Algérie, ni le Tibet. Quand ils seront ensemble là-bas, il lui expliquera pourquoi il a choisi ces destinations.

Sa collaboratrice lui a apporté la presse, il saisit le premier journal de la pile. Le président américain Richard Nixon démissionne à la suite du scandale du Watergate. Il est en train de lire un mot tout simple, quand tout à coup, par une bizarre illusion d'optique, les lettres se mettent à danser la java devant ses yeux. Brutalement, comme l'autre soir, la main géante chiffonne son cœur et en fait une boule de papier, un brouillon inutile. Il ouvre la bouche mais aucun son ne sort. Ses mains se crispent sur son journal ouvert. C'est trop bête, c'est trop tôt, c'est tr…

Des ombres chaleureuses envahissent sa chambre d'hôpital. Ils sont là, ces disparus qu'il aimait, ses parents, ses trois frères aînés, Alexandra la voyageuse aux semelles de vent, Tonio et son Petit Prince, ses camarades aviateurs abattus en plein ciel. Ils sont là aussi, les déportés des camps d'extermination allemands situés en terre polonaise et les lépreux de Pondichéry. Ils sont là encore, les vivants, ces jeunes manifestants de Mai 68 sur lesquels il a choisi de ne pas faire tirer et qui construiront le monde de demain.

Son regard est rivé sur ces caractères d'imprimerie, sur cet ultime mot. Il est paralysé. Des discours, il en a prononcé des centaines dans sa vie, mais impossible d'appeler au secours.

C'est fichu, il le sait. Pourtant il n'a pas peur. Il est exactement 19 h 30. Le professeur M. et le docteur F.

arriveront trop tard. Sa femme Colette aussi, qui reviendra mais ne le trouvera plus. Quand sa fille était petite, elle lui faisait jurer chaque soir de ne jamais mourir. Il le lui promettait pour la rassurer. Pour la première fois, il va lui mentir.

Il rassemble le peu de forces qui lui restent. Grâce à un effort surhumain, il parvient à comprendre le sens du dernier mot qu'il lit. Et ce mot donne du sens aux victoires et aux défaites, aux vérités et aux mascarades, à l'honneur, aux batailles. Fichtre ! S'il n'en restait qu'un, ce serait celui-là, chic, imparable, incongru. Il esquisse un dernier sourire, parce que ce mot est…

Genève, 12 août 1974

S'il doit ne rester qu'un mot de ce mois d'août infernal et déchirant, c'est « gabardine ». Je n'en mettrai plus jamais. Je hais les gabardines, papa ! La mienne est bleu marine avec une ceinture et une double rangée de boutons. Quand tu m'as accompagnée à la gare d'Évian la semaine dernière, nous nous sommes disputés parce que je ne l'ai pas emportée. Tu avais peur que je prenne froid. Moi, je me trouvais trop petite fille dedans, pas sexy. J'avais envie de plaire à Guy et à Michel que je partais retrouver chez Sophie, je voulais être une femme fatale, pas une femme fœtale !

Nous aurions pu parler de l'essentiel, nous faire des confidences abyssales et déterminantes. Notre ultime conversation, que je me serais répétée comme un mantra, aurait rendu mon chagrin moins écrasant. Mais non, nous nous sommes engueulés à cause de cette stupide gabardine.

Le matin du 12 août, je me réveille toute légère. Je ne suis pas inquiète pour toi. Quand on a dix-sept ans, les papas ne meurent pas. Ils sont malades puis ils guérissent. J'ai eu mon bac C il y a un mois, l'école est finie, l'avenir est excitant. J'ai passé mon oral de rattrapage dans un lycée des Hauts-de-Seine. Mon ami Guy m'a accompagnée. J'ai tendu mon livret scolaire de Sainte-Marie de Neuilly. Le prof de maths a lu mon nom et froncé les sourcils.

— Fouchet ? Vous avez un lien de parenté avec le ministre ?

— C'est mon père.

Il m'a désigné le tableau. J'étais littéraire, pas matheuse, mais les classes scientifiques ouvraient toutes les portes et je comptais m'en sortir avec une moyenne potable. J'ai voulu démontrer le premier théorème.

— Je crois qu'on peut affirmer…

Il m'a coupé la parole, péremptoire :

— Vous croyez ? Il ne faut pas croire, il faut savoir ! On ne vous apprend rien dans vos écoles privées ! Les ministres non plus ne savent rien ! Je vous mets 4.

Je suis restée pétrifiée.

— Je ne continue pas ma démonstration ?

Il a secoué la tête. Je suis sortie sidérée, mouchée. Guy m'a réconfortée. Dans la foulée, j'ai brillamment raté l'oral de physique. Pourtant, le prof de physique était chaleureux, il essayait de me repêcher.

— Je suis sûr que vous savez. Souvenez-vous, faites un effort ! La physique est captivante, elle permet de comprendre l'univers et la vie. Vous avez assisté aux cours…

Je m'en voulais de ne pas être capable de lui répondre. Mon cerveau avait fait tilt. Il m'a mis 3, et franchement il m'a fait une fleur. J'ai quand même eu mon bac de justesse, sur le fil du rasoir, grâce à l'anglais, au français, à la philo, et grâce aux options russe et natation. Je ne t'ai raconté ni le prof de physique bienveillant qui aimait sa matière et les élèves, ni le prof de maths qui n'aimait ni les ministres ni les écoles privées. Ça aurait changé quoi ?

Je veux devenir écrivain comme tes copains Malraux, Mauriac et Maurois, mais tu m'as conseillé de faire d'abord des études. Alors j'ai choisi le droit, et tu m'as accompagnée à la faculté de Nanterre pour m'inscrire. Tu en avais posé la première pierre en 1963, tu y étais venu ministre de l'Intérieur en Mai 68, tu y es revenu père avec moi en juillet 1974. On t'a reconnu. Tu ne passes jamais inaperçu, avec ta stature. J'aurais préféré aller à Paris à la fac d'Assas, c'était moins loin en Solex, mais tu es éthiquement opposé aux passe-droits. Nous habitons le 92, je relève de Nanterre. Profiter de ta notoriété pour obtenir un privilège est impensable. Quand tu étais au gouvernement et que nous allions en vacances à Antibes chez ma grand-mère, si tu prenais un petit avion du GLAM, le groupe de liaisons aériennes ministérielles, il était inconcevable que nous y montions. Maman et moi descendions par la route tandis que tu fendais l'air, incorruptible et réglo.

Après mon bac, nous sommes partis à Évian, toi, maman et moi. Madeleine Renaud et Jean-Louis Barrault étaient dans notre hôtel, nous avons refait le monde tous les cinq ensemble. Jean-Louis avait ouvert le théâtre de l'Odéon aux étudiants en Mai, ça ne vous gênait pas. Il m'a dédicacé son livre *Souvenirs pour demain*, je l'ai dévoré en quelques jours. Toi aussi tu m'as offert tes Mémoires, je ne les ai pas dévorés, rien ne presse. Tu as toujours été là pour moi, tu le seras toujours. Je t'admire, je te contredis, je te provoque, je m'oppose à toi, je fais mon boulot d'ado. Tu es plus âgé que les pères de mes amies, tu ne skies pas, tu ne fais pas de jogging, tu as joué jeune au rugby mais tu m'as eue tard, tu avais déjà des cheveux blancs. Tu pourrais être mon grand-père. Quand tu étais ministre tu travaillais non-stop et j'allais à l'école. Maintenant nous allons avoir du temps pour nous !

Maman ne veut pas m'annoncer ta mort au téléphone, alors en ce fameux 12 août, elle me dit juste que ton état s'est aggravé, que tu demandes à me voir. Elle me prévient que tante Fafa vient en voiture pour me ramener à Paris d'où je m'envolerai pour Genève où tu es hospitalisé. En l'attendant, je me promène sur la plage de La Turballe avec Sophie et sa maman. Les voisins qui ont entendu l'annonce de ta mort à la radio s'approchent.

— Nous compatissons, toutes nos condoléances…

— Merci, dis-je poliment, sans comprendre de quoi il retourne.

Les gens s'adressent souvent à moi de façon étrange à cause de toi, je prends leurs mots pour une nouvelle bizarrerie d'adultes.

Dès que tante Fafa arrive, nous repartons. Je te crois encore vivant, tu me suis ? Je prépare des phrases magiques pour te raccommoder le cœur. Il est midi plein. J'allume la radio. Tante Fafa l'éteint. Je la rallume, j'entends : « Christian Fouchet, ancien ministre et baron du gaullisme, est mort hier d'un infarctus à Genève à soixante-trois ans. » Pendant tout le trajet, chaque heure, ils répéteront ton nom. Ma tante conduit. Je me tais. Je n'ai plus besoin de chercher les mots justes et parfaits pour te rassurer, tu ne pourras pas les entendre.

Autrefois, quand on construisait un mur de pierres sèches, on mettait un bâton au milieu, ça créait un trou où un oiseau pouvait faire son nid. J'ai fiché des tas de bâtons dans ma vie, tu te niches partout.

Je dîne et je dors avenue Bosquet chez oncle Jean-Raymond, ton petit frère, et tante Fafa. Ta sœur Colette est là, nous sommes proches. Elle a le même prénom que maman, tu surnommes maman Co et ta sœur Coco. Tout le monde est aux petits soins avec moi, pourtant je me sens gênée comme si j'étais en tort. Je suis sonnée, décalée, décapée. La différence entre le cinéma et la vie, c'est que dans les films on ne verrouille pas les portières des voitures, et dans la vie on meurt pour de vrai.

Il paraît que tu as cessé de respirer en lisant un journal, je ne sais même pas lequel. Qu'est-ce qui est mieux, mourir en lisant *Le Figaro*, *Le Monde*, *Le Parisien libéré*, *Le Canard enchaîné*, *L'Est républicain* ? J'espère que c'était un article passionnant, pas la rubrique nécrologique ni le programme télé.

Je m'envole pour Genève. Vos amis qui ont accueilli maman en catastrophe me laissent discrètement en tête à tête avec ta ravissante veuve de quarante-huit ans. Désormais nous ne serons plus trois mais deux. Tu étais le metteur en scène, tu t'es défilé. Nous avons beau connaître nos rôles par cœur, la magie ne fonctionne plus, le casting bat de l'aile. Paumées, nous nous étreignons dans une jolie chambre donnant sur le lac où il doit faire bon être heureux.

— Comment allez-vous ? lui dis-je, gauchement.

Je vouvoie maman. Beaucoup de mes cousins vouvoient leurs parents. J'en ai même que leurs parents vouvoient. Petite, je te disais « vous » à toi aussi. Puis, un jour, je suis passée au « tu » sans quêter ton approbation, comme si je pressentais que notre temps ensemble serait trop court pour que deux lettres de plus nous séparent.

J'ai l'impression que Dieu, là-haut, a éteint la lumière. Ton absence prend toute la place. Vos amis parlent bas comme s'ils risquaient de te réveiller. Tant que tu as été ministre, tu as tenu à avoir une voiture française. Après, tu as acheté une Volvo bleu ciel. Elle a une boîte automatique, maman ne sait pas la conduire, alors ton petit frère nous raccompagne. Tu n'es pas dans un petit avion du GLAM mais dans une boîte plombée. Nous roulons juste derrière toi. Tu ne montres pas ton passeport pour franchir la frontière, le type des pompes funèbres s'en charge. Nous nous arrêtons pour prendre de l'essence et boire un café. Tu n'as plus soif. Je me demande si pleurer dilue ou concentre.

Je n'ai pas de vêtements noirs. Maman m'emmène chez Franck et Fils rue de Passy. J'en ressors avec un kilt noir et blanc et un pantalon noir. Le jaune canari de mon Solex est la seule couleur du décor.

Maman donne tes vêtements à une œuvre, casquettes de tweed, costumes classiques, cravates unies ou club, chemises blanches, chandails marine ou gris, classiques chaussures anglaises à lacets type brogues, et ta fameuse paire de mocassins Weston, summum de la modernité, dont tu étais fier comme un gosse. Des inconnus enfilent tes pantalons, boutonnent tes chemises, coiffent tes casquettes, se promènent les mains dans tes poches, se réchauffent grâce à tes chandails. Je ne t'ai jamais vu en tee-shirt, ni en jean, ni en jogging, ni en baskets. Je t'ai connu en smoking, en grand uniforme d'ambassadeur, en costume-cravate, en chemise au col ouvert avec un foulard l'été, en pyjama rayé la nuit. Immense, souriant, baraqué, jamais malade, solide comme un roc. Le roc s'est effondré d'un coup, le ciel nous est tombé sur la cafetière. Tu as soixante-trois ans pour l'éternité. Tu es magnifique, superbe, imposant, élégant. Et aussi mort qu'un corps-mort dans un port breton. Tu n'auras jamais de cancer ni la maladie d'Alzheimer, jamais de déambulateur ni de dentier ni de couches.

Tu m'as dit que médecin était le plus beau métier du monde, je prends ça comme un devoir de mémoire. Les inscriptions en fac de médecine sont closes. Je sollicite un rendez-vous avec le doyen. Il me l'accorde par égard pour toi. C'est un passe-droit, je sais, je transgresse ta sacro-sainte règle. À qui la faute ? Viens donc m'en empêcher ! Par défi, je demande au doyen de m'inscrire au CHU Necker Enfants Malades, parce que c'est le plus difficile, donc le plus désirable. Il accepte par compassion, je lis dans ses yeux que je vais me rétamer.

Dans le carnet du jour du *Figaro*, maman ne veut pas de fleurs mais des dons à adresser à la Fondation Anne-de-Gaulle. Ta messe d'enterrement est à Neuilly, avenue Charles-de-Gaulle, ça ne s'invente pas. Nous t'accompagnons au cimetière. Le prêtre me tend un missel pour que je lise un texte sur ta tombe. Je le découvre pendant le trajet en corbillard. Au dernier moment, je flanche et je le refile à ma cousine Flo qui me sauve la mise et le lit à ma place. J'y repense aujourd'hui quand je réponds aux questions de journalistes ou que je fais une conférence. Il y a parfois une infime seconde où tout peut basculer, où j'ai la tentation folle de battre en retraite, de refiler le missel à Flo, de me cacher dans un trou de souris. Mais je serre les dents, j'entre dans l'arène. Je te dois bien ça, tu ne t'es jamais enfui, tu as fait face.

Flo, ta filleule, a appris ta mort par la télévision alors qu'elle était en vacances chez des amis en Corse. Mourir en été est une très mauvaise idée. Ne nous refais jamais ça !

Tu sais ce qui m'a le plus gênée au cimetière ? Le bruit de ta tête. Quelqu'un m'a soufflé : « Il faut détourner l'attention de votre mère quand on descendra le cercueil. Votre père est si grand qu'il n'entrait pas dans un cercueil courant. Le seul disponible était trop long, alors sa tête risque de taper contre le bord, il ne faut pas qu'elle l'entende. »

J'ai détourné l'attention de maman et on n'a rien entendu, mais le choc de ta tête contre le bois, même capitonné, a résonné dans mon cerveau en rythme comme un riff de guitare. Quand on couche une orchidée dans une boîte, on met du papier de soie pour la caler. Pourquoi ne pouvaient-ils pas te caler ? Je n'aime plus les orchidées.

Pour faire cesser ce bruit lancinant, je pars chez mon ami Michel dans l'Oise. Si j'avais été une gentille fille, je serais restée avec maman. Michel m'apprend à planter des clous dans des piquets pour construire une clôture, à mettre du vin en bouteilles et à faire une pause-café-saucisson à 11 heures du matin. Je prescris ce programme aux orphelins de fraîche date, ça change les idées

J'appelle ton bureau, il n'y a plus d'abonné. Personne ne va me répondre, mais j'insiste.

Je commence la fac de médecine, avec mes vêtements noirs, un loden vert, un carré Hermès. J'ai été en classe au Danemark, au Holy Trinity Convent en Angleterre, à l'Institut de La Tour dans le 16e, au lycée La-Folie-Saint-James et à Sainte-Marie de Neuilly. Je suis persuadée que tous les parents sont dans le *Bottin mondain* et dans le *Who's Who*. Quand mon voisin d'amphi marmonne : « Salut », je lui réponds naïvement : « Veuillez m'excuser, je crois qu'on ne nous a pas présentés ? » On en rigole encore aujourd'hui !

Je passe de la cocarde au caducée, je deviens une autre, une étudiante de PCEM 1 larguée qui va forcément redoubler sa première année. Nous sommes plus de mille pour cent cinquante places, les redoublants nous bombardent exprès de faux renseignements. Beaucoup d'étudiants habitent des chambres de bonne et travaillent pour payer leurs études, d'autres sont déjà mariés et ont des enfants. Je remise mon loden et mon foulard au placard, je mets des jeans et un caban. J'entame une mue.

Maman et moi recevons une avalanche de lettres de condoléances. Mon amie Nathalie ne m'écrit pas : « Je suis triste pour toi », mais : « Tu as eu de la chance d'avoir ce père-là pendant dix-sept ans. » Maman a fait imprimer une carte de remerciement et, par élégance, elle veut que nous rajoutions un mot manuscrit sur toutes. J'écris des centaines de remerciements variés, j'en ai des crampes dans le bras.

J'ai publié quinze romans, j'ai donc déjà fait quinze services de presse, je me suis assise quinze fois devant des piles de livres, chez mes éditeurs, pour les dédicacer à des centaines de journalistes dont beaucoup ne les ont même pas ouverts parce qu'ils en reçoivent trop. Je tiens, chaque fois, à leur écrire un mot personnel. Comme pour toi.

Ton deuxième enterrement a lieu à l'Assemblée

nationale le 2 octobre, quand Edgar Faure prononce ton éloge funèbre. La famille s'entasse dans une loge du Palais-Bourbon. Edgar a écrit un superbe discours : « Christian était l'un de ces hommes qui ne peuvent vivre que dans l'oxygène des certitudes », c'est beau mais tu ne respires plus et du coup je respire mal. « Il ne tentait pas l'impossible, il choisissait l'extraordinaire. » Ce jour-là, je découvre, sans toi, ce que tu as fait le 17 juin 1940. Je le savais sans le savoir, comme on court sans saisir le mécanisme qui propulse nos jambes.

« Par la stature, par la droiture, et cet air qu'il avait d'être perpétuellement sous les armes, il y avait du compagnon de la Table ronde chez Fouchet », écrit Frossard dans *Le Figaro*. Pour moi, tu étais juste un papa qui se levait au milieu du repas, posait son assiette sur sa tête, faisait le tour de la table, se rasseyait, continuait à manger. Qui se tordait de rire en écoutant le sketch de Bourvil : « L'alcool non, mais l'eau ferru, ferrugineuse, oui. » Qui imitait la voix si particulière de Sacha Guitry dans *Faisons un rêve* : « Ça y est, la voilà enfin, elle ouvre la portière du taxi, j'aperçois le pli de sa jupe… Ah merde, c'est un curé ! » Et qui déjeunait le jeudi (à l'époque, on avait école le mercredi mais pas le jeudi) avec mes amies et moi.

En écoutant Edgar raconter ton 17 juin, je me demande pourquoi tu ne m'en as jamais parlé. Parce que je ne t'écoutais pas ? Parce que tu ne m'en jugeais pas digne ? Parce que tu attendais que je grandisse ? Moi je ne pensais qu'aux soirées du samedi, aux rocks et aux slows, aux pantalons pattes d'éléphant, aux shetlands qui grattaient, à *Lady Marmalade*, *I Shot the Sheriff*, *Le Premier Pas* ou *Je suis venu te dire que je m'en vais*.

La chanson qui me fait craquer, encore aujourd'hui, c'est *Ma fille* de Serge Reggiani. « Ma fille, tu as vingt ans et j'attends le moment du premier rendez-vous, que tu me donneras chez toi ou bien chez moi ou sur une terrasse. » Dès que je l'entends, je me liquéfie. Pourtant je n'ai plus vingt ans, dans six ans j'aurai ton âge.

Dans mon troisième livre, *De toute urgence*, l'héroïne réanime son père qui fait un infarctus. J'ai coadapté le roman pour la télévision, France 2 a diffusé les deux épisodes en 2000. Mathilda May joue l'héroïne, son père est incarné par Jacques Boudet, qui a ensuite interprété de Gaulle en 2003 dans un téléfilm sur Jean Moulin. Le même acteur t'a donc joué toi avant d'incarner ton meilleur ami. Avec l'argent que j'ai gagné grâce à l'écriture du scénario, j'ai acheté un tableau de Serge Reggiani, *La Traversée de la vie*. C'était ma façon de prendre rendez-vous avec toi, « chez toi ou bien chez moi ou sur une terrasse »...

Ton troisième enterrement a lieu le 10 octobre aux Invalides, avec *Marseillaise*, *Chant des partisans* et sonnerie aux morts. La musique nous arrache la peau et nous cabosse le cœur. Nous te faisons honneur, nous sommes en grand deuil, le dos droit, fidèles. L'aumônier des Invalides nous reparle de ton 17 juin 1940. Alors tout le monde est au courant sauf moi ? À la sortie, la maman de mon ami Michel me dit : « C'est fou ce que le noir vous va bien, vous devriez en porter plus souvent ! »

Après ta disparition, j'ai faseyé comme une voile qui bat au vent. Au lieu de signer « Lorraine Fouchet », j'ai signé « Lorraine Christian Fouchet ». Avec le recul, c'est crétin, mais sur le moment, ça me réchauffait. Maman a perdu son père au même âge que moi, elle a imité son écriture et l'a faite sienne. J'ai gardé mon écriture de docteur, mais j'ai rajouté ton prénom au milieu de mon nom pour me sentir moins seule, pour m'effacer devant toi comme derrière la cape d'invisibilité d'Harry Potter. Puis je l'ai laissé glisser à terre, comme une cape inutile. Plus tard, j'ai accolé mentalement mon prénom aux noms des hommes que j'ai aimés. Finalement, j'ai gardé mon nom. Enfin, le tien. C'est-à-dire le nôtre.

J'ai aussi porté quelques mois ta plaque d'identité militaire avec les pointillés à découper en cas de décès. Tu l'avais fait monter en bracelet à Londres. Elle est toujours entière, pourtant tu n'es plus là.

Je ne t'ai pas vu, de mes yeux, mort. Ce qui me permet, les jours où le mistral souffle dans ma tête, de m'imaginer que tout ça n'est qu'une vaste supercherie, que tu as savamment orchestré ta disparition, que tu as recommencé ta vie à l'autre bout du monde, que tu vas te raviser et revenir. Si tu reviens, je rachèterai une gabardine, promis.

Maman a du cran, elle siège au comité central et

au conseil politique du RPR, elle est déléguée auprès des Français à l'étranger, elle écrit des articles dans des journaux. Elle renvoie les lettres administratives adressées à « Mme veuve » en spécifiant : « Je suis Mme Christian Fouchet, pas Mme veuve. Je n'ai pas besoin que vous me rappeliez que j'ai perdu mon mari, je le sais. »

Le conflit des générations rend la situation explosive. Un de vos amis, Maurice H., grand patron très respecté des Houillères de Lorraine, me dit un jour :

— Vous devriez obéir à votre mère. Si votre père était là...

Je deviens cramoisie et rétorque du tac au tac :

— Allez pousser vos wagonnets et laissez-moi tranquille !

J'ai cru qu'il allait avoir un infarctus. Comme toi.

Maman ne dort plus la nuit. Alors elle se lève et elle allume la lumière de ma chambre depuis l'interrupteur du couloir. Ça me réveille, je suis obligée de m'extirper de mon lit pour l'éteindre, maman n'est plus toute seule.

— Je n'arrive pas à dormir, me dit-elle.

— Moi je dormais très bien.

— Il n'y a aucune raison que tu dormes toi, si je ne dors pas moi !

Un jour, l'affrontement monte d'un degré.

— J'aurais préféré que tu meures toi, plutôt que ton père ! me lance-t-elle.

— J'aurais préféré que vous mouriez vous, plutôt que lui !

Les absents ont toujours raison, papa.

Tu te rappelles la seule fois où tu m'as giflée, enfant ? J'étais rentrée de l'école avec une histoire que je trouvais hilarante. « Pourquoi le général de Gaulle est une poule ? Parce qu'il pond… pidou et qu'il couve… de Murville. » C'était super drôle ! Tu m'en as retourné une, pâle de rage. J'en suis restée scotchée. Puis tu m'as serrée dans tes bras et j'ai compris que je t'avais fait de la peine. Mais c'était une bonne blague, avec le recul.

Si aujourd'hui je tape ton nom sur Facebook, je peux devenir amie avec quatre types qui s'appellent comme toi. Il y a un Christian Fouchet aux yeux baissés, un jeune New-Yorkais fan de groupes musicaux américains, un sexagénaire style bûcheron, et un internaute si discret qu'il faut montrer patte blanche : « Christian ne présente que certaines informations à tout le monde. Si vous connaissez Christian, invitez-le ou envoyez-lui un message. »

Tu as eu un dernier enterrement à la cathédrale de Toul, en tant que député de Meurthe-et-Moselle. Tu n'y étais pas, moi non plus. Je l'ai appris tout récemment, ça m'a fait un choc. Ton petit frère a représenté la famille, il ne m'en a jamais rien dit. Maman était dévastée, elle ne m'en a pas parlé, je ne pouvais pas deviner. Il y a eu une messe, des musiques, un drapeau, des discours. La cathédrale était pleine à craquer, ils sont tous venus, les maires de ta circonscription, les représentants de la région, les militaires de la base aérienne, tes amis, tes électeurs. J'aurais dû être là. Avec quarante ans de retard, je m'en veux. Ils ont pensé quoi, les Lorrains qui savaient que tu avais une fille ? Je faisais quoi, ce jour-là ? Je lisais ? J'étais au cinéma ? Devant la télé ? Jean-Raymond était fidèle au poste, avec ton équipe de campagne. J'aurais dû vaciller avec eux. Je ne suis jamais allée à Toul. J'irai un jour et je ferai dire une messe pour toi, sans tralala. J'ai été dépossédée d'un hommage que je te devais. Il ne faut pas choisir à la place des ados. J'ai raté un adieu important. C'est peut-être pour ça qu'il m'a fallu si longtemps avant de lire tes Mémoires puis de m'adresser à toi. J'ai plein de choses à te dire. Nous allons renouer le dialogue comme si nous buvions un verre au bar de la Marine sur l'île de Groix, un caillou posé au milieu de la mer, trois lieues au large de Lorient, où je vais souvent écrire et où le soleil se couche comme nulle part ailleurs sur la falaise de Port-Saint-Nicolas. Tu aurais adoré Groix, papa.

Tu as été élevé suivant le précepte « Servir Dieu et la France », c'est peut-être grandiloquent mais c'est tellement mieux que « Servir son ego et le pognon ». Tes dents à toi ne rayaient pas le parquet, elles te servaient à manger et à croquer la vie. Dans ta famille nombreuse d'hommes géants, tu mangeais des plats nourrissants et économiques. Dès que tu arrivais au restaurant, tu beurrais ton pain avec gourmandise, et tu étais fou de camembert. Un jour, alors que tu commençais un régime drastique sous surveillance médicale, tu as été invité à un dîner officiel. Ton secrétariat a téléphoné pour prévenir que le ministre était au régime. Les entrées mayonnaise sont arrivées, un serveur a placé devant toi une assiette de crudités. Tu l'as mangée puis tu lui as fait signe :

— Je voudrais la même chose que les autres, s'il vous plaît, je crois qu'on m'a oublié ?

Ensuite, tu as poliment avalé ton blanc de poulet nature aux haricots sans beurre. Puis tu as demandé la viande en sauce des autres. Tu as craqué sur plusieurs fromages. Tu as savouré l'omelette norvégienne. Mais tu as fait l'impasse sur ta salade de fruits diététique : tu n'avais plus faim !

Pas étonnant que ton cœur n'ait pas tenu le choc. Si j'avais été ton médecin, je t'aurais fichu la frousse pour te sauver la vie. Mais tu ne m'aurais pas écoutée.

Dix semaines plus tard, j'ai dix-huit ans et je pense au voyage surprise qu'on ne fera pas ensemble. Je ne saurai jamais où tu voulais m'emmener, ça me reste en travers de la gorge. Ce billet open pour nulle part me coupe l'arrivée d'oxygène.

Je fais partie d'un rallye dansant, ce système permet d'être invité aux soirées des autres en s'engageant à rendre la pareille. Les filles sont en robe longue, les garçons en cravate ou nœud papillon, il y a une centaine d'invités chaque fois. Je devais recevoir cette année, mais comme je suis en deuil, c'est inenvisageable. Maman m'organise une soirée discrète avec une poignée de proches chez mon parrain Gaston Palewski dans l'orangerie de son château du Marais. Je ne peux pas porter de couleurs vives à cause de toi, je choisis un chemisier beige et une longue jupe bleue. Je viens de relire *Le Petit Prince*, je sais que Saint-Exupéry, que je croyais canonisé par l'Église quand j'étais petite, était ton ami. Je suis une ado en tenue de bal tristounette dans l'annexe d'un sublime château Louis XVI, pas un aviateur dans le désert. Tu es un géant plus mort que vif, pas un enfant aux cheveux d'or. Mais quand je lève les yeux vers le ciel cette nuit-là, c'est toi que je cherche.

T'écrire me fissure, mais bizarrement ça me répare. Je pivote sur mes axes en retombant sur mes pieds, façon Rubik's Cube, ce casse-tête géométrique inventé par un Hongrois l'année de ta disparition. J'ai commencé ton livre bleu, c'est très troublant, j'entends à nouveau ta voix comme si tu lisais tout haut pardessus mon épaule. Est-ce que tu sais que ton copain, le préfet Louis Amade, parolier d'Édith Piaf et de Gilbert Bécaud, auteur de *Quand il est mort le poète*, de *L'Absent* et de *L'important c'est la rose*, a écrit un poème sur toi ? Il l'a appelé *Le Dernier Paladin*. Comme il était pudique, il ne t'en a pas forcément parlé quand il t'a rejoint là où tu es. Alors je vends la mèche.

En avril 2006, l'INA a ouvert ses archives au public sur Internet. Pour quelques euros, j'ai acheté, en double pour maman et moi, cinquante de tes discours sur DVD. Que je n'ai pas écoutés. Je voulais les avoir, pas les entendre. Comme quand un chanteur disparaît et qu'on se procure les compilations qui sortent.

Ce matin, j'ai tapé ton nom dans le moteur de recherche du site de l'INA. Cheveux blancs, sourcils noirs, chemise blanche, costume et cravate noirs, tu regardes l'objectif en face, très à l'aise. Tu bouges les mains, tu manies tes lunettes, tu sors du Conseil des ministres la pipe au bec, tu es chaleureux et vivant, tu leur manges la soupe sur la tête. Tu mesurais la même taille que de Gaulle. Tu es facilement repérable sur les photos de presse ou dans les documentaires, ta tête dépasse forcément. Tu as beau ne plus exister, tu es encore le plus grand.

Je recopie, sur le carnet que j'ai toujours dans mon sac, la devise de Jean-Louis Barrault : « Se passionner pour tout et ne tenir à rien. » Et la tienne : « La vie est trop courte pour être petite. »

Et j'écoute *Il pleut sur Nantes* de Barbara.

Londres, 1940

Christian est un jeune type de vingt-huit ans qui aime le rugby, les omelettes, le fromage, le vin rouge, les grandes tablées familiales. De mémoire, il déclame des vers et récite les pièces classiques. À dix-sept ans, il a créé une troupe de théâtre. Sixième de sept enfants, il n'a pas choisi la carrière militaire comme son père et ses trois grands frères. Licencié en droit, diplômé de Sciences-Po, il préparait le concours des Affaires étrangères. Quand la guerre a éclaté, il a été mobilisé en août 1939 comme interprète, mais il a demandé à être muté dans une unité combattante. On l'a versé dans l'aviation. À présent, il fait un stage d'élève observateur sur l'aérodrome de Mérignac en Gironde. En rêvant du jour où il sera affecté à une escadrille, il vole sur des vieux Potez. Il a de l'assurance avec les femmes et il adore séduire. Sa mère, qu'il vénérait, est morte il y a trois mois, il est tout cassé en dedans mais ça ne se voit pas.

Depuis trois jours, les Allemands sont entrés dans Paris. Les drapeaux à croix gammée remplacent les drapeaux tricolores. Le président de la République

Albert Lebrun et les ministres du gouvernement Paul Reynaud sont partis à Bordeaux. Un sale bruit court, des ministres veulent capituler et neutraliser, par la force, le maréchal Pétain et le général Weygand, fiers partisans de la guerre. La rumeur s'amplifie, le commandant de la base aérienne la confirme : Pétain et Weygand sont menacés, un peloton est chargé de leur sécurité.

Avec ses camarades, Christian fonce à l'armurerie où ils raflent ce qui leur tombe sous la main : fusils, fusils-mitrailleurs, baïonnettes, revolvers. Ils sont postés à tous les points névralgiques de Bordeaux. Christian fait partie de ceux qui interdisent l'accès de la base aérienne.

Puis la donne change. Leur commandant fait un discours vibrant destiné à dissuader toute initiative individuelle :

— Le Maréchal sait mieux que vous ce qu'il y a à faire.

Gaston Palewski, ami de la famille, se pose sur le terrain avec un groupe de bombardiers.

— Les choses vont mal, Christian.

— Mais on nous assure que Pétain et Weygand veulent encore se battre et que nous devons les défendre ?

— On vous trompe. Ce sont eux, les premiers, qui vont demander l'armistice !

Il a du mal à y croire. Pourtant, à midi tapant, la voix illustre et épuisée du Maréchal annonce au pays que le gouvernement demande un armistice à l'ennemi : « C'est le cœur serré que je vous dis aujourd'hui qu'il faut cesser le combat. » Le ciel lui tombe sur la tête.

Le commandant de la base aérienne, si confiant hier dans la victoire, les exhorte à capituler :

— C'est fini. Nous devons expier nos fautes, il faut nous forger une âme de vaincus.

Christian bondit. Quelles fautes ? Quels vaincus ?

Le major de la promo, avocat dans la vie civile, renchérit :

— Pensons aux femmes et aux enfants, mettons bas les armes !

Des officiers pleurent. Christian et ses camarades se concertent. Il propose à leur instructeur qu'il se joigne à eux pour partir au Maroc sur un petit bateau. Il veut continuer la guerre en ralliant l'armée française sur place. Le type refuse.

Le terrain est couvert d'avions de combat. Des gardes armés empêchent la distribution de carburant. Sur les centaines de soldats de la base, ils ne sont que huit à refuser de courber l'échine. Pourquoi eux ? Le plus jeune a vingt ans, les plus âgés vingt-huit. Ils sont tous résolus, calmes, conscients des enjeux. S'ils veulent continuer à se battre, ils vont devoir déserter, devenir des traîtres, abandonner leur pays, leurs familles, tout quitter. C'est la seule solution.

Ils se réunissent dans une chambre pour discuter. Un copain déboule en courant :

— Un avion de la Royal Air Force part pour l'Angleterre, le pilote accepte de nous emmener. On va se cacher dedans, vite, venez !

Christian enfile une combinaison de vol, jette un rasoir et une chemise dans une musette, se précipite avec les autres vers l'avion anglais. Il chasse de ses pensées l'angoisse qu'éprouvera sa famille. Il oublie l'armée, ses amis, la ravissante blonde qu'il devait revoir demain. Il court au milieu des avions que le soleil de juin caresse.

Le quadrimoteur est gardé par un capitaine au visage balafré qui a un revolver au ceinturon. Ils ne peuvent quand même pas tuer un officier français pour défendre la France.

— Qu'est-ce que vous voulez ?

Christian y va franco. Il joue le tout pour le tout.

— Partir dans cet avion pour continuer le combat, mon capitaine !

Le balafré va-t-il les en empêcher, leur tirer dessus, alerter les autres gardes ? Pendant une seconde interminable, leur destin se joue. Ils peuvent s'envoler vers Londres, ou être jetés en prison et passer en cour martiale. Ils peuvent demeurer fiers et libres, ou se muer en renégats.

— Je pars avec vous, montez ! décide brusquement le capitaine.

Ils s'entassent dans l'avion. Vingt pilotes de chasse tchèques, engagés dans l'aviation française, sont déjà là, rappelés par le gouvernement provisoire tchèque exilé à Londres. Le *squadron leader* qui pilote l'avion démarre malgré l'excédent de chargement. Le quadrimoteur roule sur la piste puis décolle lourdement. Il y a deux heures, le maréchal Pétain a annoncé l'armistice.

Un de leurs camarades a perdu trop de temps à rassembler ses affaires, il court sur le terrain en dessous d'eux, le visage cramoisi, les traits crispés. Il voulait partir mais il loupe le coche, à une minute près. Toute sa vie sera changée par la faute d'un livre, un blouson, une photo de femme qui lui semblaient indispensables. Les larmes aux yeux, il les regarde s'envoler vers la liberté ou la honte. Passera-t-il son existence à tout rater, ou cet échec le propulsera-t-il vers les hautes sphères ? Viendra-t-il les rejoindre ? Laissera-t-il tomber pour servir le régime de Vichy ? Mourra-t-il bientôt sur le sol français ? La main en visière, il regarde leur avion s'éloigner dans le ciel bleu.

Christian ferme les yeux un instant, puis les rouvre et sourit aux autres types entassés dans la carlingue. Une larme digne roule sur la joue du capitaine balafré. Ils sont devenus des déserteurs. L'avion a juste ce qu'il faut de carburant, si on leur tire dessus et qu'ils doivent se dérouter, ils feront le grand plongeon. Ils volent bas, plein nord, droit sur Londres. Ils survolent la Bretagne puis Cherbourg, dont les réservoirs d'essence brûlent. Un Spitfire fuse et les dépasse au-dessus de la Manche.

Il pense à sa mère bien-aimée qu'il vient d'enterrer. À son père, officier de cavalerie dans un régiment de cuirassiers, mort d'un accident vasculaire cérébral quand il avait treize ans. À ses grandes sœurs Anne-Marie et Colette. À ses deux grands frères Paul et Marcel, à son petit frère Jean-Raymond. À son troisième frère aîné Serge, officier de marine dans l'aéronavale, dont l'avion s'est écrasé près de Cherbourg il y a cinq ans.

Dans le salon de la maison familiale de Saint-Germain-en-Laye, les cinq fils géants venaient autrefois entourer leur mère tous les dimanches comme une garde personnelle. Ce temps-là est révolu.

Dans la soirée, l'avion se pose à Hendon sur un aérodrome de la Royal Air Force. Les Anglais les accueillent avec chaleur, les nourrissent, les hébergent. Le lendemain, 18 juin, jour anniversaire de la bataille de Waterloo, Christian prend contact avec des amis dans les missions françaises de Londres, mais ils abandonnent déjà la bataille, se résignent et remballent. Il est consterné. Le soir, dans le train qui le ramène à Hendon, des lignes lui sautent aux yeux dès qu'il ouvre le journal : « Croyez-moi, moi qui vous parle en connaissance de cause et vous dis que rien n'est perdu pour la France… Moi, général de Gaulle, actuellement à Londres, j'invite les officiers et les soldats français qui se trouvent en territoire britannique, ou qui viendraient à s'y trouver, à se mettre en rapport avec moi. Quoi qu'il arrive, la flamme de la Résistance française ne doit pas s'éteindre et ne s'éteindra pas. » Il découvre l'appel qu'un jeune inconnu, le général de brigade de Gaulle, sous-secrétaire d'État à la Défense nationale et à la Guerre depuis début juin, a lu aujourd'hui, à Broadcasting House, sur les ondes de la BBC. L'avenir retrouve ses couleurs. Il faut absolument qu'il rencontre ce type !

Le lendemain, il se renseigne pour savoir où l'homme est descendu. Il y va, il attend. Une voiture militaire s'arrête, un général français aussi grand que lui en descend, impassible. Il le salue, l'autre lui rend son salut puis rentre sous le porche. Un lieutenant de cavalerie au képi bleu ciel l'accompagne. Christian reconnaît Geoffroy de Courcel, camarade de Sciences-Po. Il est son aide de camp, quelle chance.

Courcel le présente à Charles de Gaulle dans un petit bureau.

— D'où venez-vous, Fouchet ?

— J'ai quitté Mérignac avant-hier, deux heures après avoir entendu la déclaration du maréchal Pétain.

— Comment avez-vous pu partir ?

— Je me suis caché dans un avion anglais avec sept camarades. Nos supérieurs avaient réuni notre peloton et nous ordonnaient d'admettre la défaite. Nos officiers pleuraient au lieu de commander. Nous sommes partis pour continuer la lutte. J'ai lu votre appel dans le journal. Je viens nous mettre à vos ordres.

— Vous avez raison. Vos camarades aussi.

Il se lève. Un sourire passe sur son visage sévère. Christian le regarde droit dans les yeux. Il ne sait pas encore que cet homme, Scorpion comme lui, de vingt ans son aîné, deviendra son ami, et qu'il lui sera loyal à vie.

— C'est nous qui jouons la bonne carte, Fouchet. On a toujours raison de miser sur la France.

Dans cette pièce exiguë d'un petit appartement londonien, devant ce type absolument seul, jamais il n'a vu à la France un aussi pur visage.

Christian et ses sept camarades sont les premiers soldats français à s'être mis aux ordres du général de Gaulle en devançant de vingt-quatre heures l'appel du 18 juin. Ses états de service militaires le relatent : « 17 juin 1940, parti pour une destination inconnue. 18 juin 1940, rallie la France libre à Londres. » Ce qui lui fait officiellement une journée d'interruption de service.

Il s'est engagé sous les ordres d'un général de brigade au nom prédestiné. En le quittant, il lève les yeux vers le *fog* londonien. Enfant, il a eu une gouvernante anglaise, Caroline Whitside, qu'il appelait Miss. Elle était pudique et digne, portait de longues robes sombres et un chapeau austère, mais ses yeux pétillaient de tendresse et ses bras s'ouvraient grand pour les sept petits Fouchet. En vingt ans passés chez eux à Saint-Germain-en-Laye, elle n'a pas reçu une seule lettre, ne s'est pas accordé un seul jour de vacances. Elle disait qu'elle ne connaissait personne d'autre et qu'ils étaient sa seule famille.

Christian avait sept ans quand le roi d'Angleterre George V est venu en visite à Paris en 1918. Miss et les enfants étaient partis aux aurores pour gagner la capitale en train, puis ils avaient marché jusqu'aux Champs-Élysées. Ils avaient ensuite attendu des heures que le défilé passe. La foule se pressait autour d'eux, impatiente d'acclamer l'armée et les alliés anglais. Ses trois frères aînés, arrivés premiers, s'étaient assis au bord du trottoir, Miss était installée sur un pliant comme les autres dames. Ils avaient soudain entendu une musique militaire, rythmée par de nombreuses bottes martelant le sol. Tout le monde s'était levé. Paul, âgé de dix-huit ans, immense, bouchait la vue aux gens derrière lui, furieux. Miss était radieuse, émue d'acclamer son souverain. Mais quand le roi était arrivé à sa hauteur, elle avait perdu connaissance et s'était effondrée.

Les Fouchet et leurs voisins l'avaient portée, livide, les lèvres exsangues, jusqu'à l'hôpital de fortune installé sur le trottoir d'en face. Elle avait repris conscience au son des hourras, tandis que, massés à la fenêtre, Christian, ses quatre frères et ses deux sœurs étaient aux premières loges pour admirer le roi au casque emplumé entouré de la garde municipale sous les vivats de la foule en délire.

Ils étaient rentrés à la maison le soir, Miss avait repris des couleurs. Elle n'avait pas commenté son malaise et personne n'avait osé la questionner. Quand elle était morte, des années plus tard, ils avaient prévenu l'ambassade de Grande-Bretagne afin que sa famille soit avisée. L'ambassade avait enquêté puis répondu que cette Caroline Whitside n'existait pas dans leurs registres. Elle avait travaillé chez eux toute sa vie sous un faux nom. Son éducation, sa dignité, ses vêtements, quelques souvenirs lâchés par mégarde et cet évanouissement en voyant le roi George V leur ont fait penser que peut-être elle avait été proche de la cour et sommée de s'expatrier, ou à l'inverse qu'elle avait fui un destin dont elle ne voulait pas. Elle avait disparu avec son secret.

Christian regarde ce Londres dont Miss lui parlait. Ce Londres qui est maintenant sa patrie d'adoption puisqu'il a fui son pays. Ce Londres où il va, avec Charles, continuer la guerre et la gagner. Il a fait sourire le Général en lui lançant sur le ton de la plaisanterie qu'il a priorité sur lui dans la liste des résistants puisqu'il a atterri ici quelques heures avant lui. Depuis le premier jour, il le surnomme « le grand Charles ».

Christian a tout abandonné dans sa chambrée de Mérignac. Même le livre *L'Escadron blanc* de Joseph Peyré, dont un des héros est son frère aîné Paul, le méhariste

Trois jours plus tard, le 22 juin, son deuxième frère, Marcel, poète doué habitué du Bœuf sur le toit, est tué à la tête de sa compagnie de chasseurs à pied, à trente-neuf ans, les deux bras emportés par un boulet de canon. Sa famille ne l'apprendra qu'à l'automne. Sa fille Béatrice est née au début de l'année, elle ne le connaîtra jamais.

Le 30 juillet, le grand Charles est condamné à mort par les autorités françaises. Début août, il fait placarder sur les murs de Londres une affiche adressée « À tous les Français » pour leur dire : « La France a perdu une bataille ! Mais la France n'a pas perdu la guerre ! »

Christian a réussi à rassurer sa famille en France, il est vivant. Avec Gaston Palewski qui a aussi rallié Londres, il va souvent chez Léo d'Erlanger. Il cohabite avec Maurice Schumann, animateur de l'émission *Honneur et Patrie* sur Radio Londres. Il intervient dans le programme, sa confiance en la France libre est contagieuse. Il écrit des articles dans un hebdomadaire gaulliste, où il raconte l'atmosphère de la France libre, leurs espoirs, la poignée qu'ils sont, Français exilés et ardents, arrivés sans argent ni vêtements, rien qu'avec leur foi et leurs rêves. Ils paient rarement leurs consommations dans les pubs. Dès que les Anglais voient qui ils sont, on leur offre à boire. Leurs origines sociales ou géographiques, leurs religions, leurs convictions politiques n'ont plus aucune importance. Seul compte leur engagement.

Les textes de Christian sont passionnés, sincères, un peu grandiloquents. Il s'attire des sourires chaleureux, des claques amicales dans le dos, et la solide inimitié des lâches et des frileux.

« On a scrupule à parler de la mort des combattants. Un mot, une pensée qui vagabonde, une photo qui passe de main en main, et voici que se dessine devant les yeux une silhouette estompée mais reconnaissable, que sont évoqués tel geste, tel regard souriant ou mélancolique, telle confidence murmurée un soir entre deux cigarettes, telle aventure partagée. Jamais on ne s'apitoie. Mieux vaut mourir ainsi que dans son lit, et ni la France, ni l'Allemagne, ni l'Angleterre n'en sont plus à un homme près. Demain, c'est un ami qui rit doucement en ce moment, son verre en main, qui répondra à l'appel. Pourquoi s'apitoyer sur les morts ? Ceux qui le méritent, on parle d'eux, et la chambre est pleine de leur présence fraternelle et sereine. Ceux qui ne le méritent pas, qu'on les laisse dormir en paix dans leurs tombes de sable, de terre, de mer ou de rochers. Même les amis d'élection, même les femmes aimées ignoreront toujours comment ils vivaient là-haut, et comment ils accueillaient les incidents et les fatigues et les dangers, et ce rire amer qu'ils avaient parfois. Les premiers compagnons du grand Charles ne sont pas venus pour mourir mais pour vaincre. Ils sont dans sa mémoire à jamais, Gabriel de Gramont, Hahn sortant imperturbable de la soute à bagages où il s'était caché dans leur avion pour Londres, Robeville venu de Bretagne sur une petite barque, et Roquère, et Vuillaume, et Detroyat, et le père Savey. Et Bernard Louchet, à qui son oncle avait dit : "Tu n'as qu'une chose à faire : te marier et avoir des enfants pour la France de demain", et qui, homme d'idéal, était si indigné devant les pense-petit, les charognards sordides et l'épate à la galerie des faux héros. »

Christian s'entraîne avec les premiers volontaires des Forces françaises libres à Saint-Atham puis à Odiham avant de rejoindre la base de Camberley comme sous-lieutenant. Il vole, il se bat, il écrit, il est fidèle en amitié. Les Anglaises craquent pour son sourire irrésistible et son exécrable accent. Il séduit, il ne promet rien et annonce toujours la couleur, il veut rester libre. Comme il a du mal à se plier à la rigueur des règlements britanniques, il se fait radier pour indiscipline de son stage d'observateur de la RAF. Sa carrière aérienne bat de l'aile.

Avec un ordre de mission émanant directement de Charles, et le grade de lieutenant, il part alors au Proche-Orient comme correspondant de guerre. Il se retrouve au Caire puis au Tchad sous les ordres du colonel Philippe de Hauteclocque dont le nom de guerre est Leclerc. Dans le massif du Tibesti, au Fezzan et en Libye, il fait campagne avec lui. Ses comptes rendus d'opérations militaires sont rédigés dans le feu de l'action et transmis par radio. Un bon correspondant de guerre doit être en première ligne, là où ça chauffe, trouver *the good story*, le bon angle, et s'efforcer de rester vivant. Chaque jour apporte son triste lot d'amis tués. La mort lui est familière, elle fait partie de son quotidien. Il peut mourir demain ou ce soir. Chaque jour n'en a que plus de prix.

Il passe son brevet de parachutiste et devient capitaine. Il est proche de Maurice Druon, qui intervient aussi à la BBC et qui écrit avec son oncle Joseph Kessel les paroles françaises du *Chant des partisans*, l'hymne de la Résistance. Christian est un pur, un entier. Les rodomontades de ceux qui, dans leurs bureaux tranquilles, se poussent du col et se prétendent compagnons de la première heure l'étonnent et le dégoûtent. Le grand Charles sourit de la fougue avec laquelle il fustige le vichysme mort, ses grands prêtres déchus, et les nouveaux émigrés qui les rejoignent maintenant que le plus dur est fait.

Il est convoqué à l'état-major supérieur de l'Air à Alger et s'embarque en Écosse sur l'*Orontes.* Les dix jours et les dix nuits du voyage, il les passe à refaire le monde avec le grand résistant Pierre Brossolette et François Coulet, le chef de cabinet de Charles à Londres. Leurs conversations sur la guerre et l'avenir sont entrecoupées de canulars et de concours de *limericks*, des petits poèmes humoristiques de cinq vers qui commencent invariablement par « *There was a young man from...* ».

Le bateau navigue vers Alger. Ils étaient cinq frères autrefois, ils ne sont plus que trois : Paul, l'aîné, qui s'est marié il y a dix ans, Jean-Raymond, le cadet, qui vient de se marier, et Christian, libre comme l'air. À Alger, il va retrouver Paul, qui est maintenant chef d'état-major de la Xe région. Ces trois dernières années, leur chemin a divergé. Ils ont été divisés, opposés, écartelés. Lui a déserté pour rallier Londres. Paul, cavalier aux lisières de l'empire africain, a entendu le maréchal Pétain capituler et il a fait abnégation. Ils ont choisi des partis opposés mais sont restés frères envers et contre tout.

Tous les jours, Christian prend des notes dans un petit carnet noir à spirale de l'Association of Friends of the French Volunteers :

« *Cheer up, we'll soon be dead.* »

« Il n'y a pas de cas de conscience, la conscience seulement. »

« Seul un homme fort sait quand il le faut renoncer au bonheur, mais être un homme fort rend heureux. »

On écrit différemment aujourd'hui, papa, on a moins de panache, nos mots ne racontent plus d'épopées, nos morts sont moins glorieux, même si nos peines sont aussi grandes. Tu ne m'as jamais dit que ton frère Paul et toi aviez été aussi déchirés, pourtant c'est logique. C'était un militaire de carrière qui respectait le Philippe Pétain vainqueur de Verdun. Tu étais un futur diplomate mobilisé comme aviateur qui avait déserté l'armée pour répondre avec un jour d'avance à l'appel du 18 juin. Tu as été le premier compagnon historique du général de Gaulle, le premier volontaire français venu continuer le combat à Londres. Mais les honneurs n'étaient pas ton truc. Tu ne fais pas partie des Compagnons de la Libération recensés, tu ne l'as jamais revendiqué. Un jour où mon parrain Gaston, qui l'était, s'en étonnait devant de Gaulle, il lui a répondu : « Fouchet n'est pas un Compagnon, c'est un ami ! » Ça t'a fait une médaille en moins et de l'amitié en plus. Et ça a une sacrée gueule, je trouve.

Tu ne m'as jamais parlé du Londres de 1940, tu

ne m'as montré ni où le Général t'avait reçu, ni où tu habitais, ni où tu parlais à la radio, aucun des lieux historiques qui ont décidé de ton destin.

J'adore l'Angleterre, j'y suis allée en pension, j'ai joué au cricket, participé à des réveillons, mangé les fruits avant le fromage, savouré les *breakfasts* avec harengs et porridge. Nous sommes allés en famille à Londres voir Léo d'Erlanger. Il m'a raconté les razzias que Gaston et toi faisiez dans ses boîtes de chocolat. J'ai oublié le visage de Léo mais je me rappelle ces incroyables boîtes à plusieurs étages qu'il nous envoyait à Noël, de chez Charbonnel et Walker qui avait le Royal Warrant, l'aval de la Couronne. Elles contenaient une pince en métal doré pour soulever les chocolats, voir le numéro inscrit dessous, et se reporter au catalogue qui en précisait les parfums.

Après ta mort, maman et moi sommes allées voir Edwina, la veuve de Léo, en Tunisie à Sidi Bou Saïd. Ancienne danseuse et modèle pour Jean Patou, elle avait été la doublure de June Walker dans *Les hommes préfèrent les blondes* à Broadway. Âgée et magnifique, elle nous a reçues dans son lit, adossée à ses oreillers, dans un palais andalou entouré d'un jardin plein d'hibiscus et de jasmin, construit par le père de Léo, peintre et musicologue. Elle avait devant elle un grand plateau sur lequel étaient posés des livres, des journaux, du papier à lettres et un téléphone. Le palais d'Erlanger est aujourd'hui un centre de musiques arabes et méditerranéennes, j'aimerais y retourner un jour et y écouter un concert.

Tu ne m'as jamais parlé de Londres mais tu m'as souvent parlé de Miss. Elle repose au cimetière de Saint-Germain-en-Laye. Je viens de renouveler la concession pour quinze ans. Ma cousine Anne avait un ami polonais, médecin, qui soignait gratuitement les membres de sa communauté dans le besoin et qui est mort brutalement sans posséder aucune tombe familiale. Il y avait une place vide près de Miss, je l'y ai accueilli, elle se sentira moins seule. Cet homme était médecin, donc mon confrère. Il est né en Pologne, dans le pays de mon parrain Gaston et de son frère Jean-Paul qui a épousé ta sœur aînée Anne-Marie, dans le pays où tu as représenté la France au sortir de la guerre. Lui offrir l'hospitalité était la moindre des choses.

J'aime l'idée qu'on ignore l'identité de Miss mais qu'elle dort en paix dans la ville où elle vous a élevés. Autrefois, les personnes qui travaillaient toute leur vie dans une maison n'étaient pas virées quand elles atteignaient l'âge de la retraite, elles restaient si elles étaient célibataires, on les soignait quand elles étaient malades, elles faisaient partie de la famille.

Moi aussi, j'ai été élevée par des *nannies* anglaises. J'ai parlé l'anglais avant le français, ce qui explique que des anglicismes se glissent parfois dans ma conversation. Ce n'est pas du snobisme, ça vient de l'enfance, de loin.

Tu as eu un sacré courage le 17 juin, c'était vraiment gonflé. Le vainqueur de Verdun vous ordonne de courber l'échine, vous n'êtes qu'une poignée d'irréductibles Gaulois à résister à l'envahisseur, vous n'avez même pas de potion magique, et tu fonces. À la maison, inutile de rajouter le nom du Général après son grade, c'était forcément lui. Petite, je croyais qu'il n'y avait que deux généraux dans l'armée française : un vivant, Charles de Gaulle, et un mort, Jean Vautrin, le père de maman.

J'ai passé plusieurs semaines dans le désert du Niger à la jonction entre l'Aïr et le Ténéré, je fais partie des associations Tidène et Les Puits du désert. J'ai écrit un roman, *Le Chant de la dune*, pour faire entendre à mes lectrices la musique des sables. Tu ne m'as jamais parlé du livre *L'Escadron blanc*, je viens de le commander d'occasion sur Internet, il est arrivé jauni par le temps. Ton frère Paul en est un des héros. Il y a dans le désert un bordj Fouchet à sa mémoire entre Tindouf et Colomb-Béchar.

La maison où tu es né à Saint-Germain-en-Laye, où tu es venu avec le grand Charles, a plusieurs fois changé de mains. Ses propriétaires actuels sont devenus des amis, elle a une déco plus moderne, elle te plairait. Elle était située rue de Metz, devenue rue Henri-Robbe. Le maire Michel Péricard voulait l'appeler « rue des Frères-Fouchet » en hommage à tes trois frères morts pour la France et à toi. J'aurais reçu du courrier rue Fouchet. Ta sœur Coco a refusé, par humilité. Moi, j'aurais bien aimé. Il y aura peut-être une autre rue à ce nom, un jour, à Saint-Germain-en-Laye.

À propos de courrier, maman reçoit encore aujourd'hui des pubs à ton nom. Tu rates régulièrement les promos d'enfer de L'Homme moderne et de La Femme moderne. Ils ne se découragent pas, ils pensent que tu finiras par craquer et par commander. Mais tu tiens bon.

Papa, il faut que je te raconte ce qui s'est passé pendant mes premières années sans toi. J'ai raté mon concours de médecine la première année, malgré les cours en amphi, les kilos de polycopiés, les litres de café et les inimitables beignets du Carabin Gourmand. J'ai failli flancher. Maman m'a dit : « Quand on tombe de cheval, on remonte aussitôt. Si tu repasses ce concours l'an prochain, je continuerai à t'entretenir. Si tu abandonnes sans te battre, je te coupe les vivres. » Radical, mais efficace. Je suis remontée en selle. Et ça a marché. J'ai une mémoire photographique, je lis un livre, je ferme les yeux et je tourne les pages dans ma tête. Pour les matières comme l'anatomie, ça allait. Pour les autres, j'ai appris par cœur les annales précédentes. Et j'ai passé la barre du *numerus clausus* (instauré par toi quand tu étais ministre de l'Éducation nationale).

J'ai été externe à Necker Enfants Malades, à Laennec, à Boucicaut. Pour gagner de l'argent, j'ai participé à des expérimentations médicales. On nous posait un *cathlon* dans une veine du bras, on avalait un médicament à tester et on faisait des prélèvements de sang étalés sur la journée. C'était stupide, maintenant j'ai les veines des deux avant-bras flinguées. D'autres étudiants encore plus dingues faisaient des lavages gastriques. En sortant de ma première autopsie, pendant laquelle évidemment j'avais pensé à toi, je suis allée dans une boutique de fripes acheter une robe des Années folles et un chapeau cloche, et j'ai dansé toute la nuit. Plus tard, j'ai travaillé au samu et à SOS Médecins, j'ai volé aux quatre coins du monde pour rapatrier les abonnés d'Europ Assistance, j'ai pris des gardes dans les théâtres parisiens. J'ai sauvé la vie de tas de gens qui n'étaient pas toi. J'ai vu des patients mourir malgré mes efforts. En médecine, on perd toujours à la fin, mais on retarde l'échéance, on fait des pieds de nez à la Camarde, on offre du temps pour fabriquer des souvenirs.

J'ai fait mon premier remplacement à Paris, j'avais l'air d'un bébé docteur. Chaque matin et chaque soir, je voyais des policiers en faction dans l'immeuble d'en face. Un jour, deux armoires à glace sont entrées au cabinet. C'étaient les gardes du corps d'un membre de l'OLP. Ce patient désirait traverser la rue pour me consulter. Ils m'ont demandé si j'acceptais de l'examiner avec leurs armes braquées sur moi, c'était leur procédure. J'ai accepté, j'étais jeune, ça mettait du piment dans mon quotidien, j'avais grandi entourée d'inspecteurs chargés de ta sécurité. Sauf que je n'étais pas leur point de mire. Sous la menace de leurs armes, j'ai soigné mon patient. Je ne suis pas sûre que tu aurais approuvé.

Quand j'étais médecin de garde au palais omnisports de Bercy, les adolescentes, arrivées à jeun et tôt pour être près de la scène les jours de concert, tombaient dans les pommes, plaquées contre les barrières, hypoglycémiques, hystériques. On les amenait à l'infirmerie en larmes, elles n'avaient qu'une idée, retourner dans la fosse : « Patriiiiiick ! » Un soir de cirque pour enfants, un grand-père, venu de province avec son petit-fils pour Noël, est mort d'un infarctus pendant la représentation. Drôle de cadeau.

À l'âge où tu volais vers Londres dans l'avion de la RAF, j'ai traversé Paris jour et nuit, dans la lumière orange ou bleue des gyrophares, au son des sirènes du samu ou de ma petite voiture blanche. J'ai appris à glisser un tube dans la trachée (pas l'œsophage) d'un patient, à monter des voies veineuses (pas artérielles) pour injecter des médicaments. Les fans des séries *Urgences* ou *Grey's Anatomy* savent de quoi je parle. J'ai appris à mettre les embouts du stéthoscope dans mes oreilles dans le bon sens (l'axe du conduit auditif). À frotter le pavillon du stéthoscope pour le réchauffer avant de le poser sur un torse (pas après, ça explose les tympans). À enrouler le tensiomètre autour du bras du patient du bon côté (je suis gauchère, je fais tout à l'envers, je me retrouvais avec le scratch à l'extérieur). Si tu avais été là, je t'aurais mimé ma première consultation, décrit ma première visite. J'étais morte de peur, liquéfiée, terrifiée, mais bouleversée aussi par la confiance des patients et si heureuse d'arriver à les soigner que j'avais envie de sauter de joie.

J'ai fait des gardes de nuit dans une cité de l'Essonne où la circulation automobile était interdite.

Les quartiers étaient barrés par des chaînes dont la police, les pompiers et le médecin de garde avaient les clefs. J'ai été réquisitionnée par la police au milieu de la nuit pour des morts suspectes, un bébé étouffé, une femme étranglée avec le col de sa théière, une vieille dame lardée de coups de tournevis par son voisin.

J'ai été médecin transporteur à Necker au samu de Paris, je travaillais en équipe, j'y allais même quand je n'étais pas de garde. C'était comme une seconde famille, nous vivions ensemble vingt-quatre heures sur vingt-quatre, Noëls et jours fériés compris. La vie et la mort s'entrechoquaient, nous ne savions jamais sur quoi nous allions tomber. Sur un beau jeune homme poignardé dans le local poubelle de l'immeuble bourgeois de ses parents ; nous l'avons cru victime d'une agression, nous avons compris après qu'il s'était blessé lui-même. Sur une jeune femme qui lavait ses carreaux, elle avait glissé, était tombée par la fenêtre, et s'était empalée sur le seul putain de piquet planté dans le jardin en contrebas. Sur un père qui avait zigouillé sa fille avant de se tirer une balle dans la bouche. Sur une famille entière intoxiquée à l'oxyde de carbone dans une loge de concierge au chauffe-eau pourri, les parents, deux enfants, le chien, on n'a sauvé que le bébé. Sur un père qui avait fait sortir sa femme et ses enfants pour pousser sa voiture en panne sur le périphérique et qui a entendu un drôle de bruit quand une voiture arrivée trop vite derrière eux a éparpillé sa famille comme des quilles. Sur un éboueur propulsé au petit matin dans les mâchoires de sa benne à ordures par un automobiliste alcoolisé. Sur une jeune fille qui fêtait son anniversaire en famille autour d'une fondue ; elle a parlé en mangeant, un morceau de viande a obstrué ses voies respiratoires, elle est morte devant les siens. Sur des noyés dans la Seine ou des éparpillés façon puzzle sous les roues du métro. Sur une ado candide dont les parents appelaient pour des maux de ventre et qui était en train d'accoucher. Sur une femme d'affaires qui nous a dit, quand nous lui avons tendu son nouveau-né : « Enlevez-moi ça, ce n'est pas le bon moment pour mon entreprise. » Mais aussi sur des enfants, des parents ou des grands-parents que nous sauvions. Sur des bébés que nous mettions au monde. Sur des cœurs arrêtés que nous faisions rebattre en rythme, il n'y a pas de musique plus belle que ça, tu peux me croire.

J'ai failli tuer un étudiant en médecine dépressif, qui avait essayé de s'égorger. C'était spectaculaire et flippant, mais pas mortel. Il fallait l'hospitaliser et le recoudre, il en garderait une belle balafre. J'ai transmis mon bilan au régulateur du samu. Il souriait, nous aussi. Sa mère m'a subitement dit : « Et les médicaments qu'il a avalés, ça ne pose pas de problème ? » Obnubilés par sa trachée visible à travers le trou béant de sa gorge, ses parents avaient oublié de me dire qu'il avait aussi pris des comprimés. Et j'avais oublié de leur poser la question ! Sa gorge n'était qu'un leurre, l'arbre qui cache la forêt. Les saloperies qu'il avait ingurgitées provoquaient des troubles du rythme cardiaque. Si sa mère ne m'avait rien demandé, il serait mort.

J'ai intégré le cabinet de groupe SOS Médecins. Nous y travaillions seuls mais nous y étions aussi solidaires et confraternels qu'au samu. Comme les chauffeurs de taxi, je gelais l'hiver dans ma voiture, je dégoulinais l'été à cause de la chaleur. J'avais tout le temps envie de faire pipi, mais un médecin est un pur esprit, ça ne fait pas pipi chez les patients. Alors je m'arrêtais dans un café pour boire un déca (moins cher qu'un jus de fruit ou une eau minérale) et utiliser les toilettes. Seulement le café est diurétique, c'était un cercle vicieux. J'ai sillonné Paris en soignant des inconnus, des chanteurs, des acteurs, des hommes politiques et, ô merveille, des écrivains. Ceux-là, je gardais leurs chèques sans les encaisser, ils valaient plus pour moi que le prix de la consultation. Ça faisait chaque fois sourire Françoise Sagan, qui me disait en riant, avec sa diction hachée : « Dommage que tout le monde ne fasse pas comme vous… »

J'ai soigné dans un appartement sous les toits un type tatoué de croix gammées qui retenait un doberman écumant de rage. Il m'a prévenue :

— Je veux une ordonnance de morphine sinon je lâche mon chien.

Mes surrénales, paniquées, ont déclenché une poussée d'adrénaline, l'hormone du stress.

— J'ai pas de fric, a précisé le type.

C'était le dernier de mes soucis. J'ai rédigé l'ordonnance, il ne pourrait rien en faire, il faut un carnet à souches pour délivrer des toxiques, et je n'en avais pas. Le chien essayait de sauter sur moi, il a secoué la gueule et aspergé mes affaires de bave. J'ai refermé mon cartable et je suis partie. Mes guibolles flageolaient et mon cartable dégoulinait.

Un matin, j'ai dépassé avec mon gyrophare et ma sirène une voiture dont le conducteur n'a pas aimé ça. Je me suis garée dans une rue, il a pilé à côté de moi en me bloquant. Croyant qu'il avait besoin d'aide, j'ai baissé ma vitre. Il est descendu de voiture, a plié ma portière à coups de pied, m'a menacée :

— Si tu portes plainte, je te retrouverai. Les femmes à SOS Médecins ne sont pas nombreuses.

Mes genoux ployaient en montant soigner mon patient.

Une femme a appelé SOS pour son mari. Elle m'a fait passer devant elle pour entrer dans le salon, puis a claqué la porte derrière moi et m'a enfermée à clef en criant :

— Mon mari est armé et violent, il faut l'interner. J'ai appelé la police, ils disent que vous devez d'abord le calmer et qu'ils viendront après !

Bonjour la solidarité féminine. Sympas, les pandores. Le mari tenait une arme. Pas braquée sur moi, mais bien serrée dans sa main. J'ai biaisé.

— Votre femme a l'air très angoissée, monsieur.

— C'est elle qui a besoin d'un docteur, pas moi !

— Vous souffrez tous les deux. Je verrai ce que je peux faire pour elle ensuite. Mais puisque je suis là, vous permettez que je prenne votre tension et que je vous ausculte ?

Il a accepté sans lâcher son arme. Il était tachycarde avec une tension au plafond.

— Je vais vous aider à vous détendre, et après je m'occuperai de votre femme, d'accord ?

Je lui ai fait un Valium. Les policiers attendaient sur le palier. Le monsieur est parti calmement avec eux. Sa femme a refusé que je l'examine.

J'ai sauvé une patiente parce que je suis têtue. Son mari avait appelé SOS pour une colique néphrétique. Je lui ai trouvé une tension bizarrement basse. Je l'ai envoyée à l'hôpital malgré les véhémentes protestations de son mari qui m'en voulait de ne pas la soulager. Elle a eu de la chance et moi aussi. En fait, elle était tombée quelques jours plus tôt dans son escalier et avait rompu sa rate qui saignait à bas bruit. Elle n'avait pas un calcul rénal mais une hémorragie interne. Si je lui avais fait une injection pour la soulager, elle se serait tranquillement vidée de son sang.

J'ai connu, à SOS Médecins, Isaac Ben Simon, un jeune confrère qui s'est arrêté sur la bande d'arrêt d'urgence de l'autoroute pour secourir les blessés d'un accident de voiture. Un chauffard récidiviste ivre, qui conduisait sous le coup d'un retrait de permis, n'a pas freiné et l'a percuté de plein fouet. Nous avons tous accompagné Izzy au cimetière pour écouter un rabbin réciter le *kaddish*.

En voyant mon nom sur mes ordonnances, les patients me demandaient de tes nouvelles. C'est ta faute, aussi, quelle idée de mourir pendant les vacances.

— Dr Fouchet… Vous êtes de la famille du ministre ?

Prudemment, je vérifiais :

— Lequel ?

Quand ils pensaient au ministre de Napoléon, je précisais qu'il s'appelait Fouché, ça ne s'écrit pas pareil. Quand ils pensaient à toi, j'acquiesçais.

— C'est mon père.

— C'est un grand monsieur ! On ne l'entend plus assez, on a bien besoin d'hommes comme lui. Vous lui direz ?

Au début, je précisais que tu étais mort, et ça jetait un froid. Au bout d'un moment, j'ai laissé tomber et j'ai promis de te transmettre leurs salutations et leurs souhaits. L'hiver dernier, alors que je présentais mes livres dans un élégant cercle de dames, l'une d'elles m'a demandé : « Il pense quoi du président Hollande, votre père ? Il aime le président Obama ? » J'ai botté en touche, grommelé qu'on ne parle pas politique à la maison.

Je t'en ai voulu de m'avoir laissée. Alors je me suis battue pour que mes patients n'aillent pas te rejoindre. Jusqu'à l'année de mes quarante ans, en 1996, quand j'entends à la radio une psy dire : « On naît, on meurt, on rencontre l'amour ou on décide de changer de vie en une seconde. » La phrase se loge dans un coin de ma tête et y fait son trou comme le trépan du neurochirurgien fore les os du crâne pour lever l'hypertension due à un hématome.

Et puis, le dimanche 3 mars, Gilles C., un confrère de SOS, me fait un cadeau qui change ma vie.

Mon réveil sonne à 6 heures dans ta maison natale de Saint-Germain-en-Laye. Je m'habille, je fonce dans ma voiture, j'allume mon micro, je m'annonce : « Salut-Lorraine-à-la-radio-je-commence-ma-garde. » Gyrophare en marche, je prends l'A13 direction Paris sans brancher la sirène, les gens dorment. Je fais deux visites à domicile avant de m'arrêter dans un café. Un expresso serré, une tartine dont je racle la moitié du beurre, et je repars. Un appel tombe, un certificat de décès dans le 6e arrondissement. Aucun médecin n'aime ça. On a perdu la bataille, c'est flambé, le mort inconnu fait écho aux nôtres, il nous rappelle qu'un jour un confrère rédigera ce constat pour nous et pour ceux que nous aimons. Gilles est le premier sur la liste, la dispatcheuse lui transmet par radio le nom, l'âge et l'adresse de son patient Delta Charlie Delta, c'est-à-dire décédé. Marguerite Duras, octogénaire, dans le Quartier latin.

Je retiens ma respiration. J'ai déjà publié deux livres, le troisième sort bientôt. Mes confrères me trouvent barrée, mais ils sont sympas. Nous sommes vingt femmes pour cent dix hommes, les garçons sont protecteurs et les filles solidaires.

Gilles s'adresse à moi par la radio : « Duras est un grand écrivain, je ne suis pas un grand lecteur. Tu veux y aller à ma place, Lorraine ? »

L'immense Duras ? Celle de *L'Amant*, *Moderato Cantabile*, *India Song* ? C'est impossible ! Une femme pareille ne peut pas mourir un dimanche de mars sans que la terre s'arrête de tourner.

J'accepte le drôle de cadeau de Gilles. J'y vais. Je fais les gestes rituels pour constater un décès, je sors mon stéthoscope pour ausculter le cœur qui ne bat plus, je pose mes doigts près du cou sur la carotide pour chercher une pulsation que je ne trouve pas, je braque mon stylo lumineux dans les pupilles qui ne réagissent plus. Je fais un examen clinique scrupuleux, il ne s'agit pas de me tromper, de déclarer morte une patiente en hypothermie ou dans le coma, qu'elle soit célèbre ou anonyme.

J'écris que la mort de cette petite femme géante est « réelle et constante », selon la formule officielle. Je songe qu'elle a pris des risques toute sa vie, qu'elle a préféré le bouillant ou le glacé au mièvre. Alors que moi, je ménage la chèvre et le chou, je suis un médecin qui écrit des romans. Je la joue petit bras. Je suis lâche. Le contraire d'elle. Le contraire de toi, papa.

Dans le jargon des urgentistes, quand quelqu'un fait un arrêt cardiaque, on dit qu'il n'a « plus de son ni d'image », comme un téléviseur cassé. Les écrivains morts n'ont plus de son ni d'image, mais leurs mots leur survivent. Ceux de Marguerite Duras volent autour d'elle comme une garde d'honneur. Les lettres de l'alphabet forment une voûte de papier et les porte-plumes une voûte d'acier sous laquelle elle passe pour atteindre l'autre rive, là où on ne brûle aucun livre, là où elle retrouve l'amant de la Chine du Nord.

Je roule à travers les rues, j'ai besoin d'une pause. Le Flore et les Deux Magots sont bondés. Les pavés descellés en Mai 68 sont sagement joints. Un SDF fait la manche devant Saint-Germain-des-Prés. Une chanson nostalgique s'échappe par une fenêtre. Les Parisiens boivent leur café, piétinent devant la boulangerie, font l'amour, joggent ou traînent au lit. Ils ignorent que Marguerite Duras n'est plus. Je le sais, mes confrères, le standard et le dispatch le savent, mais nous n'avons pas le droit de le dire. Les médecins sont tenus au secret médical, même lorsque le patient est mort. J'ai prêté le serment d'Hippocrate, j'attends que les radios et les télévisions annoncent la nouvelle pour en parler, même à mes proches. Je te l'écris aujourd'hui parce qu'il est de notoriété publique qu'elle est morte ce jour-là. Internet précise même l'heure et le lieu. Je ne t'en dis pas plus. D'ailleurs, il n'y a rien à en dire. Il y a juste à la lire, parce que les livres durent plus longtemps que nous, ils sont éternels.

Tu m'as légué un grain de folie, papa, c'est pour ça que j'ai osé changer de vie après, cesser d'être un respectable médecin pour devenir romancière. J'ai quitté SOS. Je n'ai jamais regretté mon choix. Il y a toujours un médecin dans la salle quand je suis là. Je m'arrête lorsque je vois un accident de la route. Si je voyage en train ou en avion et qu'on demande un médecin, je compte jusqu'à cinq pour laisser un confrère en exercice y aller, à six je fonce. J'ai décrit la manœuvre de Heimlich dans mon roman *Une vie en échange*. Grâce à lui, des lecteurs ont sauvé un proche qui s'étouffait en mangeant. J'étais un médecin qui écrivait, je suis un écrivain qui a été médecin. C'était une question de vie ou de mort, c'est maintenant une question de vie et de mot. Un *r* en moins change la donne.

Je note, sur mon petit carnet acheté à la Boutique de la mer de Groix :

« Car il n'est qu'un acte sur lequel ne prévalent ni la négligence des constellations ni le murmure éternel des fleuves, c'est celui par lequel l'homme arrache quelque chose à la mort. » (Malraux)

« Écrire c'est aussi ne pas parler. C'est se taire. C'est hurler sans bruit.

Je ne sais pas ce que c'est un livre. Personne ne le sait. Mais on sait quand il y en a un. Et quand il n'y a rien, on le sait comme on sait qu'on est, pas encore mort. » (Marguerite Duras)

Et j'écoute la *Valse en la mineur opus posthume* de Chopin.

Alger, août 1943

Christian habite au 120 rue Michelet, près du parc Galland, chez son frère Paul et sa belle-sœur Pauline. Onze ans plus tôt, au cours d'une mission, Paul a atterri dans le désert près d'un petit fortin où il a aperçu une déesse superbe mariée à un officier français. Le lendemain, il a affronté en avion une terrible tempête de sable. Alors il s'est juré, s'il en réchappait, de retrouver cette femme et de la demander en mariage. Il s'en est sorti, il est retourné la voir. Pauline a divorcé pour lui. La mère des sept enfants Fouchet était très religieuse, elle n'a pas assisté aux noces, elle n'a jamais rencontré ni reçu Pauline. Paul en a souffert. Il est tellement attaché à sa famille qu'il a voyagé quinze longs jours à dos de chameau à travers le Sahara pour être présent au mariage de sa sœur Anne-Marie et la conduire à l'autel, puisque leur père n'était plus là pour s'acquitter de cette mission.

Christian, donc, habite chez eux, et le téléphone sonne chaque nuit à 2 heures du matin. C'est toujours le même ami au bout du fil :

— Je ne vous réveille pas ?

Si, forcément ! Mais il continuera toutes les nuits de l'été, et il parlera avec Christian jusqu'au lever du jour. Et, évidemment, il réveillera aussi Paul et Pauline.

Il y a eu entre Christian et celui que ses amis surnomment Tonio le déclic de l'amitié, une grâce, une rencontre rare, depuis que Paul les a présentés.

— Avez-vous lu *Pilote de guerre* ? lui a demandé Tonio en guise d'entrée en matière.

Son livre, écrit dès la signature de l'armistice de 1940, a été un best-seller aux États-Unis.

— Bien sûr, je l'ai lu en anglais, *Flight to Arras.*

— Comment le trouvez-vous ?

— Épatant, sauf les dernières lignes que je n'aime pas.

— Pourquoi ?

Christian a pris son temps pour exprimer sa pensée.

— Parce qu'un gaulliste ne peut souscrire à votre conclusion. Vous écrivez, je vous cite : « Pour l'étranger, nous sommes des vaincus. Que les vaincus se taisent comme des graines. »

— Et alors ?

— Et alors, mon commandant, je n'ai jamais eu le sentiment d'être un vaincu ! La France a perdu une bataille mais elle n'a pas perdu la guerre. Je ne crois pas avoir été considéré comme un vaincu à l'étranger. Quant à vos graines qui se taisent, elles n'ont aucun intérêt pour moi. Elles n'ont d'intérêt que si elles donnent des moissons. Dix mille ans après leur mort, il a été retrouvé dans les tombeaux des pharaons des graines qui étaient toujours des graines ! Ce qui est important, ce sont les moissons futures qu'elles préparent. Il m'a paru impensable de préparer les moissons dans le climat de Vichy !

La réflexion bouleverse Saint-Exupéry. Elle marque le point de départ de leur amitié. Il n'y a plus un jour ni une nuit, cet été-là, sans qu'il vienne ou qu'il téléphone, pour lire à Christian le passage d'un texte qu'il a écrit, ou simplement pour discuter. Tout y passe : les femmes, l'amour, la guerre, l'amitié, la famille, les camarades morts, le sens de la vie. Ils deviennent très proches, se voient chaque soir. Tonio connaît des tours de cartes étourdissants, uniques, extraordinaires. Ils font d'incroyables parties d'échecs où il écrase invariablement Christian, même quand il accepte d'avoir au départ une tour, ou un cavalier, ou un fou, de moins que lui.

Tonio n'a pas tout de suite rallié la France libre. Pourtant, il adore la France, sinon il n'aurait pas écrit *Vol de nuit* ni ce *Terre des hommes* qui lui a valu le Grand Prix du roman de l'Académie française. Il a onze ans de plus que Christian. Il a perdu son père à quatre ans, Christian à treize. Il vient d'une famille de cinq enfants, Christian de sept. Il a perdu un frère mort à quinze ans, qui lui a laissé par testament sa bicyclette et une carabine, Christian en a perdu deux. Leurs mères les ont chacun élevés dans le respect de l'autre, l'humanisme et l'honneur. Aviateur, pionnier de l'Aéropostale, Tonio a vécu dans le désert puis en Argentine avant de devenir écrivain. Il a été fiancé à Louise de Vilmorin avant d'épouser la troublante Consuelo.

Tonio est avant tout un tendre. Il ne voit pas la guerre avec le même regard que le grand Charles, il voit d'abord les enfants. Il est parti aux États-Unis pour que leurs œuvres charitables aident les petits Français. Il n'a pas tort, évidemment, mais il s'appelle Saint-Exupéry, c'est un écrivain célèbre, un ami de Mermoz, d'autres que lui pourraient obtenir des boîtes de lait condensé. Si la France est rayée de la carte, si elle est décimée, à quoi bon ?

Résistant et patriarche des pilotes de guerre à quarante-trois ans, c'est un type hypersensible. Au printemps 1943, il a repris du service actif en Tunisie sur des avions de combat modernes différents de ceux qu'il connaît. Relégué de la chasse, il a effectué des missions de reconnaissance émaillées d'incidents, puis il a été mis en réserve de commandement à cause de son âge. Et il bout intérieurement.

Un soir, ils sont une vingtaine à jouer aux portraits chinois, et ils choisissent de dresser celui de Tonio. Si c'était un animal ? Un éléphant ou un ours, à cause de sa grosse tête, de son gros cou, de ses grosses épaules. Si c'était une époque ? La Renaissance, pour son esprit innovateur et chevaleresque. Tonio sourit. Si c'était une qualité ? L'amitié, et cette sensibilité qui, loin de le rendre ridicule, le rend émouvant et attachant.

Les « graines qui se taisent » de Christian lui restent sur le cœur. Jusqu'à ce qu'une nuit le Petit Prince vienne à son secours.

— Est-ce que vous connaissez les graines de baobab, Christian ?

— Non.

Alors, pour la première fois, au milieu de la nuit algérienne, le Petit Prince raconte : « Or il y avait des graines terribles sur la planète du Petit Prince, c'était les graines de baobab. Le sol de la Planète en était infesté. Un baobab, si l'on s'y prend trop tard, on ne peut jamais plus s'en débarrasser. »

Malgré l'amitié, les tours de cartes, les échecs et les rires, Tonio est à cette époque un homme malheureux. Il est connu du monde entier, ses livres sont des best-sellers, il a gagné beaucoup d'argent, mais il s'en fiche royalement. Son sourire est à la fois éclatant et mélancolique. Parce qu'il n'a qu'un seul désir, recommencer à voler. Il échoue d'abord, ses supérieurs refusent de le laisser partir en mission. Et puis enfin ils acceptent, mais seulement pour cinq missions, et Christian se réjouit avec lui ! *There is a great man called Tonio…*

En mars 1944, Christian apprend le décès de Pierre Brossolette. Parti de l'Île-Tudy en février pour rejoindre Londres, il a fait naufrage au large de l'île de Sein. Dénoncé par une collaboratrice, puis torturé pendant deux jours à Paris au siège de la Gestapo, il est mort sans avoir parlé, en sautant par la fenêtre, les mains derrière le dos. Il faut un fier *limerick* pour lui rendre hommage, comme ceux qu'ils échangeaient autrefois sur l'*Orontes. There was a good man called Brossolette…*

Au printemps 1944, Tonio rejoint une unité chargée de reconnaissances photographiques basée en Sardaigne, ce qui le rend infiniment heureux.

Christian note dans son petit carnet noir :

« Fais de ta vie un rêve, et d'un rêve une réalité.

Dans la vie il n'y a pas de solutions, il y a des forces en marche.

Donne-leur une tour à construire et ils deviendront des frères. » (Saint-Exupéry)

Papa, tu m'as offert, enfant, un disque vinyle 33 tours du *Petit Prince.* Gérard Philipe était le récitant, le Petit Prince était interprété par Georges Poujouly qui donnait la réplique à Brigitte Fossey dans *Jeux interdits.* Je réalise maintenant quel cadeau tu m'as fait. Quand je l'écoutais, tu entendais Gérard Philipe parler à la place de ton ami, ça devait te chambouler autant que moi quand je te lis aujourd'hui.

Le livre est dédié « à Léon Werth quand il était petit garçon ». Un écrivain peut resserrer ou étirer le temps, rajeunir ou vieillir les hommes et les personnages de papier, dédier son texte à qui il veut à l'âge qu'il veut. Je t'ai quitté sexagénaire, je te rencontre aujourd'hui jeune, tu vieillis à chaque chapitre, tu vas me rejoindre bientôt. J'aurais tellement aimé parler de Tonio avec toi. Toi tu étais un héros du *Jour le plus long*, moi je jouais encore dans *La Boum*.

Je suis en avance sur toi, tu viens de voir Saint-Exupéry décoller, je sais déjà qu'il va disparaître dans les nuages. En 1998, un pêcheur a repêché sa gourmette dans son chalut en Méditerranée. Le train d'atterrissage, un morceau d'hélice, des parties de la carlingue et du châssis de son Lightning ont été retrouvés au large de Marseille en 2000, remontés à la surface en 2003 et identifiés grâce au numéro de série de l'avion. Ils sont exposés au Musée de l'air et de l'espace du Bourget.

On a dit qu'il avait été descendu par un Focke-Wulf allemand ou par un Messerschmitt. Certains ont parlé de suicide parce qu'on voulait lui interdire de voler. Tu as formellement, totalement, violemment rejeté cette hypothèse. Pas parce qu'elle t'aurait paru lâche, il faut au contraire un courage démesuré pour se tuer, et un désespoir tel qu'il n'y a plus d'autre issue possible. Mais parce que, le connaissant, c'était impensable, inimaginable.

Tu disais que jamais un aviateur de guerre n'aurait utilisé son avion et une mission pour se supprimer, ils ont bien trop d'amour et de respect pour leurs appareils, bien trop d'estime pour leurs missions. Tu grondais : « Demandez à n'importe quel pilote ! Il faut être fou pour imaginer ça ! »

Le Petit Prince a été écrit pendant la guerre, certains prétendent que les trois baobabs qu'on n'a pas coupés à temps et qui envahissent la planète représentent les puissances de l'Axe Rome-Berlin-Tokyo unissant les nations qui faisaient la guerre aux Alliés. Mais c'est moins poétique.

Je ne savais pas qu'il avait aimé Louise de Vilmorin. J'ai toujours connu Louise avec Malraux. Deux de tes amis proches ont donc aimé la même femme ?

Le billet de 50 francs Jean Racine a été remplacé

après ta mort par un 50 francs Quentin de La Tour. Puis, en octobre 1993, par un billet avec d'un côté une photo de Saint-Exupéry, le Petit Prince sur sa planète surmonté de l'étoile, le boa qui a avalé l'éléphant, et le tracé d'une liaison aérienne. De l'autre côté, son avion Breguet survole le désert. Les francs ont été remplacés par des euros en 2002 mais j'en ai gardé un. Il est sur mon bureau, j'écris près de lui. Quand j'hésite, il me sert de boussole pour retrouver le chemin de ma quête.

Deux amis proches m'ont marquée comme Tonio t'a marqué, papa. Ils s'appelaient Hughes et Alberte. Ils se cachent dans chacun de mes livres, apparaissent et disparaissent avec la mystérieuse élégance qui les caractérisait. J'aurais aimé que tu les connaisses.

J'ai rencontré Hughes quand j'avais dix-sept ans dans un dîner sur le thème de l'opéra, chez mon amie Bettina. J'étais accompagnée de Guy, déguisé en Boris Godounov avec une chemise russe et des moustaches dessinées au charbon, moi j'avais mis une robe fleurie Laura Ashley. J'étais étudiante en médecine depuis peu, tu étais mort un mois avant, je me sentais comme un homard qu'on vient de plonger dans un faitout et qui se méfie de l'étape suivante. Hughes, arrivé en retard, s'est assis en face de moi. Il était beau à couper l'appétit, ce qui chez moi est rare. En guise d'entrée en matière, il m'a dit : « Vous avez une jolie bouche, mademoiselle. » J'ai fondu, évidemment. Après le dîner, tout le monde est parti chez Castel, je ne pouvais pas puisque j'étais en deuil.

Il m'a écrit la semaine suivante. Il habitait chez ses parents avenue Kléber, il a ensuite emménagé rue des Francs-Bourgeois dans un studio dont il a peint les murs en ocre. Tout était blanc chez nous, les murs, les draps, les serviettes, les assiettes. Je trouvais son appartement fascinant, je lui ai offert un poisson orange pour aller avec. Hughes a coloré ma vie. Il m'a fait découvrir les pulls irlandais, les comédies musicales américaines et françaises, la littérature contemporaine, la fantaisie. Il a mis la chanson *Sweet Lorraine* sur mon répondeur téléphonique.

Parfois il m'accompagnait le samedi soir dans les rallyes huppés où j'étais censée rencontrer un futur mari de mon milieu et de mon éducation. Il dansait si bien que les autres s'arrêtaient pour nous regarder. Les garçons de mon âge étaient boutonneux et venaient à mobylette, en 2CV ou en empruntant la voiture de leur père. Lui avait six ans de plus que nous, il n'avait pas son permis, je conduisais la vieille Autobianchi rouillée de ma grand-mère, nous connaissions par cœur les chansons de Michel Legrand ou Barbra Streisand et les films de Jacques Demy, *Les Parapluies de Cherbourg*, *Les Demoiselles de Rochefort*, je les chante souvent encore. Nous arrêtions la voiture sur une place, ouvrions les fenêtres, allumions la radio et dansions sur le trottoir. En sortant des rallyes aux codes de reconnaissance stricts, il m'emmenait rue Sainte-Anne dans une boîte qui s'appelait Le Club 7. Dans ce monde différent, j'étais transparente pour les hommes mais je m'en fichais, je n'avais d'yeux que pour lui.

Hughes était un écrivain doué et intense. Il a enseigné le français, il a travaillé à la radio, il a été directeur littéraire d'une maison d'édition, il a œuvré pour les défilés de mode spectaculaires et célestes de Thierry Mugler. Il m'a fait rire quand j'ai eu envie de pleurer, lire puis écrire quand j'ai eu envie de raconter. Il m'a appris que la vie peut être à la fois un drame et une comédie musicale, *life is a cabaret my friend*, et qu'il faut oser réaliser nos rêves. Puis il est tombé malade. Nous ne pouvions plus discuter de livres ou de films qui parlaient de futur alors qu'il se battait avec noblesse pour être encore un peu présent. Mais il restait la musique. Il reste toujours la musique.

Les gens normaux meurent les jours ordinaires. Hughes était unique, il a cessé de respirer un lundi de Pâques et de chocolat. Il n'était plus là quand j'ai posé mon stétho pour écrire, mais je l'ai entendu rire au creux de mon oreille, là où les enfants écoutent la mer dans un coquillage.

J'ai connu Alberte beaucoup plus tard, en Corse. Elle n'écrivait pas, elle chantait. Son timbre rauque et fêlé aurait flanqué la chair de poule à un rhinocéros. Quand elle entonnait *Opium*, *La Boudeuse* ou *Dis quand reviendras-tu ?*, l'univers devenait d'une intensité et d'une tendresse absolues. Sa sœur Danielle et elle avaient été élevées par leur grand-mère et leur père Lisandru, un homme d'honneur qui m'avait prise sous son aile. Leur mère était partie très tôt là où tu es. Son amoureux, Charly le marin breton, l'observait de son œil bleu à travers les verres qu'il buvait pour oublier son enfance de pupille de la nation. Ils étaient mes amis, mes frères, ma famille d'adoption. Le chien Sam et les chats faisaient partie du package. Alberte chantait sa corsitude, l'insularité, la terre, les vacillements. Nous passions les nuits devant sa cheminée, qu'elle avait peinte de fausses briques en trompe-l'œil. Les pieds au mur, les fesses enfoncées au fond de fauteuils déglingués, nous refaisions le monde à travers la fumée de nos cigarettes. Charly pêchait, elle tournait en voiture dans les villages, elle préférait vendre son poisson pas cher aux Corses plutôt que cher aux touristes « parce que les *pinsutti* peuvent en acheter quand ils veulent sur le continent, alors que les petits vieux dans la montagne, qui leur en apportera si je n'y monte pas ? ».

Elle aimait l'heure entre chien et loup que les gens craignent habituellement. Le visage intense, le regard tendre, le rire communicatif, elle était la pierre angulaire du village, magnifique et solaire. Un jour, sa lumière intérieure s'est éteinte, la vie est devenue écrasante. Elle a pris des médicaments, elle a été sauvée, hospitalisée. Sa famille et ses amis l'entouraient. Je l'ai eue au téléphone. Le psy la trouvait mieux et voulait la faire sortir. Elle avait le cœur cabossé, il croyait l'avoir réétamé. Elle a écrit une belle lettre. Et elle a mis les voiles avant la première visite des infirmières, en se pendant au portemanteau de sa chambre à la clinique. Je parie qu'au moment où son cerveau a manqué d'oxygène elle a entendu un chant corse *a capella*.

On conçoit que les gens qui ont mal physiquement en finissent, on est perdu quand c'est une souffrance morale. On se sent fautif de ne pas avoir trouvé les mots pour raccommoder l'âme. Alberte était lumineuse, puis la nuit l'a engloutie. Nous avons dispersé ses cendres dans la mer, à son heure favorite, au son de la guitare. J'ai encore des coups de colère, je l'engueule parce qu'elle est partie en nous égratignant l'âme, et que son départ nous laisse sans voix, sans sa voix blessée et unique. Elle est morte la semaine de Pâques, décidément le chocolat fait pleurer. Elle se sentait en prison, elle a choisi la liberté. Et nous sommes libres de nous souvenir des belles choses, des soupes au pistou, des animaux, de la petite balance à peser le poisson, des fulgurances, des rires, de la chaleur, de l'humanité, de l'impalpable, de l'indicible, du rougeoiement de la cigarette, et des phrases profondes ou drôles qui restent accrochées aux buissons du maquis, aux vagues de la mer, aux pierres de son village.

Tu as eu la chance de connaître Saint-Exupéry, papa. J'ai eu celle de connaître Hughes et Alberte. Si tu les croises là où tu es, dis-leur que tu es mon père.

Dans mon livre *La Mélodie des jours*, j'ai fait mourir une institutrice corse octogénaire prénommée Alberte, je lui avais demandé la permission avant. Quand la vraie Alberte a pris la clef des champs, je l'ai fait chanter dans *Couleur champagne* l'année suivante et même enregistrer un disque.

J'ai aussi tué Julie, la mouette de Groix. La vraie Julie n'est plus retournée l'été d'après chez Isabelle et Gildas à Port-Lay. J'ai promis de la faire revoler pour leurs petits-enfants. Alors je tiens ma promesse. Regarde, la mouette Julie tourne dans le ciel groisillon, ivre de joie, elle crie puis plonge en piqué dans la mer pour gober un poisson argenté, elle tape à la fenêtre, elle est revenue !

À partir de maintenant, je ne tuerai plus que des inconnus dans mes livres, je le jure. Et toi dans celui-ci parce qu'il y a prescription. Les gens qu'on aime et dont le départ nous a bosselé le palpitant ne disparaissent pas tant qu'on les aime. Hughes, Alberte et toi, vous êtes plus intenses et plus vivants que bien des gens que je croise.

Quand je travaillais au samu de Paris, nous étions immortels puisque nous nous battions du bon côté de la mort, dans les coulisses. La dame à la faux faisait parfois irruption dans notre monde, fauchant sur un passage clouté la mère d'un confrère de garde, tuant *L'Homme-sœur* d'une amie, ou le père d'une autre. Mais c'étaient des exceptions.

Benjamin Biolay a écrit pour sa fille une chanson d'une pure beauté, *Ton héritage* : « Si tu pries quand la nuit tombe, mon enfant, mon enfant, si tu ne fleuris pas les tombes, mais chéris les absents. » Je t'ai plus honoré en mots qu'en chrysanthèmes, papa. Un an après ta mort, je suis retournée au cimetière avec mon Solex jaune. J'étais passée au Photomaton faire des photos d'identité, j'en ai planté une dans la terre près de ton nom pour que tu voies ma nouvelle tête d'étudiante. Vingt ans plus tard, j'y suis retournée avec maman. J'avais fait mettre des plantes vertes, le soleil brillait, la peinture des noms de la famille s'effaçait, ça avait l'air d'une mauvaise blague. Mes cousins se sont tous cotisés récemment pour faire repeindre vos lettres, vous êtes une quinzaine là-dedans, on dirait un livre de pierre. C'est peut-être ce qui m'a donné enfin le courage de te feuilleter.

Tu es mort le 11 août, je demande le JT de 20 heures de ce jour sur le site de l'INA. Je le regarde. Il y est question du président américain démissionnaire Richard Nixon, de l'inquiétude au Vietnam sur la position du nouveau président Gerald Ford, du pape Paul VI, de la combinaison gagnante 3-9-as du tiercé. Pas de toi. Je me rends compte que j'ignore à quelle heure tu as pris la poudre d'escampette. Je vérifie. 19 h 30. Je regarde le JT de 13 heures du lendemain. Le président Giscard d'Estaing a pris ses quartiers d'été au cap Ferrat. Et juste après, tu apparais, plein écran. Le présentateur Claude Brovelli annonce que tu es « mort hier soir des suites d'une crise cardiaque à soixante-trois ans ». Tu me regardes droit dans les yeux sur l'écran de mon ordinateur. Au moins Brovelli ne dit pas que tu es mort « d'un arrêt du cœur ». Cette stupide expression me fait bondir, on meurt tous d'un arrêt du cœur, même si on tombe d'une falaise, qu'on se noie ou qu'on se fait aplatir par un train !

Après l'énumération des gros titres, il revient en détail sur l'info et précise que tu as été « frappé par une crise cardiaque », comme si Cassius Clay t'avait balancé un direct en pleine poire. Il énumère chacun de tes postes en les commentant. On te voit sortant de l'Élysée tout fringant. Puis lors de ta dernière intervention dans l'hémicycle en juin. Maintenant que je suis médecin, je te trouve une sale mine. Je t'aurais collé un arrêt de travail et un check-up d'enfer.

Je recopie dans un bloc-notes acheté à la maison de la presse de l'île de Groix :

« Je ne peux pas emporter ce corps-là, c'est trop lourd. Ce sera comme une vieille écorce abandonnée. Ce n'est pas triste, les vieilles écorces.

J'aurai l'air mort et ce ne sera pas vrai. » (Saint-Exupéry)

J'écoute *Ta main* chanté par Grégoire. J'écoute Natalie Dessay interpréter *Les Parapluies de Cherbourg* en duo avec Michel Legrand. Et je réentends la voix unique d'Alberte : « Je n'ai pas la vertu des femmes de marins. »

Moscou puis Lublin, 1944

Après Alger et une mission en Italie, Christian est intégré dans les cadres du ministère des Affaires étrangères et part comme premier secrétaire de l'ambassade de France à Moscou. Il a trente-trois ans. À la fin du premier mois, la Moskova est presque dégelée, et au lieu des corbeaux noirs sur la glace, il voit, signe de printemps, des mouettes blanches et grises raser les eaux sales.

Les Moscovites sont captivantes. Il commence à apprendre le russe, il parle anglais couramment, toujours avec son accent abominable. Il note sur son agenda les noms de ses petites amies : Iga, Anna, Zina, Svietlana, Gallia, Irène, Véra, Nina, Lala, Liana.

Le 31 juillet, Tonio s'envole de l'aérodrome de Borgo en Corse avec son Lightning pour une mission de cartographie en prévision du prochain débarquement en Provence. Il est seul, son avion n'est pas armé, il a du carburant pour six heures. Son dernier écho radar est relevé à 8 h 30.

Christian ne l'apprend pas tout de suite. Dès qu'il

sait, il télégraphie à Pauline à Alger : « Suis persuadé Saint-Ex sauf, prévenez quand savez nouvelles ! »

Le 15 août, les Français débarquent dans le Midi. Le 23 août, Paris est libéré. Le 25 août, le grand Charles est accueilli par Leclerc à la gare Montparnasse et il s'adresse aux Parisiens à l'Hôtel de Ville : « Paris ! Paris outragé ! Paris brisé ! Paris martyrisé ! mais Paris libéré ! »

Quatre mois passent, sans nouvelles de Tonio. Il est porté manquant, selon l'expression consacrée, et il manque à Christian. En Russie, il gèle à pierre fendre. Un matin glacial de décembre, le grand Charles arrive en train à Moscou avec une délégation. Le wagon officiel ne s'arrête pas en face du tapis rouge. Il recule, trop. Puis avance, trop. Il recule à nouveau. Charles, géant en uniforme kaki, descend en premier. Puis la délégation le suit. Christian, qui les a accueillis à l'entrée du territoire soviétique, ferme la marche. À Stalingrad, pendant la dernière escale, la vodka russe a coulé à flots, il a dû s'agripper aux dossiers des chaises qui entouraient la table du banquet pour ne pas s'écrouler en vacillant vers la sortie.

La semaine suivante est épuisante, une succession de banquets à la vodka, de ballets, de visites et de discussions interminables entre Staline et le Général qui ne cède pas d'un pouce à propos de la Pologne. La veille du départ, les deux hommes s'affrontent la nuit entière. Une aube glaciale se lève tout de même sur un accord franco-soviétique. Le gouvernement français et le Comité polonais de libération nationale installé à Lublin vont échanger des délégués.

Charles fait venir Christian à 5 heures du matin. À cinquante-quatre ans, après une nuit blanche passée au Kremlin, il est droit, frais et martial devant un Christian pas encore rasé et encore un peu endormi.

— Vous allez partir comme délégué du gouvernement français en Pologne. Vous porterez un quatrième galon, ce ne sera ni trop ni trop peu, puisque vous serez un délégué *de facto* et non un vrai ambassadeur en chapeau à plumes. Je ne peux tout de même pas vous nommer général ! Là-bas, vous allez être la France pour les Polonais et pour les Français libérés, vous traiterez avec les autorités de Lublin. Mais votre présence ne signifiera pas que la France reconnaît la légitimité desdites autorités. Vous me raconterez ce qui se passe et comment vous voyez les choses. Pour le reste, vous vous débrouillerez !

Christian, stimulé par la nouvelle et la décharge d'adrénaline qui l'accompagne, se réveille. La France sera le premier pays d'Occident à avoir un représentant sur place. Bombardé commandant, il est délégué *de facto*, de fait, en face du nouveau gouvernement polonais. Alors qu'il y a déjà un délégué *de jure*, de droit, à Londres, auprès du gouvernement en exil. Francis Huré, un diplomate des Affaires étrangères déjà en poste à Moscou depuis un an, l'accompagnera. Ils se connaissent à peine et n'ont pas vraiment d'atomes crochus.

La délégation française cingle vers la gare où attend le wagon spécial dans lequel voyageaient autrefois les grands-ducs. Le Général, qui n'a pas souri de toute la semaine jusqu'au pacte final, lance alors, magnifique :

— Dites au maréchal Staline que je n'ai pas toujours montré, pendant cette semaine à Moscou, la grande joie que j'ai éprouvée à séjourner dans son pays.

Christian a du mal à garder son sérieux. Il retourne avec Francis Huré à l'ambassade qui pue le tabac froid à cause des cendriers remplis de mégots. Ils vont devoir faire équipe. Ils se serrent la main.

— Je n'ai pas toujours montré le plaisir que j'ai éprouvé à vous connaître, lui dit Huré avec humour.

— En effet. Et nous pouvons maintenant signer notre pacte, lui répond Christian avec un bon rire.

Il se plonge avec fougue dans tous les rapports, procès-verbaux et documents qui pourront l'aider à se débrouiller sur place. Il regarde la dernière photo de son père, coiffé du haut bonnet de castor des officiers roumains, en uniforme bleu horizon du 16e dragons, portant Légion d'honneur, croix de guerre et une décoration roumaine. Raymond Fouchet était officier de cavalerie au 11e cuirassiers quand son régiment a été mis à pied en 1916. En 1917, le roi Ferdinand de Roumanie a déclaré la guerre à l'Allemagne et le général français Berthelot a été désigné pour réorganiser l'armée roumaine. Il a choisi des officiers pour l'accompagner. Raymond est parti de Saint-Germain en novembre, Christian venait d'avoir six ans. La famille est restée sans nouvelles pendant un an. Raymond est revenu l'hiver suivant, méconnaissable avec ses cheveux blancs qui contrastaient avec sa moustache et sa barbe rousses. Il avait souffert du froid, un de ses pieds avait gelé malgré ses bottes fourrées. Il a raconté son retour à travers une Russie en pleine révolution, a montré à ses enfants son laissez-passer couvert de signatures et de cachets, leur a décrit son voyage en traîneau depuis Helsinki pour traverser la mer Baltique gelée et atteindre Stockholm où les gens étaient prisonniers chez eux, portes et volets bloqués par la neige.

Christian s'envole de Moscou dans un avion militaire soviétique avec Francis Huré et Doncker, un ouvrier de la banlieue parisienne déporté à dix-neuf ans dans le camp d'extermination de Majdanek à Lublin. Il s'est caché alors que les Allemands évacuaient le camp en obligeant les prisonniers valides à partir avec eux. Il a été évacué sur Moscou par les Russes. Il a repris des forces en quelques semaines, puis il a demandé à être mobilisé et à accompagner Christian comme ordonnance et secrétaire. C'est un jeune type plein de sang-froid, avec un humour cynique dû à l'épreuve effroyable qu'il a traversée.

Ils atterrissent à Minsk où le commissaire aux Affaires étrangères de la Russie blanche les invite à dîner dans sa datcha avec leur pilote et les abreuve de vodka. Huré s'effondre au bout de dix toasts bus cul sec, Christian tombe comme une masse au douzième. Le pilote les réveille quelques heures plus tard en les secouant comme des pruniers, il a bu autant qu'eux mais il a cuvé sa vodka, il est en pleine forme. Les trois Français titubent. Il fait – 15 °C dehors. L'avion décolle, le chauffage du DC4 ne marche pas, ils ont beau se lever et taper des pieds et des mains, ils sont frigorifiés.

À leur arrivée à Lublin, l'ambassadeur d'URSS et le ministre des Affaires étrangères les reçoivent en grande pompe. Une compagnie d'infanterie défile devant Christian et lui rend les honneurs sur l'aérodrome, en le filmant, pour prouver à la population polonaise que la France juge légitime le nouveau gouvernement. Les journaux et les actualités cinématographiques commentent l'arrivée du *Pan commandor ambassador Fouchet*. Ils assistent à une représentation folklorique, se lèvent pour *La Marseillaise*, font honneur à la vodka polonaise. Un ecclésiastique aux boutons violets demande à Huré en mélangeant français et latin : « Est-ce que le nom du général de Gaulle vient du fait que ses aïeux ont régné sur la France ancienne ? » Le chef d'une famille jadis richissime vérifie : « Est-ce que Cartier existe toujours place Vendôme ? » Il leur raconte que les Allemands ont pillé ses châteaux et ses coffres en ne lui laissant qu'une émeraude, et qu'il vit désormais aux crochets de sa fille, fonctionnaire de l'État dont le métier est de morceler les terres de ses ancêtres. « Elle s'en tire bien », dit-il.

Ils habitent avec les ministres et les dirigeants du Parti dans un lycée réquisitionné pour le gouvernement. Leurs repas arrivent de la cantine sur un plateau, ils insistent pour les payer. Le matin, Christian et Huré écrivent les dépêches, conscients d'être les seuls Occidentaux à témoigner de la situation. Christian est partisan des formules amples, Huré des phrases brèves, la synergie fonctionne. L'après-midi, ils échappent aux anges gardiens de la police politique secrète, qui les surveillent, et ils se fondent dans la foule pour nouer des contacts en abordant les sujets interdits. Le soir, dans leur bureau commun, ils font le bilan avant de partager l'unique chambre pour dormir.

Le jour de Noël, Christian va à la messe à la cathédrale, puis il visite le terrible camp nazi de Majdanek qui a été fermé en juillet dernier et qui est maintenant vide. Ses prisonniers ont été évacués de force vers Oswiecim, que les Allemands appellent Auschwitz, quelques jours avant l'arrivée de l'Armée rouge. Christian a déjà côtoyé la guerre, la bataille, la mort des combattants, mais rien de ce qu'il a vécu ne l'a préparé à ce qu'il découvre, cette extermination systématique d'enfants, de femmes, de vieillards, d'hommes vaillants. Le camp a l'odeur et le silence des cadavres. Doncker conduit leur jeep militaire. Alors qu'il retourne dans le camp pour la première fois depuis sa libération, il commente la visite sans état d'âme apparent, à la manière d'un guide professionnel faisant visiter un site médiéval :

— Là, il y avait les chambres à gaz. Ici, l'infirmerie. Plus loin, le four crématoire…

Doncker a vu les terribles cohortes marcher vers

la mort. Ceux qui arrivaient croyaient entrer dans les chambres à gaz pour prendre une douche. Les SS donnaient le nom d'un mort à un nouvel arrivant, les enfants avaient le même numéro que leur mère, des convois entiers ont été décimés.

— C'est incroyable que vous ayez pu vous en sortir, lui dit Huré.

— Moi ? Oh, la chance, vous savez…

Ils n'insistent pas. Doncker, impassible, déambule avec calme dans ce camp où il a assisté à l'impensable. La cheminée du crématoire se dresse vers le ciel. Christian est croyant mais pas pratiquant, une prière lui monte aux lèvres pour ceux qui ont été assassinés là. Il se jure, s'il a des enfants un jour, de leur raconter cette inhumanité pour qu'elle ne se reproduise jamais. Oublier, taire la vérité, l'enfouir, tuerait une seconde fois les déportés de Majdanek.

Le 1er janvier, il assiste aux manifestations officielles, revue militaire, théâtre, *Marseillaise* en leur honneur, banquet, vodka, et il danse pour la première fois de sa vie avec un homme. Le 21 janvier, il remet ça pour le vingt et unième anniversaire de la mort de Lénine.

L'Armée rouge a libéré les camps allemands en avançant, les prisonniers de guerre et les déportés survivants se sont éparpillés dans la nature, démunis, sans chefs, sans liaisons, à travers le pays ravagé. Des centaines de milliers de soldats et de civils français, affaiblis, affamés, mal vêtus, sont livrés à eux-mêmes. Christian doit les prendre en charge humainement, politiquement et matériellement, mais pour ça il faut d'abord les retrouver et les rassembler. Il a besoin d'autorisations administratives pour mener à bien sa mission. Tout ça prend un temps infini, pourtant il ne se décourage pas.

Fin janvier 1945, la capitale est enfin libérée. Christian, Huré et Doncker sautent dans une jeep. Ils parcourent les cent soixante kilomètres qui séparent Lublin de Varsovie en sept heures, rebondissant de trou en crevasse sur une route défoncée où ils sont régulièrement contrôlés. Chaque fois que Christian montre son laissez-passer, on remarque ses quatre galons de commandant, on lui donne des claques dans le dos et on leur offre à boire en lançant avec enthousiasme : « De Gaulla, de Gaulla ! »

À un tournant du chemin, un officier russe leur montre des flèches au loin, dans le crépuscule. Ils croyaient que la capitale était dévastée, pourtant ?

Ils arrivent à la nuit à Praga, un faubourg dont les maisons sont encore debout. Impossible d'entrer dans Varsovie maintenant, il faut traverser le seul pont provisoire que l'Armée rouge vient de construire. On leur donne un billet de logement et on les héberge chez l'habitant dans une chambre avec un poêle. Ils partagent avec leurs hôtes les boîtes de *corned-beef* qu'ils ont emmenées. Le maître de maison leur explique que les Allemands ont évacué Varsovie avant l'arrivée des Russes.

Tôt le matin, au milieu de la tempête, ils reprennent

la route, la jeep est secouée par des rafales de neige. La Vistule charrie de gros blocs de glace que les soldats russes font exploser à coups de grenades depuis le haut du pont pour éviter qu'ils le fassent s'écrouler en en percutant les piles. Les explosions secouent l'air et se répercutent à des kilomètres, la glace jaillit partout. Aux extrémités du pont, côté Praga et côté Varsovie, s'étire une file interminable de camions, d'autos et de voitures à cheval. Les chevaux effrayés se dérobent, les moteurs calent, tout est bloqué. Christian et ses compagnons, les yeux écarquillés, regardent l'Armée rouge entrer dans Varsovie. À cause des milliers de pneus, de bottes et de sabots, la neige s'est muée en boue jaune. S'il n'avait pas sa casquette qui prouve qu'il est français, on le prendrait pour un Russe. Il est emmitouflé dans une grande capote de fourrure blanche que le général Chatilov lui a offerte, et chaussé de bottes plus chaudes que celles de son père, il ne risque pas d'avoir les pieds gelés. Il est, enfin, autorisé à passer.

Il avance dans Varsovie, vide et glacial. Le champ de ruines s'étend à perte de vue, ponctué d'un clocher calciné, d'une flèche pointée dérisoirement vers le ciel, de pans de murs branlants, de toits crevés. Le paysage lui broie l'âme, il a le souffle coupé. Huré est aussi ému que lui. Doncker demeure impassible, il en a trop vu à Majdanek pour pleurer sur des décombres.

La ville est morte. Il n'y a plus que des parois éventrées et des cendres. Il n'y a plus aucune maison intacte. Il n'y a plus âme qui vive. Les SS ont tout brûlé, ils ont massacré une partie des habitants et emmené ceux qui restaient.

Christian a connu Londres sous les bombardements, des milliers de maisons ont été détruites, des milliers de Londoniens ont été tués, pourtant le cœur de la ville blessée battait toujours. À Varsovie, il marche dans un cimetière, il éprouve une sorte de terreur devant cette issue infernale. Le silence de la capitale martyre n'est plus le silence de la mer, c'est le silence terrible qui règne sur les ténèbres. Il quitte l'avenue principale où marchent les troupes, il se retrouve seul. Une patrouille tourne le coin, les soldats russes, fusil en main, tirent sur tout ce qui bouge, mais seuls les gravats tombent. Les derniers humains de Varsovie sont des cadavres sous des pierres.

Il y retourne quelques jours plus tard en convoi officiel avec des ministres polonais. Le spectacle est plus saisissant encore. Les militaires contrôlent l'accès et laissent entrer les anciens habitants par paquets de vingt. Ils roulent en voiture à travers les ruines, dépassent des hommes qui se hâtent au milieu du chaos. Leur foyer a été rayé de la carte, ils errent comme des fantômes. Le vieux Varsovien qui leur sert de guide explique, d'une voix sourde, devant quelles églises ou quels monuments ils passent, mais il n'y a plus rien. Christian regarde les murs écroulés, imagine dans l'embrasure d'une fenêtre un petit garçon dans les bras de sa mère, dans une salle de café des hommes jouant aux cartes, dans une église une grand-mère à genoux priant, dans une chambre un couple d'amants heureux. Le guide tend la main et désigne un espace vide : « J'ai grandi là. » C'est comme s'il évoquait l'habitation d'une famille romaine à Pompéi. Sa ville merveilleuse n'est plus qu'un point sur une carte de géographie.

Fin février, Christian envoie un rapport chiffré à Diplofrance Paris. Aucun camp nazi n'a été libéré dans sa totalité, les Allemands ont tenté de les évacuer jusqu'au dernier moment. Presque tous les prisonniers de guerre libérés sont des évadés provenant soit des kommandos où l'évasion était plus facile, soit de l'oflag II-B dont l'évacuation s'est faite tard et à pied. Il en est de même des camps de déportés. Oswiecim (Auschwitz) a été replié, presque tous les Juifs qui ont voulu s'évader ont été tués. Les SS ont mis les prisonniers FFI dans les camps de concentration juifs. En raison de la rapidité de l'offensive russe, certaines villes de haute Silésie n'ont pas été évacuées. Les chiffres donnés par la Défense nationale à la mission militaire de Moscou sont faux.

La plupart des évadés ont profité de la confusion des derniers jours pour se cacher sur place et attendre la première vague russe. Les troupes russes n'avaient aucune instruction à leur égard. Il leur est même arrivé de tuer, en première ligne, tous ceux qui étaient en uniforme non russe.

Dès qu'ils savent qu'ils ont affaire à des Français, les soldats russes se montrent cordiaux et le nom du général de Gaulle est un laissez-passer. Les autorités soviétiques à l'arrière sont correctes. Des Polonais aident les évacés à ne pas mourir de faim sur les routes.

À Bialystok, quatre mille deux cents anciens prisonniers subsistent grâce à la Croix-Rouge polonaise dans des conditions de logement précaires. À Cracovie, il y avait quatre mille Français dix jours plus tôt, il y en a bien plus aujourd'hui, Christian leur ordonne de rester sur place afin d'éviter la débandade et la misère de la grand-route. À Lublin, où ils sont plus de mille, la situation est difficile mais elle est maîtrisée. Après les grosses difficultés du début, six cents militaires sont groupés au camp de Majdanek. La nourriture est suffisante mais le manque de couvertures est inquiétant. Christian donne le commandement du camp à un capitaine de l'oflag II-B. Les civils sont séparés des militaires. Il y en a plus de quatre cents, dont plusieurs femmes. Ils sont logés dans des locaux administrés par la Croix-Rouge. Il en confie la direction à un lieutenant assisté d'une dizaine de soldats. Tous aspirent à un rapide rapatriement. Radio Lublin donne une première série d'émissions et cite des noms, il envoie d'autres listes de noms par la valise diplomatique. Les premiers rapatriements ne doivent pas tarder, sans ça le moral baissera. Christian demande au gouvernement de faire savoir officiellement à ces civils et à ces militaires français l'intérêt qu'il leur porte, par exemple grâce à quelques lignes envoyées par le Général. Il faut que des colis de la Croix-Rouge soient envoyés par avion du Caire, de Beyrouth et de Téhéran, avec des médicaments, des vitamines et des couvertures. Il ne faut pas qu'après cinq ans de captivité les hommes deviennent tuberculeux au seuil de la libération. Plus que d'une mission militaire, dont l'absence est compensée par l'arrivée d'officiers évadés, ils ont surtout besoin de secours matériel. Ils n'ont pas d'argent, et les soldes sont dues aux prisonniers depuis des mois. Christian avance à chaque officier une somme modique et demande qu'on lui vire au moins dix mille livres pour être efficace.

Il vit au milieu de revenants qui implorent son aide. Le temps des petites amies russes est révolu. Il côtoie des fantômes qu'il faut nourrir, réchauffer, épauler, ramener. Il est jeune, énergique, immense, on lui demande d'être Atlas et de porter le monde, il s'y emploie du mieux qu'il peut.

En mars, il envoie un autre rapport chiffré. Les autorités russes canalisent le flot des prisonniers et déportés et les dirigent vers onze points de rassemblement. Les communications postales sont très lentes. Des affiches sont posées dans les gares et les Kommandantur pour inviter ceux qui sont dans la nature à rejoindre Lublin, Wrzesnia, Praga-Rembertow ou Lodz. La circulation libre est presque arrêtée. Une fois arrivés dans les centres, les hommes sont enregistrés et pris en charge. Les militaires proviennent des kommandos des stalags. Presque tous les officiers viennent de l'oflag II-B. Les civils viennent de haute Silésie, les déportés politiques d'Oswiecim et Jarzowo. Il y a seulement quelques centaines de femmes. Ils sont près de vingt-cinq mille au total.

L'Armée rouge ne prend d'abord en charge que

les militaires. La Croix-Rouge polonaise, malgré son dévouement, est bientôt débordée par le nombre de civils. L'Armée, seule à disposer de stocks et de moyens de transport, s'occupe alors aussi indirectement du ravitaillement de tout le monde. À Lochowo, une station d'été, les hommes logent dans des villas et des hôtels. À Lublin, les militaires sont dans les camps de Majdanek et de Lipowa, et les civils dans une école. Ailleurs, les Français occupent des casernes ou des maisons abandonnées.

Les autorités soviétiques se montrent libérales à l'égard des Alsaciens et Lorrains évadés qui portent l'uniforme de la Wehrmacht. Elles les dirigent vers des centres français sous escorte armée. Les commandants français leur font alors subir un interrogatoire serré afin de dépister les imposteurs. Il y a aussi des travailleurs civils, et à Czestochowa cent vingt familles lorraines avec deux cents enfants dont cinquante en bas âge. La nourriture des enfants est un gros problème, car les Russes ne fournissent que des rations militaires. Le camp de Ciechocinek abrite deux cents malades, le médecin-chef ne dispose de médicaments que pour trois semaines.

Sur les trois mille hommes de Lublin, il n'y a qu'un décès par diphtérie et un autre par tuberculose, mais la situation deviendrait tragique en cas de maladie contagieuse au moment du dégel. Les hommes recherchent partout, d'instinct, la protection des officiers qui se montrent à la hauteur. Chaque fois que Christian visite les camps et s'adresse aux militaires ou civils français, il reçoit un accueil émouvant, même si le départ immédiat de détachements américains et britanniques vers Odessa a des répercussions fâcheuses sur le moral de ceux qui restent.

Il est coupé du monde dans ce pays démoli où l'armée tient tout. Il est obligé d'attendre, pour envoyer ses rapports, qu'un messager arrive de Moscou et y reparte. Comme ce sont les premiers témoignages que l'Occident reçoit de Pologne, toutes les chancelleries s'y intéressent. Lublin peut faire momentanément illusion à qui arrive de Moscou, mais la réalité est tragique. Plus de six millions de Polonais ont été tués ou déportés en Allemagne et ne reviendront pas, en plus des trois millions de Juifs qui vivaient en Pologne avant la guerre et dont seulement 3 % n'ont pas été massacrés. Les plus grands noms des lettres, des sciences, des arts et de l'enseignement ont été exterminés. Les familles survivantes ont été dispersées et ruinées. Le visage de Christian est empreint d'une gravité nouvelle, il n'est plus le petit garçon qui regardait défiler son père à cheval, l'avant-dernier d'une famille nombreuse soudée et heureuse, le jeune homme plein d'espoir et de fougue qui court se cacher dans un avion anglais pour continuer à se battre, le *Frenchy* célibataire qui plaît aux Parisiennes, aux Anglaises et aux Moscovites. Il a changé, mûri, côtoyé l'indicible.

À la fin du mois, il retourne avec Francis Huré et Doncker à Varsovie par un jour ensoleillé où le verglas brille sous le ciel bleu. Ils traversent Praga. Des femmes de tous les âges surgissent des caves, de jeunes vendeurs se pressent pour leur proposer du chocolat ou du savon, le printemps arrive, la résurrection est en marche. Une file interminable avance à pied vers le pont, des petites filles aux fichus colorés, un vieil homme qui tient un cadre vide comme s'il s'agissait d'un trésor, un garçon qui pousse une brouette, des couples, ils ont des sacs sur le dos, ils ont tout perdu, ils retournent inlassablement vers la ville morte où leurs foyers ne sont plus qu'un souvenir. Mais, contrairement aux déportés des camps d'extermination, ils sont vivants.

Christian quitte Varsovie en avril. Il arrive à Moscou la veille de la Pâque orthodoxe. La victoire est acquise, pour la première fois le couvre-feu est levé, mais comme le *black-out* subsiste, la ville entière est dans le noir. Il va à la cathédrale avec des officiers américains de la mission militaire. Le dernier archevêque du temps de Nicolas II officie avec sa longue barbe blanche, des milliers de Moscovites regardent un spectacle qui est nouveau pour les jeunes et que les vieux avaient presque oublié : la Pâque est célébrée en grande pompe, dans l'odeur et la fumée de l'encens, le miroitement des tiares, la beauté des chants russes. La vie renaît, lentement.

Christian songe avec tristesse à Tonio qui a disparu avec son avion sans laisser de traces. Il n'espère plus. Son ami a sûrement été abattu dans le ciel bleu de Corse. On ne pose pas un Lightning en rase campagne. Saint-Ex, gêné par ses vieilles blessures, ne pouvait pas sauter en parachute et a dû faire corps jusqu'à la dernière seconde avec son avion. L'aviation militaire a pour devise : « Les ailes me portent, l'étoile me guide et la couronne m'attend. » Les ailes de Tonio ne le portent plus vers l'étoile qui l'a guidé toute sa vie, et la couronne qui l'attend est celle qu'on jette d'un avion ou d'un navire sur les flots qui engloutissent les aviateurs ou les marins.

Le lendemain, un avion militaire le ramène à Paris en passant par Le Caire et Alger. Il a terminé sa mission. Les déportés survivants sont rapatriés, le lien est renoué avec la Pologne, la France a une longueur d'avance sur les autres pays de l'Ouest.

— Que voulez-vous faire maintenant ? lui demande le grand Charles.

— Je voudrais être mon maître quelque part.

— Voulez-vous être préfet ? Je pense à vous pour Colmar ou pour Metz.

Il ne peut pas deviner qu'il va partir beaucoup plus loin.

Il note, sur son petit carnet noir à spirale : « Le cœur se brise ou se bronze. » (Honoré de Balzac)

Tes rapports diplomatiques font froid dans le dos, papa. Ils n'ont jamais été publiés, je les ai trouvés dans tes archives. Tu viens d'arriver à Lublin, tu te retrouves face aux évadés, les seuls assez vigoureux pour fuir quand les camps allemands situés en Pologne occupée ont été repliés et que les SS ont transféré les déportés vers les camps situés sur le sol allemand en leur infligeant les marches de la mort.

Il n'y a plus que les enfants des familles alsaciennes et lorraines. Tous les enfants juifs ont été exterminés, tous. Il y a très peu de femmes, aucun vieillard, il ne reste que les hommes.

Doncker était impassible en te faisant visiter Majdanek. Les psychiatres nous expliquent aujourd'hui que les survivants souffraient d'un syndrome post-traumatique et qu'ils étaient en agonie psychique. Ils étaient vivants dehors mais en miettes dedans, fracassés. Tu as été responsable de vingt-cinq mille hommes qui sortaient de l'enfer, tu n'avais que trente-trois ans. Quand on pense aux camps nazis, on pense aux milliers de morts. Toi tu as pris en charge les rares vivants. Tu as demandé dans ton rapport quelques lignes du Général. Quand je l'ai lu, ça m'a d'abord paru dérisoire, mais en y réfléchissant, c'était une idée judicieuse, ça revenait à reconnaître leur drame, à rendre à nouveau humains des hommes qu'on avait traités de façon inhumaine.

Quand on tape « camp de Majdanek » aujourd'hui sur Internet, on tombe sur : « Camp d'extermination de Majdanek, horaires du mercredi, de 9 à 16 heures ».

Tu m'as parlé des camps et des familles entières qui ne sont jamais revenues. Certains de tes amis, anciens déportés, avaient des numéros tatoués sur la peau. Tous les morts de cette guerre, que ce soit en service commandé, au champ d'honneur, ou en déportation, étaient nommés et honorés à la maison. Mais tu ne m'as jamais parlé ni de Moscou, ni de Lublin, ni de Varsovie, et je ne savais absolument pas que tu t'étais occupé des prisonniers et des déportés. Je l'aurais découvert si j'avais ouvert tes livres quand tu me les as offerts. Je suis désolée. J'étais une ado normale, égoïste et insouciante. J'espère que tu ne m'en veux pas.

En décembre 1964, après le transfert des cendres de Jean Moulin au Panthéon, tu m'as récité des extraits du discours de ton ami André Malraux : « Entre ici, Jean Moulin, avec ton terrible cortège… Entre avec le peuple né de l'ombre et disparu avec elle, nos frères dans l'ordre de la Nuit. »

En novembre 1996, pour le vingtième anniversaire de la mort de Malraux, ce sont ses cendres à lui qui ont été transférées au Panthéon. Maman et moi avons été invitées à la cérémonie. Jacques Chirac et Maurice Schumann ont fait des discours. Ils ont cité Malraux : « Nous ne savons pas ressusciter les corps mais nous commençons à savoir ressusciter les rêves. » Jean-Edern Hallier, assis près de nous, n'y voyait presque plus et peinait à descendre les marches de la tribune. Tante Violette, veuve de mon parrain Gaston, avait perdu son chauffeur dans la cohue et errait, affolée, au milieu de la foule indifférente. Nous avons mis un temps infini à retrouver sa voiture dans la nuit. Vous étiez tous morts, il ne restait que vos femmes, vos enfants et vos rêves.

Les salons littéraires de province sont ma fenêtre sur le monde, papa. J'écris toute l'année derrière la digue de mon ordinateur, mes mots sont ma barque et mes rames. Ces salons où je pars dédicacer le week-end sont aussi gratifiants que terrifiants. Des lectrices fidèles me disent avec émotion que j'ai changé leur existence (enfin, pas moi, mes romans). Puis une personne regarde mon livre en faisant la moue : « Jamais entendu parler de vous ! » J'ai envie de rétorquer : « Jamais entendu parler de vous non plus ! », mais je me retiens.

Dans chaque salon, une personne se souvient de toi. Dans l'Est, des hommes âgés m'expliquent qu'ils ont collé ces affiches pour tes campagnes électorales à Nancy et à Toul. Ils me tendent la main, je me lève de derrière mes piles de livres pour la serrer, et l'espace d'un instant nous reculons dans le temps, je redeviens une ado enrobée avec un col roulé acrylique et une maxi-jupe, ils redeviennent de jeunes militants qui placardent ton nom dans la nuit avant d'embrasser leurs petites amies à l'arrière d'une voiture. Pourquoi n'ai-je pas gardé tes affiches ? J'avais des posters de Gérard Philipe et de James Dean dans ma chambre. J'aurais pu te coller avec eux.

Un dimanche, je ne sais plus où, j'ai vu approcher un très vieux monsieur et son petit-fils. Comme j'ai plus de lectrices que de lecteurs, je les ai crus en mission pour une mère ou une grand-mère. Je me suis tournée vers le vieux monsieur. Il me regardait en silence. Le petit-fils a vérifié :

— Vous êtes bien la fille de Christian Fouchet ?

J'ai hoché la tête. J'ai essayé d'imaginer son grand-père un seau de colle à la main et un rouleau d'affiches sous le bras.

— J'ai été déporté en Pologne, m'a dit le vieil homme d'une voix fêlée avec un accent yiddish marqué. Votre père s'est occupé de moi après. Il était grand et fort. Je n'avais plus rien. Toute ma famille avait été exterminée.

Je l'ai regardé avec stupeur. J'ignorais de quoi il parlait.

— Votre père est le premier Français qui m'a aidé en 1945, a répété le vieil homme. Il n'y avait plus que moi. J'étais seul…

Nous étions séparés par la table et mes livres. J'étais assise, lui debout, incroyablement fragile. Je me suis levée. Je n'ai pas osé le toucher mais j'ai eu l'impression de l'étreindre. Son petit-fils demeurait impassible. Ce monsieur était un survivant. Savait-il que, malgré ta haute taille et ta force, tu étais mort depuis longtemps ? Je vous ai imaginés tous les deux face à face il y a… j'ai calculé… soixante-dix ans. Il était plus jeune que toi, sinon il ne serait plus là. Il me fixait, cherchant peut-être une ressemblance entre nous. Puis il est parti avec son petit-fils. J'ai continué à sourire à mes lectrices, à dédicacer en plaisantant, à faire mes petits dessins rituels sur la page de garde. Mais j'avais du mal.

J'ignore le prénom de Doncker, le rescapé de Majdanek. Je tape son nom sur Internet, je trouve de jeunes entrepreneurs homonymes sur Facebook ou LinkedIn, je n'ai aucun moyen de savoir s'ils sont ses descendants. S'il avait dix-neuf ans en 1945, il en a quatre-vingt-dix aujourd'hui. Je t'imagine arpentant les rues désertes de Varsovie avec lui et Huré, la chapka sur la tête, les yeux écarquillés, tes épais sourcils couverts de flocons, les pieds au chaud dans tes bottes, contrairement à ton père. Tu ne m'as jamais parlé de lui, c'est fou, il a fallu que je te lise pour découvrir que tu n'étais pas né par l'opération du Saint-Esprit ! Je ne savais pas non plus que tu avais été orphelin jeune, tu parlais de ta mère avec émotion et tendresse, pas de lui. Tu as dû lui en vouloir de te quitter si tôt, comme je t'en ai voulu de ton absence, même si tu n'avais pas fait exprès. Les larmes n'aident pas, alors que la colère stimule.

Tu fais irruption dans mon présent d'une manière inattendue. Je suis invitée par la radio RCF pour promouvoir un livre. La romancière et journaliste Élise Fischer me reçoit chez Bayard dans un studio de Montrouge et me présente l'autre invité, un monsieur d'un certain âge en veston et cravate. Elle nous interroge entre des morceaux de musique. Nous coiffons nos casques, nous parlons dans le micro. L'autre invité ouvre le bal. Mon tour arrive. La lumière rouge est allumée, je réponds, le réalisateur surveille à travers la vitre.

Soudain, l'autre invité griffonne quelques mots sur un papier qu'il me tend. J'y jette un coup d'œil : « Vous êtes la fille de Christian et Colette ? » Je hoche la tête en essayant de rester concentrée. Il attend la coupure musicale pour me chuchoter :

— J'ai bien connu votre père, nous étions ensemble à Varsovie.

Je n'avais pas encore lu ton livre. Je lui ai souri d'un air incertain. Depuis, je t'ai lu et je sais très bien qui il est. C'est Francis Huré.

Des années après la guerre, tu étais déjà ministre, tu as retrouvé dans une délégation polonaise l'interprète qui vous avait accompagnés entre Minsk et Lublin dans l'avion militaire dont le chauffage ne marchait pas. Il t'a appris qu'un avion de chasse allemand avait voulu vous intercepter et que, par prudence, vous aviez terminé votre voyage à cent mètres d'altitude. Le froid, la fatigue et la vodka aidant, Huré et toi n'aviez rien remarqué.

Je suis allée en Pologne une seule fois, rapatrier une abonnée d'Europ Assistance, une vieille dame polonaise mariée à un Français. Elle vivait en France et retournait chaque année en train passer un mois dans sa famille. Mais elle avait eu une crise d'angine de poitrine sur place et on m'avait envoyée la chercher. J'ai passé la nuit à l'hôtel puis j'ai fait un long trajet en ambulance à travers la campagne. Un petit avion d'une ligne intérieure devait nous ramener dans la capitale polonaise. Ma patiente volait pour la première fois. Nous avons embarqué. Une civière était fixée par terre au milieu de l'appareil, l'hôtesse m'a expliqué que ma patiente devait s'y allonger et qu'on l'attacherait avec des sangles. Ma vieille dame est devenue crayeuse. J'ai dit qu'il n'en était pas question, j'ai parlementé et signé des papiers. Elle s'est assise à côté de moi, elle a repris des couleurs et m'a demandé :

— Ils vont distribuer le coton quand ?

— Quel coton ?

— Pour mettre dans nos oreilles à cause du bruit.

— Il n'y a pas de bruit, madame.

— Mais il y a de la fumée ?

— Pas de fumée non plus.

— L'avion redescend souvent pour prendre de l'essence ?

— Il ne redescend pas, nous atterrissons directement à Varsovie.

Pas de coton, pas de fumée, pas de station-service, elle était stupéfaite. Les mains agrippées à l'accoudoir, elle regardait les champs et les églises aux toits à bulbes en dessous de nous. Nous avons atterri à

Varsovie, la ville phénix revivait. Je ne sais pas si tu y es retourné un jour. J'aurais aimé y aller avec toi. Son cœur bat à nouveau, je peux te l'assurer.

Je note, sur un carnet Moleskine acheté à Paris :

« Ensuite vous montez en fumée dans les airs, ensuite vous avez une tombe au creux des nuages, où on n'est pas à l'étroit. » (Paul Celan, poème *Todesfuge* écrit trois mois après la libération d'Auschwitz – Oswiecim)

Et j'écoute *Un été 42* dans la version d'orchestre dirigé par Michel Legrand accompagné à la harpe par sa femme Catherine Michel.

Calcutta, août 1945

Christian n'est pas nommé préfet à Colmar ou à Metz. Il part comme délégué du gouvernement français aux Indes auprès du vice-roi lord Wavell, et comme consul général de France à Calcutta avec juridiction sur l'Inde entière et la Birmanie. Il a trente-quatre ans. Il voulait être son propre maître, il est servi.

L'hydravion qui l'amène avec son consul adjoint atterrit sur un plan d'eau aménagé dans un bras du Gange. Ils arrivent pendant la mousson, la chaleur tropicale humide les gifle dès la sortie de l'appareil. Le consulat est à Park Street, en bordure du quartier hindou. Le poste devrait être à Delhi mais le gouvernement britannique ne veut pas de représentant étranger dans son *dominion*. Il faut donc sept heures d'avion pour effectuer la moindre démarche auprès des autorités.

Les cinq comptoirs que la France possède encore aux Indes – Pondichéry, Chandernagor, Yanaon, Karikal et Mahé – ne relèvent pas de sa compétence, mais des visites de courtoisie s'imposent. Il achète une voiture américaine d'occasion, une LaSalle, à un maharadjah : il n'a pas le choix, c'est la seule dans laquelle il entre avec sa stature, les petites autos locales ne sont pas faites pour son gabarit.

Il commence par Chandernagor. Le chauffeur bengali évite adroitement les Indiens qui trottent dans la poussière, les enfants qui courent, les femmes massées autour des rares fontaines, les vaches sacrées squelettiques. La route se rétrécit alors que la voiture passe sous un portail surmonté d'un écriteau « Liberté Égalité Fraternité ». Il quitte brusquement les Indes britanniques pour un autre monde qui ressemble au Vésinet près du Saint-Germain-en-Laye de son enfance, avec le couvent des sœurs de Saint-Vincent-de-Paul, la maison du juge de paix, une statue de l'ancien gouverneur Dupleix au milieu d'un square. Le Gange lui évoque la Seine. Le jeune administrateur le reçoit dans une maison dont le décor n'a pas changé depuis le XVIIIe siècle. Un vieil Indien s'approche :

— Comment va M. Clemenceau ?

Il explique qu'il a accompagné le Tigre quand il est venu en visite au Bengale en 1920. Christian n'a pas le cœur de lui dire que Clemenceau est mort en 1929.

— Bien, je vous remercie, je lui transmettrai votre souvenir.

Il part ensuite à Pondichéry et, dans la foulée, visite la léproserie de Kumbakonam tenue par des religieuses françaises. Une étrange escorte l'attend au bout de la route. Montés sur de courtes échasses, la taille prise dans des chevaux de carton, les lépreux font caracoler leurs montures en l'honneur des visiteurs. Ils portent sur l'épaule des sabres de panoplie d'enfant et leurs têtes sont enturbannées. Ils encerclent la voiture, fendent la foule pour se frayer une place, tandis que la sueur coule sur leurs visages impassibles couverts de taches jaune sale. Christian descend de voiture. Ils le saluent en portant à la poitrine leurs deux mains jointes, il répond de même. Ils lui passent au cou des colliers de fleurs. Beaucoup d'hommes ont des béquilles, presque tous ont des pansements couvrant la moitié de leurs pieds ou les moignons de leurs mains. Un grand nombre ont d'horribles plaies au visage et le regardent avec des faces sans nez, sans lèvres ou sans oreilles. D'autres sont aveugles. Un homme assis sous un arbre n'a plus que deux cuisses coupées haut et enveloppées de linges, ses bras s'arrêtent un peu au-dessus du coude. Il le fixe avec une expression intense.

Les cigarettes et les bonbons que le conseiller culturel a apportés déclenchent l'enthousiasme. Les cavaliers font piétiner et volter leurs destriers de carton pour exprimer leur joie. La mère supérieure annonce en souriant qu'il va y avoir une représentation.

Le mélange de fête foraine et d'enfer, de joie et de pourriture, d'excitation et d'agonie, chamboule Christian. La représentation commence avec des enfants qui exécutent des mouvements de gymnastique rythmés par le sifflet d'un professeur. Les lépreux entament ensuite une danse, lente puis échevelée, dont la contagion gagne l'assistance. Alors le peloton de cavalerie perd son impassibilité et esquisse des pas de charge en poussant des cris. Les spectateurs lépreux scandent bruyamment les pas des danseurs et les piaffements des cavaliers, puis se déchaînent dans une poussière qui monte à la gorge et qui pique les yeux. Goya est dépassé. Le spectacle est aussi déchirant que fascinant. Christian sait, en le regardant, qu'il ne l'oubliera jamais.

En quittant la léproserie, il se rend à Chidambaram, un lieu saint où le temple de Nataraja est dédié au dieu danseur Shiva. Après le ballet surréaliste, la sérénité des statues l'apaise dans l'insoutenable chaleur. L'administrateur du domaine sacré lui offre de l'eau de rose glacée dans de lourds gobelets d'argent.

Impressionné par l'abnégation des religieuses, Christian les mentionne au cours d'un dîner qu'il offre en l'honneur du maréchal Juin, en louant leur contribution au prestige de la France à l'étranger.

— Elles ne travaillent pas pour la France, lui lance Juin, elles travaillent pour Rome.

Il a quitté les neiges polonaises pour l'Inde calcinée. Il devient la coqueluche des femmes de la colonie française. La vie d'un consul est jalonnée de réceptions, il ne peut y couper, et au fond elles ont leur charme. Mais sa visite aux lépreux, après les camps de la mort, agit sur lui comme une piqûre de rappel. Assis le soir sur la terrasse du consulat dans la nuit indienne parfumée, il entame l'écriture de son premier roman. Il a déjà le titre : *Le Carnaval des lépreux*. Dans le chariot de sa machine portative de correspondant de guerre, il glisse une feuille de papier à en-tête : République française, consulat général de France, Calcutta.

Son histoire commence au sortir de la guerre, dans un pays qu'il ne nomme pas, où des prisonniers ont tout juste été libérés de camps. Le héros, Thierry Prieur, est un commandant chargé de leur venir en aide. Les autres personnages sont Denyse Cléry, une jeune femme médecin, Denkel, un soldat de vingt ans, et le prêtre Duchenoy.

Le premier chapitre flanque un uppercut au lecteur. Thierry et Denkel accueillent Denyse et Duchenoy qui les rejoignent dans la mission militaire. Ils entendent des cris dehors. Deux femmes se font violer. Denyse et le prêtre veulent voler à leur secours mais Thierry les en dissuade. S'ils y vont, ils se feront tuer et ne seront plus utiles à personne.

Thierry, ancien Français libre, joueur de rugby, vient de perdre sa mère, la seule grande dame qu'il ait jamais connue. Deux de ses frères sont morts à la guerre. Son père est mort quand il était enfant. Il est à l'aise partout, et met les autres à l'aise. Le père de son meilleur ami le décrit en ces termes : « Prieur est un aventurier qui a en lui du pirate des Caraïbes et du marquis Louis XV. » Ami fidèle, amant passionné, il aime les femmes et le plaisir. Il s'est cru anarchiste jusqu'au moment où la France a eu besoin de chaque Français. Les gens bien-pensants et les raisonnables le dégoûtent parce qu'ils corrompent tout par leur snobisme, leur bienséance et leur prudence. Il s'amuse, il prend tout à la blague, il considère l'existence comme un carnaval, le carnaval de la vie et de la mort. Il accueille les prisonniers libérés en leur parlant sincèrement, et ils le respectent. Lorsque sa mission est terminée, Thierry et Denyse, devenus amants, se retrouvent à Paris. Jouisseur cynique et incroyant, Thierry est démobilisé et lance un journal politique. Il est écœuré par les bourgeois qui n'ont rien compris, et qui râlent contre l'augmentation des gages de leurs domestiques. Denyse, amoureuse et pratiquante, est écartelée entre sa passion pour lui et sa morale religieuse. Pour elle, la vie n'a rien d'un carnaval. Elle désire un enfant de lui, il se méprend, la croit enceinte et réagit violemment. Alors qu'il s'est décidé à la demander en mariage, elle s'enfuit en Inde pour travailler dans la léproserie de Kumbakonam, où elle meurt faute de s'être fait vacciner avant son départ. Thierry reçoit une lettre posthume où elle lui demandait de venir. Il part à Calcutta et assiste au carnaval des lépreux.

Christian écrit le premier jet en une semaine, puis le corrige pendant des mois. Il y travaille tous les jours, quel que soit son emploi du temps.

Un soir, il offre un grand dîner officiel au Great Eastern. Les cinquante ventilateurs de l'immense salle à manger brassent l'air. Les serviteurs coiffés de turbans apportent le repas en un ballet parfait. La dame très chic qui est à sa droite se tourne vers lui et minaude :

— Alors, monsieur le consul, le général de Gaulle, est-ce qu'il est gentil ?

Le qualificatif incongru arrête net les conversations. Christian lui répond du tac au tac :

— Oh madame, c'est un chouchou !

Les sourires fleurissent, les conversations reprennent, les ventilateurs ronronnent. La petite dame pique du nez dans son assiette. Il rit intérieurement en pensant à Charles.

Il fait la connaissance d'une personne stupéfiante, digne et unique. Alexandra David-Néel est une petite femme de soixante-dix-sept ans chez qui tout est grand : valeur, caractère, gueule, rêves, force, foi dans le bouddhisme. Née en 1868, elle est du signe du Scorpion, comme lui et le grand Charles. Alexandra David, artiste lyrique, a épousé Philippe Néel à trente-six ans, elle est partie avec son accord pour un voyage de dix-huit mois en Inde, elle n'est revenue au domicile conjugal que quatorze ans après. Puis elle a repris la route. À cinquante-cinq ans, après une expédition de trois mille kilomètres à travers l'Himalaya, elle a été la première Européenne à pénétrer dans Lhassa, la ville interdite, déguisée en mendiante, avec son fils adoptif, le lama Yongden. Le Tibet était alors représenté sur les cartes par une tache blanche. Elle est écrivain, journaliste, orientaliste, tibétologue, bouddhiste, féministe, franc-maçonne et libre penseuse. Elle a médité un an dans une caverne à quatre mille mètres d'altitude au nord du Sikkim. Son existence est jalonnée de voyages, de rencontres, d'études philosophiques, de défis insensés.

En 1937, elle a quitté sa maison de Digne, nommée

Samten-Dzong, c'est-à-dire forteresse de la méditation, pour repartir, à soixante-neuf ans, sur les routes avec Yongden. Elle voulait poursuivre ses études en Chine quelques mois, son voyage a duré neuf ans pendant lesquels elle a connu la guerre sino-japonaise, les bombardements, la famine, les épidémies, le froid. En charrette et à pied, elle a fui ce cauchemar. Grâce à sa rencontre avec des aviateurs français envoyés en Chine par le grand Charles pour représenter la France libre, elle arrive en Inde, en 1946, accompagnée de Yongden. Son mari est mort il y a quatre ans, ils ont correspondu pendant trente-sept ans. Elle sollicite l'aide de Christian pour revenir en France en traversant des pays en guerre, à cheval, en train, à chameau et en voiture. Il la loge avec le lama dans un bon hôtel, il pourvoit à leurs besoins immédiats. Pendant quinze mois, il se démène pour obtenir les dix visas nécessaires, en vain. Mais ils ont ainsi le temps de devenir amis. Et finalement il leur trouve un bateau pour la France.

On demande à Christian de faire une conférence sur son pays. Son entrée en matière est originale :

« La première fois que je suis allé en Angleterre, une charmante vieille dame me posa à l'heure du thé la question :

— *Chinese or Indian ?*

Ignorant qu'il s'agissait de thé, je crus avec étonnement qu'elle me demandait si j'étais chinois ou indien. Et je lui répondis avec fierté :

— *No, French !* »

Le 1er juin 1946, le président Hô Chi Minh, qui se rend à Paris, fait escale à Calcutta avec sa délégation et atterrit sur le terrain de Dum Dum. Les Indiens et les Anglais rêvent de réceptions officielles mais Saigon a fait savoir au consulat français qu'Hô Chi Minh veut rester incognito et qu'il suffit d'un attaché de cabinet pour l'accueillir. Il n'y a pas d'attaché de cabinet dans un consulat. Tous les journalistes sont sur les dents et attendent, tandis que Christian dîne avec Hô Chi Minh en petit comité au Bengal Club.

En août, les hindous et les musulmans s'égorgent quatre jours et quatre nuits au nom de Brahma et d'Allah. Christian roule avec l'adjoint et le conseiller culturel à travers les rues d'un Calcutta jonché de cadavres et d'agonisants. Chacun d'eux porte un revolver pour se défendre. Le fanion français sur leur voiture ne signifie rien pour les Bengalis, mais la couleur de leur peau les désigne comme des étrangers et les protège. Les pères jésuites belges comptabilisent vingt-cinq mille morts. Comme on n'a pas le droit de détenir d'armes à feu, on s'entretue au couteau ou au gourdin. Des milliers de vautours au cou pelé s'abattent sur la ville et jouent les fossoyeurs, suivis de corbeaux qui dévorent les restes. Des soldats indiens au visage recouvert de gaze protectrice sillonnent les rues en camion au son des sirènes pour emporter les corps jusqu'aux bûchers dressés au bord du Gange.

Parfois, certains « morts » bougent. Christian et ses compagnons préviennent aussitôt les soldats qu'il ne faut pas les brûler mais les soigner.

Depuis sa terrasse où les domestiques hindous du consulat restent en sécurité, il regarde la ville en flammes et entend des hommes crier en agonisant. Un jeune musulman réussit à grimper jusqu'à lui, il lui donne asile jusqu'à ce que le danger soit écarté. Le jeune homme a eu si peur que pendant des heures il claque des dents avec un bruit de castagnettes. Les boys hindous l'acceptent, l'heure n'est plus à s'entre-tuer mais à survivre.

Le quatrième jour, le général anglais commandant le corps d'armée du Bengale décide d'entrer dans la ville avec ses troupes et met fin à ce cauchemar. Les vautours et les corbeaux repartent, rassasiés. Devant le fleuve, les bûchers fument. Les morts ne se relèvent pas. Les dieux restent impassibles en haut de leur Olympe. Le jeune musulman descend de la terrasse du consulat.

En février 1947, Londres dépêche lord Louis Mountbatten comme vice-roi. Cousin de la future reine Elizabeth II, il est chargé de négocier avec le pandit Nehru les modalités de l'indépendance. Sa femme Edwina devient proche de Nehru. La passation des pouvoirs entre les deux hommes a lieu le 15 août à Delhi, au Fort rouge, l'ancien palais des empereurs moghols. À minuit, l'Inde devient indépendante. Le drapeau safran, vert et blanc flotte, des feux d'artifice embrasent le ciel, des défilés et des rassemblements s'organisent à travers tout le pays. Nehru, Premier ministre de l'Inde libre, et lord Mountbatten sont acclamés par la foule. Le Mahatma Gandhi n'est pas là, il vient d'entamer un jeûne pour protester contre la partition. La France va envoyer un ambassadeur, la mission de Christian est finie. Les femmes de la colonie française sont navrées de le perdre.

Christian connaît bien le pandit Nehru et sa fille unique Indira. Nehru est un homme d'État, patriote, penseur, aristocrate par la pensée et par la caste. Mais le Mahatma Gandhi, c'est l'Inde. Christian va lui dire au revoir au quartier des parias dans un faubourg de Delhi. Quand il arrive sous sa tente, Gandhi file le coton devant son rouet, entouré de femmes. Sachant qu'il a soixante-dix-sept ans, Christian le salue selon la mode hindoue :

— Je vous souhaite de vivre deux fois soixante-dix-sept ans !

Gandhi sourit.

— Non, c'est trop long, souhaitez-moi de vivre cent vingt ans.

— Je vous souhaite de vivre cent vingt ans. Vous avez consacré votre vie à l'indépendance de votre pays, beaucoup de choses vont se passer où vous serez le seul à pouvoir jouer un rôle.

— Vous vous trompez. Tout cela n'a aucune importance. La seule chose qui compte, dans la vie, c'est de se battre pour la vérité à laquelle on croit.

Christian hoche la tête. Il revoit Charles seul dans son petit bureau londonien, et le visage impassible de Doncker, et le carnaval de Kumbakonam.

— Voulez-vous assister à ma prière ? lui propose Gandhi.

Ils sortent sous le ciel d'un bleu insoutenable. Une

foule les entoure, parias, soldats, chauffeurs sikhs enturbannés aux longues barbes enroulées dans un filet.

— Maintenant nous allons prier Dieu, dit Gandhi. Il n'y a qu'un Dieu et c'est le même pour tous, sous des formes diverses. Nous allons donc chanter un chant hindou, suivi d'un chant musulman, puis un chant parsi. Et puisque nous avons ici un ami chrétien, un chant chrétien aussi.

Des oiseaux de proie volent très haut, ils se croisent et se décroisent sans un battement d'ailes. Puis ils se séparent en deux masses distinctes et disparaissent à l'horizon.

Le 30 janvier 1948, six mois après l'indépendance, le Mahatma Gandhi est assassiné par un extrémiste hindou à l'endroit même où Christian l'a salué pour la dernière fois. Il n'avait pas cent vingt ans mais soixante-dix-huit.

Christian note dans son carnet noir :

« À celui qui attend les choses se révèlent d'elles-mêmes, pourvu qu'il ait le courage de ne pas renier dans les ténèbres ce qu'il a vu dans la lumière. »

« Vis comme si tu devais mourir demain. Apprends comme si tu devais vivre toujours. » (Gandhi)

Et la fameuse devise d'Alexandra David-Néel : « Marche à l'étoile, même si elle est trop haute. »

Quand j'ai vidé en 1999 le grand salon de ta maison familiale de Saint-Germain-en-Laye, j'ai découvert la malle que tu avais rapportée de Calcutta, papa. Je l'ai ouverte avec curiosité et appréhension. J'y ai trouvé des livres de poésie, des petits carnets remplis de tes notes, des bermudas, des costumes crème, un smoking blanc, et des mites repues. Il me suffit de fermer les yeux pour t'imaginer, habillé de vêtements légers, le jour où tu as visité la léproserie. Le choc que tu as ressenti est proche du mien la première fois que je suis entrée dans certains services hospitaliers, effarée et honteusement soulagée d'être en bonne santé. Je t'imagine ensuite penché sur ta machine à écrire dont j'ai hérité, pour rédiger les pages de ton *Carnaval des lépreux*.

Ton roman me chamboule, il m'évoque la rose en acier qui pousse sur les fusils de Colin dans *L'Écume des jours* de Boris Vian. Je ne le lis qu'aujourd'hui. Pourtant je l'ai vu dans le tiroir du bas de la commode à Antibes toute mon enfance. Pourquoi n'ai-je jamais eu la tentation de l'ouvrir, moi qui rêvais d'écrire ?

Denkel, c'est le Doncker de Majdanek, ils ont le

même âge. Thierry Prieur, chargé de s'occuper des prisonniers libérés des camps, c'est toi. Il fume, il boit du café, du whisky et du brandy.

Il plaît aux femmes. Tu le décris comme « un homme qui n'aime pas les bien-pensants qui bien pensent, qui s'engage d'un bloc, avec armes et bagages, pas par pièces détachées, un homme au cœur puissant comme on dit au Tibet pour désigner une certaine catégorie de brigands ». C'est ton amie Alexandra qui t'a raconté ça ? Il appelle Denyse, la femme qu'il aime, « phénomène à roulettes ». Il professe : « Je suis jeune, j'adore les femmes, j'adore le sport. Quand je serai plus vieux, on verra. Mais serai-je vieux ? Il me paraît stupide de diriger sa vie en pensant à ce qu'on sera au moment le moins intéressant. Et je trouve stupides les gens qui disent : Surtout n'épousez pas une femme qui a quinze ans de moins que vous parce qu'elle en aura quarante quand vous en aurez cinquante-cinq. » J'éclate de rire. Ton héros ne croyait pas si bien dire. Dix ans après avoir écrit ces lignes, tu as épousé maman qui en avait seize de moins que toi.

Thierry a « un rire non truqué, non forcé, un rire joyeux qui éclate du bonheur de vivre ». Je vois exactement ce que tu veux dire. Je l'ai entendu quand tu riais.

Il dit aussi : « La mort n'a rien de terrible, c'est elle qui donne tout son prix à la vie. L'immortalité doit être une barbe. » J'espère que tu ne t'embêtes pas là où on va après.

Si c'était à refaire, papa, je craquerais à nouveau

pour ceux que j'ai aimés. Je referais des études de médecine. Je serais urgentiste. J'écrirais des romans. Mais je changerais une seule chose : j'irais voir Alexandra David-Néel avec toi et maman l'année de ses cent ans !

Elle était à Digne, dans sa maison de Samten-Dzong. Petite, elle avait joué sur les genoux de Victor Hugo. Son âge m'a effrayée, j'ai eu peur qu'elle tombe en poussière si je lui serrais la main trop fort, c'est absurde, je sais. Au dernier moment, je n'ai pas voulu vous accompagner, je suis restée à Antibes devant la télé à regarder un film avec Louis de Funès. Ce jour-là, je t'ai déçu. On est têtu, à douze ans. Tu as insisté. J'ai refusé de t'écouter.

Tu m'avais raconté qu'elle s'était déguisée en mendiante pour entrer dans la ville interdite de Lhassa et que le Tibet, ce « haut pays des neiges », était le toit du monde, je le voyais comme un couvercle posé sur la Terre. Tu ne m'as pas parlé de Calcutta mais tu parlais souvent d'Alexandra. Vous vous écriviez, tu me montrais ses lettres, je lui envoyais mes vœux. On la surnommait « la femme aux semelles de vent », c'était plus poétique que des patins à roulettes. Quand elle est restée un an seule dans son ermitage du Sikkim, elle a pratiqué le toumo, une pratique secrète du yoga tibétain transmise de maître à disciple, qui permet de mobiliser son propre feu intérieur pour repousser les limites de la résistance au froid, par exemple en séchant un drap mouillé posé sur son corps. On ne m'a pas appris ça pendant mes études de médecine.

Toute sa vie durant, Alexandra a choisi la route la plus longue et la moins rapide pour relier deux points. À quatre-vingt-deux ans, elle est allée camper au début de l'hiver au col d'Allos à 2240 mètres d'altitude. À quatre-vingt-sept ans, elle a perdu son compagnon de voyage et fils adoptif le lama Yongden, il avait trente ans de moins qu'elle mais il a « commis l'impudence » de partir le premier. Elle s'est remise à écrire et n'a plus arrêté avant sa mort en septembre 1969, elle allait avoir cent un ans. Quel personnage incroyable. Et moi, comme une triple andouille, j'ai refusé de venir avec vous. Marie-Madeleine Peyronnet, son amie et secrétaire personnelle qu'elle surnommait la Tortue, écrit dans *Dix ans avec Alexandra David-Néel* qu'Alexandra a regretté mon absence. Toi aussi, tu m'avais dit que je le regretterais. T'avais raison, Fouchet !

Tu te rappelles cette blague devenue culte entre nous : « T'as raison, Fouchet » ? Comme tout homme politique, tu as vécu des réunions électorales houleuses. Dont une en particulier. Tu n'y as été ni hué ni conspué, c'était pire. Chaque fois que tu énonçais un argument, un fervent militant criait : « T'as raison, Fouchet ! » Au début, c'était drôle. C'est devenu agaçant. Désagréable. Insupportable. L'homme t'interrompait systématiquement, déclenchant les rires du public. Professionnel aguerri, tu l'apostrophais pour le faire taire, mais il ne pouvait pas s'en empêcher. Son enthousiasme te pourrissait la vie.

— Et maintenant, si mon aimable approbateur veut bien me laisser continuer…

— T'as raison, Fouchet !

Et le public se gondolait. S'il est mort depuis et que vous vous êtes rencontrés là où tu es, je parie qu'il a remis ça.

En 2000, la poste française a édité une planche de timbres à l'effigie de six grands aventuriers français : Éric Tabarly, Haroun Tazieff, Jacques-Yves Cousteau, Norbert Casteret, Paul-Émile Victor qui a été pilote de l'US Air Force pendant la guerre et que tu connaissais bien, et Alexandra coiffée d'un bonnet jaune de lama au-dessus des dates 1868-1969.

Elle voulait que toi et Maurice Herzog soyez ses exécuteurs testamentaires, tu lui as conseillé de créer une fondation et de léguer sa maison à la ville de Digne. Samten-Dzong est devenue un musée et un centre bouddhique, le dalaï-lama s'y est rendu plusieurs fois. J'y suis allée. Marie-Madeleine, la Tortue, m'a montré les deux pièces où Alexandra vivait, la chambre et le bureau attenant, au premier étage. Elle travaillait sans relâche, mangeait quand elle avait faim, prenait rituellement son thé à 5 heures. Depuis son enfance, elle n'a plus couché dans un lit, elle a dormi sous la tente par terre pendant ses voyages, à même le sol de sa grotte d'anachorète quand elle s'est retirée du monde, puis dans un fauteuil jusqu'à sa mort, en écrivant ses livres à la main sur une table de camping pliante.

Quand tu étais ministre de l'Éducation nationale, tu as contribué à l'ouverture à Digne du lycée polyvalent Alexandra-David-Néel. Elle n'a pas pu l'inaugurer ni le voir, puisqu'elle ne quittait déjà plus sa chambre, mais elle en a été heureuse. Alexandra, l'ascète à qui la nourriture importait si peu, a exigé une description des cuisines, fascinée par le nombre d'élèves qu'on y nourrissait tous les jours. Le proviseur m'a fait visiter le lycée avec Marie-Madeleine, je m'attendais à vous voir surgir tous les deux au coin d'un couloir. Tu l'as aidée à Calcutta, est-ce qu'elle t'a accueilli quand tu es arrivé là où vous êtes ? Est-ce que vous prenez le thé ensemble à 5 heures ?

Ceux qui ignorent que David était son nom de jeune fille croient à tort qu'il s'agissait du prénom de son époux, que c'était lui l'explorateur, qu'elle l'a suivi au Tibet. D'autres s'imaginent qu'il était son mécène et qu'elle a voyagé avec l'argent de son mari alors qu'elle était à la tête d'une fortune personnelle qu'il gérait pour elle.

Ses initiales ADN sont celles de l'acide désoxyribonucléique qui porte notre information génétique. Nous avons tous un ADN, nous avons tous un peu d'Alexandra en nous. Certains écoutent l'appel du large, d'autres voyagent assis. Moi je voyage dans ton passé pour te raconter mon futur. Pourquoi ai-je tant attendu avant d'aller visiter sa fondation ? D'habitude, je suis toujours en avance. Pourquoi ai-je pris tout mon temps avec toi ? Parce que tu n'es plus là ?

Alexandra parlait de toi comme du « jeune consul » qui était devenu son ami à Calcutta en 1945. Vous correspondiez et vous n'avez jamais perdu le contact, mais elle était à Digne, toi par monts et par vaux, à cause de tes engagements professionnels. Quand tu es allé la voir avec maman l'année de ses cent ans (sans moi, quadruple imbécile), tu es entré dans son petit bureau, ton gabarit remplissait la pièce. Marie-Madeleine a lu dans le regard d'Alexandra un étonnement qu'elle n'a pas pu dissimuler. Elle en a eu l'explication après votre départ.

— Ma pauvre Tortue, ce qu'il a vieilli !

Tu n'étais plus le jeune consul, tu avais cinquante-huit ans.

Je ne suis jamais allée au Tibet, ni avec toi ni sans toi, mais j'ai visité son voisin le Bhoutan, le pays du bonheur national brut, le royaume du dragon tonnerre. C'est un petit pays dans l'Himalaya, encadré par la Chine et l'Inde. La télévision n'y est arrivée qu'en 1999. Ses habitants sont bouddhistes, l'harmonie et la compassion sont leurs valeurs essentielles. J'ai assisté au festival de Paro, j'ai découvert la capitale Thimphou, je suis allée à Punakha et à Bumthang.

J'ai dîné avec Françoise Pommaret, ethnologue et tibétologue française, consul honoraire du Bhoutan en France. Un touriste, nous entendant parler français dans un restaurant de Paro, s'est mêlé à notre conversation. Avec enthousiasme, il a dit à Françoise :

— Je suis célibataire, votre pays est un vrai Shangri La, j'ai envie de m'installer ici !

Elle lui a demandé calmement :

— Qu'est-ce que vous pouvez apporter au Bhoutan, monsieur ?

La question n'a pas désarçonné l'homme.

— J'ai une bonne retraite, il n'y a pas de problème.

Elle a secoué la tête en souriant.

— Je ne vous parle pas du matériel. Qu'est-ce que vous pouvez apporter spirituellement au Bhoutan ?

Sa question m'a frappée, si inattendue dans notre monde moderne.

J'ai ressenti le mal des montagnes à Paro et à Thimphou, je ne pouvais pas courir, j'étais essoufflée, j'avais l'impression d'être ma grand-mère. Puis nous sommes redescendus dans une merveilleuse vallée et j'ai récupéré mon corps et mon âge. J'ai pensé à Alexandra, crapahutant dans l'Himalaya avec ses habits de mendiante et son bâton pour tout bagage, affamée, gelée, portée par son rêve. Elle ne serait pas tombée en poussière en me serrant la main le jour de ses cent ans, elle m'aurait broyé les doigts !

Cette année, je suis allée au Myanmar, l'ancienne Birmanie. Je venais de découvrir que tu avais été consul des Indes mais aussi de Birmanie. J'ai songé à toi en regardant les pêcheurs du lac Inlé pagayer en enroulant une jambe autour de la gaffe sur leur pirogue, en voyant les jeunes bonzes vêtus d'orange sillonner les rues avec leurs bols à offrandes, en assistant à la toilette du bouddha de Mahamuni à Mandalay à l'aube, en voyant le soleil se coucher dans les eaux de l'Irrawaddy, en suivant le vol des montgolfières au-dessus des stupas de Bagan, en nageant à Ngapali dans le golfe du Bengale, en prenant un inoubliable petit déjeuner sur la terrasse de mon ami

Hervé Fléjo à Yangon. J'ai vu, à moins d'un mètre de moi, Aung San Suu Kyi sortir d'une conférence de presse dans un hôtel peuplé de journalistes et d'expatriés européens en costume clair, je l'ai saluée, *Mingalabar*, elle m'a répondu avec grâce. J'ai offert une branche de cerisier au bouddha couché de la pagode Kyaukthagi à l'intention de ceux qui me sont chers, présents ou disparus. Pour toi aussi, là où tu es avec Alexandra et Tonio, au paradis, au nirvana ou dans l'immensité du ciel.

Mon amie Pierrette Dupoyet, comédienne globe-trotteuse, joue dans les prisons, les pays en guerre, à Avignon, partout. Actrice caméléon, toujours seule en scène, elle se transforme en Rimbaud, Colette, George Sand, Dreyfus, Gelsomina, Vian, Hugo, Camus, ou Alma Rosé, la nièce de Mahler qui a dirigé l'orchestre de femmes déportées d'Auschwitz. Pierrette est la première femme que la famille Saint-Exupéry a autorisée à incarner le Petit Prince. Et la seule artiste que Fellini a autorisée à adapter *La Strada*. Elle a écrit et mis en scène la pièce *Alexandra David-Néel, pour la vie*, qu'elle a créée au Festival d'Avignon en 2003 avant de la jouer à Digne et en tournée.

La pièce commence dans la salle d'attente de la préfecture où Alexandra, cent ans, veut renouveler son passeport, ce qu'elle a vraiment fait à cet âge. Le fonctionnaire, stupéfait, la fait patienter. En l'attendant, elle se souvient de ses voyages et raconte sa vie aux spectateurs dans un décor de bougies et de drapeaux de prière.

J'aurais aimé t'inviter à la voir au théâtre de la Vieille-Grille. Tu aurais eu du mal à caser tes grandes jambes, on aurait marché après pour les dégourdir, je t'aurais emmené boire un thé au beurre salé rue de la Montagne-Sainte-Geneviève.

En 2010, à Montparnasse, j'ai vu une pièce adaptée du livre de Marie-Madeleine. Hélène Vincent interprétait Alexandra, Émilie Dequenne campait la Tortue. La mise en scène voulait qu'à la fin, le jour de ses cent ans, les spectateurs lui souhaitent son anniversaire et l'applaudissent. Je suis venue au centenaire de ton amie avec cinquante ans de retard mais j'étais là, papa. Sans toi. Sans elle. Les larmes aux yeux dans la pénombre de la salle, j'ai applaudi pendant qu'elle soufflait ses bougies. Personne n'est tombé en poussière. Le vent dehors agitait les branches des arbres parisiens. Et je me suis sentie soulagée d'un poids colossal.

Je note dans un carnet en papier artisanal rapporté du Bhoutan :

« L'âge n'est qu'un point de repère, moi je pose des virgules aux nuages, je cours, je vole, je nage… je mets des pointillés partout. Ma correspondance en a été remplie… des points de suspension, des points d'exclamation, des points d'enthousiasme. » (Pierrette Dupoyet, *Alexandra David-Néel, pour la vie*)

J'écoute la *Première Gymnopédie* de Satie orchestrée par Debussy. Et l'adagio du *Quintette en ut majeur D 956* de Schubert, du film *Nocturne indien*.

Paris, 1947

Le 14 avril, dans son bureau de Park Street au centre de Calcutta, Christian ouvre son journal. Et il tombe sur le nouvel appel que le grand Charles lance à ceux qui veulent le suivre en créant le RPF, Rassemblement du peuple français. De la même façon qu'il avait découvert son premier appel le 18 juin 1940 en lisant son journal dans le train qui le ramenait à la base de la Royal Air Force.

Charles veut lutter contre le régime exclusif des partis, s'opposer au clivage droite gauche et empêcher l'avancée du communisme. Christian n'hésite pas. Les circonstances ne sont pas aussi dramatiques qu'en 1940. Sa décision n'en est que plus délibérée puisqu'elle n'est pas dictée par la passion. Le nouvel ambassadeur aux Indes le veut comme conseiller. L'ambassadeur en Chine lui propose le consulat général de Shanghai. Pourtant Christian rentre à Paris, il refuse toutes les propositions, se met en disponibilité du Quai d'Orsay sans traitement, et s'engage avec l'homme du 18 juin.

— J'en suis très heureux, lui dit Charles en souriant.

Vous savez, je n'ai pas grand monde. Oh ! j'ai des concours, par milliers, qui s'offrent, mais peu de gens sont aptes à commander. Vous venez d'avoir successivement deux postes considérables pour un homme de votre âge. Mais je ne peux vous faire aucune promesse, et si ça tourne mal pour moi, c'en sera fini de votre carrière !

— Je prends le risque.

Aux municipales d'automne 1947, la vague RPF balaie tout devant elle, mais ce ne sont pas des législatives. André Malraux a ce mot fameux : « Nous venions de franchir le Rubicon et nous nous préparions à y pêcher à la ligne. » Le RPF a gagné une bataille, mais le RPF n'a pas gagné la guerre.

Christian commence comme secrétaire général administratif avant de devenir délégué général pour la région parisienne. Il quitte le secrétariat du 5 rue de Solférino pour le siège de la délégation au 81 rue Taitbout. Ils vivent des temps exaltants, droite et gauche mêlées, Action ouvrière, Action professionnelle et sociale, jeunes, résistants de la première et de la seconde heure, dans cette ruche joyeuse. Ils portent la contradiction dans les réunions politiques du PC, et se trouvent souvent en fâcheuse posture dans des salles communistes déchaînées. Le dernier soir de la campagne électorale, Maurice Thorez parle à Choisy-le-Roi. Christian et Malraux veulent y aller ensemble avec un service d'ordre, mais, pour éviter la bagarre, décident qu'il ira seul avec deux gardes du corps. Ils n'oseront tout de même pas se mettre à cent contre trois ? Vêtus d'imperméables comme les autres, ils sont au milieu de la foule, mais la tête de Christian dépasse. On les repère, on les montre du doigt. Maurice Thorez arrive, il est acclamé. Christian griffonne sur un morceau de papier un petit mot qu'un de ses compagnons porte à la tribune : « Christian Fouchet, membre du comité exécutif du RPF, ancien officier de la France libre et ancien délégué du gouvernement français à Varsovie, demande à porter la contradiction. » Thorez lit le papier, l'ignore, finit son discours. Le président lève la séance.

Christian s'avance vers la tribune en criant à tue-tête :

— Maurice Thorez, j'ai demandé la parole !

On l'insulte, le service d'ordre communiste s'avance, menaçant. Un de ses accompagnateurs lui tape sur l'épaule.

— N'insistez pas sinon on va se réveiller à l'hôpital.

Ils sortent sous les poings dressés.

À Albi, son ami Gaston est jeté au bas de la tribune et frappé au visage à coups de pied. À Longwy, un des anges gardiens chargés de sa protection le couvre de son corps et lui glisse au milieu des cris :

— Ils vont vous tuer, monsieur Palewski, il faut filer !

Gaston lui répond :

— Je ne demande que ça, mon cher, mais c'est qu'ils m'en empêchent.

La délégation quitte la rue Taitbout pour la rue de Provence et emménage dans une ancienne maison de tolérance où les prudes militantes travaillent dans des chambres aux plafonds recouverts de glaces. Le RPF pratique la double appartenance, il rassemble des membres de tous les partis, sauf le PC et ceux qui se sont compromis avec le régime de Vichy. Les femmes, plus nombreuses qu'ailleurs, représentent un quart des effectifs. Ses membres sont socialistes, monarchistes, républicains de gauche, modérés, démocrates chrétiens, ou radicaux.

Christian dîne avec le général Leclerc avenue Kléber. Leclerc part le lendemain faire une visite d'inspection dans le Sahara. Christian lui parle de son frère aîné Paul qui a été affecté en Algérie où il commande les territoires du Sud. Leclerc promet de lui donner de ses nouvelles.

Deux jours plus tard, le 28 novembre 1947, Leclerc meurt à quarante-cinq ans dans un accident d'avion. Le vent soufflait en tempête et soulevait les sables, le pilote n'a pas suivi son plan de vol qui prévoyait une altitude de deux mille cinq cents mètres et une percée à l'arrivée. Aveuglé, il a traversé plus tôt la couche nuageuse pour suivre à basse altitude la voie ferrée qui conduit à Colomb-Béchar. Le B-25 Mitchell, bombardier modifié en appareil de transport, s'est crashé en percutant le remblai du chemin de fer.

Christian dîne avenue Bosquet chez son petit frère J.-R. quand on leur téléphone pour les prévenir que Paul, qu'on surnommait l'Ascète des sables depuis le temps de *L'Escadron blanc*, était dans l'avion. Leclerc lui a proposé de l'accompagner juste avant de décoller.

Leurs corps ont été relevés côte à côte, identifiés l'un par sa plaque de la Légion d'honneur, l'autre par sa grande taille.

Les deux plus jeunes frères partent alors ensemble annoncer la terrible nouvelle à leurs sœurs aînées. Quelques jours plus tard, les cercueils sont ramenés à la lueur des torches aux Invalides pour une veillée funèbre devant les familles regroupées au fond de la cour d'honneur. Puis une cérémonie se tient à Notre-Dame. Christian repense aux obsèques de son troisième frère Serge à Cherbourg, que lui avait racontées son deuxième frère Marcel, à la Légion d'honneur remise entre ses mains, aux coups de sifflet et au cercueil auquel les marins donnaient exprès du roulis pour évoquer symboliquement le bercement des flots. Il était le quatrième garçon, il est désormais le chef de famille. Ses trois aînés sont morts pour la France. Il n'existe pas de prière pour ça. Si Gandhi a raison, s'il n'y a qu'un seul Dieu sous des formes diverses, pourquoi a-t-il permis que cela arrive ? Son cœur explose mais il n'a pas le droit de flancher. Il s'est juré d'être proche de Béatrice, la fille de Marcel. Il se promet d'aider la femme de Paul. Elle a changé son prénom pour Olivia parce qu'elle trouvait « Paul et Pauline » ridicule. Mais aujourd'hui, il n'y a plus qu'Olivia…

Un an plus tard, André Malraux a une idée de poète : vendre des timbres de salut public pour que les Français participent avec leurs économies au renflouement des caisses du RPF. Bombardé responsable de cette campagne du timbre, Christian s'y investit à fond, propagande, administration, finances, délégués. En avril 1949, le total encaissé avoisine les cent millions de francs.

Malraux prend la parole juste avant le grand Charles dans les rassemblements de foule. Il ensorcelle les gens qui l'écoutent, fascinés. On ne comprend pas toute sa mélopée, mais on vibre. Quand il a fini, il s'immobilise face au public, les bras levés au-dessus de sa tête, les mains serrées l'une contre l'autre dans une posture qui n'appartient qu'à lui. Et un tonnerre d'applaudissements éclate. Puis le Général arrive. Il est moins bon orateur, il le sait, mais il envoûte autrement, il galvanise. Il a une mémoire infaillible et ne regarde jamais son texte, il parle avec sincérité et cible au cœur.

Les élections cantonales de mars 1949 sont un succès. C'est un mois épatant pour Christian, son roman *Le Carnaval des lépreux* paraît en feuilleton dans l'hebdomadaire *Carrefour*. Il rêve de le voir adapté au cinéma. Une seule femme pourrait, d'après lui, jouer son héroïne : la ravissante Michèle Morgan !

Louis Pasteur Vallery-Radot de l'Académie française l'a préfacé : « Un tel livre ne pouvait être écrit que par quelqu'un qui a vécu au-dessus du plan où se traîne le commun des mortels. Christian Fouchet a vécu sur un plan héroïque. C'est là qu'il a vu, qu'il a souffert, qu'il a compris. »

Christian est à la fois touché et gêné de cette préface. Tout ce qu'on lui a inculqué enfant sur l'amour du prochain en a pris un coup en Pologne et en Inde.

Son roman est lu par sa famille, ses amis, les membres du RPF, les innombrables inconnus qui achètent l'hebdomadaire. Ses mots ne lui appartiennent plus. C'est vertigineux.

En juillet, le film adapté de *L'Escadron blanc* réalisé par René Chanas sort sur les écrans. Il a été tourné au Sahara et dans la région d'Adrar en Algérie. Paul, malheureusement, n'est plus là pour le voir. Christian va seul au cinéma.

Dans le *Journal officiel* du 12 mars 1950, le commandant Antoine de Saint-Exupéry est, enfin, cité à l'ordre de l'armée aérienne à titre posthume pour avoir prouvé en 1940 comme en 1943 sa passion de servir et sa foi en le destin de la patrie, et trouvé une mort glorieuse, le 31 juillet 1944, lors d'une mission de reconnaissance. Mieux vaut tard que jamais ! Tout de même, ils y auront mis le temps…

L'année de ses quarante ans, Christian est élu député dans la 3e circonscription de la Seine. Le RPF a obtenu quatre millions de voix mais le système électoral des apparentements, mis en place par le gouvernement pour s'opposer aux gaullistes et aux communistes, permet aux listes de passer des accords entre elles. Et les choses se délitent. « C'est le règne des politichiens ! » lance Charles qui refuse les compromissions. La scission est inévitable.

Christian rencontre souvent à l'Assemblée nationale un vieux parlementaire, député de l'Yonne, qui a jadis connu son père au 11e cuirassiers. Ce régiment avait reçu pour mission de rétablir l'ordre lors de la grève des mineurs du Nord en 1906. Les émeutes étaient terribles, la cavalerie chargeait, donnait des coups de sabre, les émeutiers tombaient dans la rivière et se noyaient. Raymond Fouchet avait évité une effusion de sang. Devant son escadron immobile, il s'était avancé seul vers la foule des grévistes, sous une grêle de pavés, il avait tiré sa montre et leur avait crié : « Je vous donne une minute pour évacuer la place. Ce que je fais ne m'amuse pas, mais j'ai l'ordre de le faire. Dans une minute, je ferai mettre le sabre à la main et je vous chargerai avec mes cuirassiers. » Un mineur lui avait envoyé un pavé de toutes ses forces dans le cœur, sa cuirasse s'était déformée sous le choc et lui avait sauvé la vie. Des chevaux et des cavaliers étaient tombés, blessés. Mais lorsqu'une minute se fut écoulée, la charge commandée au petit trot avait traversé une place vide de manifestants.

Le Tigre Clemenceau, impressionné par cette histoire, avait demandé à le rencontrer et lui avait donné le choix entre une promotion exceptionnelle et la Légion d'honneur. Il avait choisi la décoration que Clemenceau lui avait remise sur le front du régiment. Et sa femme avait gardé en souvenir sa cuirasse cabossée. Mais son avancement avait été gravement compromis, l'année de la naissance de Christian, par son duel au sabre contre un autre officier. Ce duel avait eu un retentissement énorme, les journaux en avaient fait leur Une : « Deux capitaines du 11e cuirassiers se battent au sabre à Saint-Germain-en-Laye ! » Une interpellation avait même eu lieu à la Chambre. On était en 1911, il y avait encore des grèves. Dans un cercle d'officiers, le capitaine de G. avait clamé haut et fort qu'il était du côté des grévistes et que si l'ordre était donné à son escadron d'intervenir, il refuserait. Raymond Fouchet, choqué par cette attitude, en avait parlé à deux amis proches, le commandant H. et le capitaine de P. Ses amis avaient publiquement mis en doute l'opportunité de confier un escadron au capitaine de G. Il les avait tous les trois provoqués en duel pour leur demander réparation. Le capitaine de P. avait refusé de se battre, parce que c'était contre sa religion. Le commandant H. aussi, parce qu'un chef d'escadron ne pouvait se battre contre un capitaine. « Fort bien, avait rétorqué le capitaine de G. Quand j'aurai à vous rencontrer et à vous saluer dans le service, je retirerai au préalable ma Légion d'honneur pour ne pas l'humilier par mon salut ! »

Raymond Fouchet, lui, ne s'était pas défilé. Les témoins avaient mal choisi le terrain qui était en pente et glissant. Les deux cuirassiers étaient bons sabreurs. Alors qu'il occupait le bas du terrain, Raymond Fouchet avait été blessé au bras à la seconde reprise. Les témoins avaient arrêté le combat. Les duellistes ne s'étaient pas serré la main. Les duels étaient strictement interdits dans l'armée, l'affaire était grave.

Le député de l'Yonne avait jadis fait son service au 11e, il avait assisté au duel couché sur un muret, il avait même fourbi les armes avant la rencontre. Lui aussi était grand, comme tous les cuirassiers. Chaque fois qu'il apercevait Christian de loin dans les couloirs de l'Assemblée nationale, il levait les bras vers le ciel et lançait : « Ah, les cuirassiers ! » Et Christian, qui avait si peu connu son père, lui en était reconnaissant.

Charles se retire à Colombey en 1953 et entame une traversée du désert dont il profite pour rédiger ses Mémoires. En juin 1954, René Coty est président de la IVe République. Pierre Mendès France, résistant et radical-socialiste, est président du Conseil, l'équivalent de Premier ministre. Edgar Faure est aux Finances, François Mitterrand à l'Intérieur. Mendès propose à Christian d'être ministre aux Affaires marocaines et tunisiennes, il accepte. Ils vont ensemble à Carthage. Mendès souhaite instaurer l'autonomie interne de la Tunisie pour mettre fin aux attentats, aux émeutes et à la violence qui ravagent le pays. Ils négocient pendant neuf mois avec la délégation tunisienne malgré une violente opposition parlementaire.

— Nous sommes comme la chèvre de M. Seguin, dit Christian à Mendès.

— Vous vous rappelez mal l'histoire de Daudet, Fouchet, la chèvre a été mangée par le loup !

— C'est bien ce que je veux dire.

— Ils n'oseront pas me renverser.

Pourtant, en février 1955, alors que les accords sont près d'aboutir, l'Assemblée nationale renverse le gouvernement Mendès au cours d'une séance tumultueuse.

Le cabinet se réunit une ultime fois au Palais-Bourbon. Mendès France les remercie de leur collaboration pendant ces sept mois et dix-sept jours si intenses, puis sa voix se brise et, ému, il cache son visage dans ses mains. Ils remettent tous leur démission au président de la République.

Christian réintègre le Quai d'Orsay comme conseiller des Affaires étrangères. Il est toujours député de la Seine. Le RPF a éclaté, c'est un demi-succès et un demi-échec, en tout cas une magnifique occasion manquée.

Le samedi 9 juillet 1955, il fait la grasse matinée puis donne quelques coups de fil. Il déjeune chez son petit frère J.-R., il voit sa sœur Coco l'après-midi, il passe en coup de vent à un cocktail, puis va dîner chez Gaston. Une époustouflante blonde aux yeux bleus prénommée Colette, comme sa sœur, est assise à côté de lui. Elle est fonctionnaire international, procès-verbaliste à l'OTAN, détachée au cabinet de Gaston qui est un ami de sa famille. Son père, Jean Vautrin, chef de la Résistance du sud de la France, a rejoint Londres avant de mourir en 1943 dans le ciel de Tunisie. Sa mère, petite-fille d'Eugène Mercier, le fondateur de la maison de champagne, est une grande résistante engagée dans le réseau Buckmaster. Son frère aîné, Michel, lieutenant-colonel des parachutistes, est cadet de la France libre. Son second frère, Bernard, sous-lieutenant, FFI engagé dans le réseau Gallia, a été tué à vingt ans dans un maquis du Jura. Elle a une petite sœur ravissante, Nicole. Leurs familles se ressemblent.

Gaston s'y connaît diablement en jolies femmes,

à commencer par la piquante romancière anglaise Nancy Mitford. À cinquante-quatre ans, il n'est toujours pas marié et professe que « le mariage est une terre promise vers laquelle il convient de se hâter lentement ». Christian a quarante-quatre ans. Colette Vautrin n'en a que vingt-huit. Il la trouve aussi épatante que Michèle Morgan ou que Denyse, l'héroïne de son roman…

Il note, dans son agenda de l'Assemblée nationale : « Il faut prendre le destin par la crinière. »

Et : « Si tu peux être fort sans cesser d'être tendre. » (Kipling)

Quand maman parle de votre rencontre, elle raconte que tu as passé la soirée à parler avec ton autre voisine de table, la princesse de Polignac, mais que tu lui as ensuite proposé de la raccompagner chez elle. Et que tu l'as demandée en mariage dans la foulée. Tu étais séduisant, brillant, diplomate, député. Elle s'est demandé si elle t'aimerait au chômage sans le sou devant des nouilles froides dans une cuisine glaciale. Et elle a dit oui.

Vous vous êtes mariés à Antibes dans la chapelle de la Garoupe deux mois après, le 12 septembre. Maman portait le même prénom que ta sœur Coco, en plus elle était née le même jour, vingt ans plus tard.

Jean Vautrin, mon grand-père maternel, était dans « le renseignement », il parlait couramment russe et chinois. Une stèle a été érigée entre Sousse et Mahdia, là où son avion s'est écrasé en Tunisie, semblable à celle où est gravé le nom de Paul dans le désert algérien où l'avion de Leclerc est tombé. Tes deux frères, le père de maman et ton ami Tonio ont disparu dans le ciel, c'est pour ça que je n'ai pas peur en avion, je ne m'y sens jamais seule.

Je me souviens, à Saint-Germain-en-Laye, de la cuirasse abîmée de ton père, écrasée par le pavé du mineur. J'ai vu un jour un patient en arrêt cardiaque après un choc thoracique, il avait reçu un ballon de rugby en pleine poitrine au cours d'un match, nous n'avons pas pu le réanimer. Raymond Fouchet avait eu une sacrée chance de s'en tirer.

Je suis née en octobre 1956, un an après votre mariage. Vous m'avez appelée Lorraine à cause de la croix. C'est malin. Vous n'avez pas pensé que j'allais passer mon enfance à entendre : « Tu aimes la quiche… Lorraine ? », ou : « En passant par la Lorraine avec tes gros sabots dondaine ? »

Il n'y a que dans l'Est qu'on écrit mon prénom correctement. Il n'existe pas de sainte Lorraine, alors pour mon baptême vous avez ajouté Marie devant. Quand des gens qui m'ont connue petite m'appellent Marie-Lorraine, j'ai l'impression qu'ils s'adressent à quelqu'un d'autre. Je paie les impôts de Marie avec un chèque de Lorraine, mais nous ne sommes que moi.

J'ai grandi quand tu étais député de Lorraine, j'ignorais que tu l'avais été de Paris. Vos batailles contre le parti communiste me font penser aux films de Don Camillo avec Peppone. J'ai du mal à vous imaginer, tes amis et toi, en militants RPF prêts à vous castagner contre les Rouges, moi qui vous ai tous connus en costume-cravate avec chapeaux, cannes et cheveux blancs.

Et à ce propos…

Il faut que je t'explique : je suis blonde maintenant, papa. Ça ne veut pas dire que je suis stupide, mais que j'ai des cheveux jaunes. Mon entourage actuel ignore que ce n'est pas ma vraie couleur. Tu es bien placé pour le savoir, je suis née poil-de-carotte. Maman avait des cheveux d'or alors que son frère aîné et sa petite sœur étaient bruns. Enfant, elle les narguait : « Blond c'est plus joliiii », ils répliquaient : « Tu es ridicule et tu auras des enfants roux. » Elle espérait un petit garçon aux cheveux blonds et aux yeux bleus comme elle, elle a eu une petite fille aux yeux bruns et aux cheveux aussi rouges que sa grand-mère paternelle qu'elle détestait. Mauvaise pioche. Alors elle a supplié qu'on me cache, qu'on ne me montre surtout pas à son frère et à sa sœur. Il a bien fallu. Enfant, on m'appelait « l'affreux Jojo » et « Julie la rousse ». Quand, en fac de médecine, je suis tombée amoureuse du séduisant Philippe, blond aux yeux bleus, le coiffeur m'a sauvée en me faisant des mèches. Et j'ai continué.

Je suis un écrivain qui a été médecin. Je suis une blonde qui a été rousse. C'est toujours moi, enfin, je crois. Aujourd'hui, on se moque de la bêtise des blondes, c'est branché d'être rousse. Un slogan publicitaire et un collectif de femmes se réfèrent à la phrase devenue culte : « Je suis rousse, et alors ? » Mais maintenant je suis blonde intérieurement. J'ai fait jurer à mes amies que si un jour je suis dans le coma, un coiffeur s'occupera de ma couleur. Quand ma grand-mère est morte il y a vingt ans, j'ai perdu mes cheveux de chagrin, ils ont repoussé roux, si fragiles que je ne pouvais pas les blondir, je ne me reconnaissais plus. Quand ta sœur Coco est morte il y a cinq ans, rebelote, j'ai eu des plaques de pelade, sa mort a fait des ronds dans l'eau sur ma tête, des petits îlots de tristesse qui ont repoussé blancs, les cheveux ont de l'humour. Je me sens mieux en blonde qu'en Julie la rousse. C'est mon vrai moi.

Quand j'ai passé mon BEPC, il ne suffisait pas d'énoncer mon nom, j'ai dû présenter une pièce d'identité, on nous avait prévenus la veille. Je n'en avais pas, je figurais sur le passeport diplomatique de maman. Mon unique document personnel était une élégante feuille avec ma photo enfant et des lettres calligraphiées « requérant les Officiers civils et militaires chargés de maintenir l'ordre en France, et priant les Autorités investies de la même mission dans les pays alliés ou amis, de laisser librement passer Mademoiselle Marie-Lorraine Fouchet, fille de Son Excellence Monsieur Christian Fouchet, ambassadeur de France au Danemark, et de lui donner aide et protection ».

Je l'ai montrée discrètement à l'entrée en priant pour que ça ne fasse pas de vagues. *Ay, caramba !* Le surveillant a appelé quelqu'un qui a appelé quelqu'un qui a appelé quelqu'un. Ils étaient dix autour de moi pendant toute l'épreuve. J'aurais voulu disparaître sous terre.

Tu m'as très peu parlé de ton *Carnaval des lépreux*,

je ne l'avais pas lu, je confondais même son titre avec *Le Pavillon des cancéreux* de Soljenitsyne. Pour un médecin, ça la fout mal. J'ai retrouvé dans un dossier les lettres de félicitations que tu as reçues pour tes livres. Leurs signatures réjouiraient le cœur d'un chasseur d'autographes. Je décrypte les polis, les sincères, les intéressés, les serviles. Il n'y a rien de nouveau sous le soleil. Il y a juste toi en moins.

J'ai prêté à un ami ton livre bleu que j'ai acheté à la brocante. Il devait me le rendre vite, il s'est cassé la jambe. Grâce à lui, j'ai sorti ceux de ma bibliothèque. Et je me suis aperçue avec stupeur que ce ne sont pas mes exemplaires mais ceux de ma grand-mère et de ma tante. « Pour Antoinette en communion dans le souvenir et en grande affection, 1971. » « Pour ma chère sœur Colette avec ma tendre affection et dans l'espoir, novembre 1973. » J'ai perdu les miens. Je suis désordonnée, c'est vrai, mais tout de même. Où sont-ils ? Tu m'avais écrit quoi, dedans ? « Il fait froid, mets ta gabardine » ?

L'hebdomadaire *Carrefour* dans lequel a paru ton roman n'a rien à voir avec le centre commercial de la plaine de Montesson. Il a été fondé en 1944 par Émilien Amaury qui a imprimé les tracts de la Résistance et les appels du Général avant de fonder *Le Parisien libéré* et *Marie-France*. Vous étiez amis. Le journal a disparu en 1986, douze ans après toi, son cœur de papier était plus solide que le tien.

J'adore écrire, comme toi. Parfois, un lecteur me demande d'où me vient cette nécessité. C'est une exigence, une évidence, devenir maître du temps, replacer les meubles d'hier dans les maisons démolies, reconstruire la cabane dans l'arbre abattu, réaliser sur papier des films prodigieux sans avance sur recettes.

Enfant, je quittais mes amies d'école pour retrouver mes amis des livres. Aujourd'hui, mes lecteurs nouent des liens avec mes personnages, je n'entre pas dans leur relation, je ne suis que le passeur. On n'écrit pas impunément n'importe où. J'écris à l'île de Groix, au coin du feu, des phrases bleues, iodées et chaleureuses. J'écris en Italie, sur une table de machine à coudre Singer, des phrases ocre, gourmandes et festives. J'écris à Paris, sur un bureau hors d'âge comme un bon whisky, la colonne vertébrale des livres. J'écris à partir de mon propre fonds, là où ça pulse. C'est un quotidien d'étudiant, une discipline de vie, une contrainte librement consentie, une pierre à dégrossir. C'est une ivresse inconcevable et magistrale. Lire les livres des autres est beau. Te lire est intense. Tu dis tout le temps « épatant », mais c'est toi qui m'épates.

Dans le numéro 45 de la revue *Espoir* que l'Institut Charles-de-Gaulle t'a consacré, quarante personnes qui t'ont connu te décrivent, sans se concerter, avec les mêmes mots : courage, intégrité, fidélité, honneur, pudeur de fer, générosité, humour, humanité, sensibilité. Parfois, à cause de ta carrure et de ton profil d'empereur romain, ils t'ont cru froid et solennel. Et puis ils ont compris que non.

Petite, tes amis m'impressionnaient, les tics de Malraux, la voix de Mauriac, la moustache de Gaston qui était toujours accompagné d'une chienne qu'il présentait comme la réincarnation d'une femme qu'il avait aimée. Après ta disparition, j'ai révisé mon premier concours de médecine chez ton frère J.-R. avenue Bosquet, puis le second chez Gaston au château du Marais. Je dormais sous un baldaquin dans un lit historique. J'étais amoureuse de Charles-Maurice, le fils de Violette que Gaston avait épousée à soixante-huit ans. La mère de Violette, duchesse de Talleyrand-Périgord, avait acheté le château à la duchesse de Noailles. Charles-Maurice m'apprenait à conduire dans le parc, j'avais peur de tomber dans les douves. Il est venu un matin me demander de battre en urgence le rappel de mes amis. Un orchestre donnait un concert dans le parc l'après-midi, il fallait un public. J'ai passé des coups de fil. L'orchestre a joué devant la pièce d'eau où nageaient des cygnes pour une bande d'étudiants en médecine en jeans et tee-shirts. J'aimais passer d'un univers à l'autre, réviser dans ce château dont je connaissais les codes, être étudiante le jour et élégante le soir, faire visiter le petit musée aux touristes, converser poliment avec les convives. Et le lendemain, en cours de dissection, ouvrir la paillasse d'un macchabée inconnu pour apprendre à ne pas tuer mes contemporains.

Écrire, c'est te raconter ce qui s'est passé depuis toi et rendre notre dialogue réel. C'est toucher l'infini du bout de mon stylo. En médecine, on dépend du corps du patient. En écriture, on dépend de son propre désir, on joue sa peau de papier. Je fais des fiches pour mes personnages, j'imagine leur enfance, leurs amours, leurs amis, leur aspect physique, leurs tics de langage, leurs films, leurs musiques. J'ai mis un pied dans le récit historique avec mon livre *Couleur champagne*, où je raconte l'histoire de mon aïeul Eugène Mercier, auquel on doit le « champagne pour tous ». Je lui ai ajouté deux amis de fiction pour que l'histoire soit plus romanesque. Mais une famille comme la tienne, je n'aurais jamais osé l'imaginer. Trois frères aînés morts à la guerre, c'est trop gros. Une épouse qui s'appelle comme ta sœur, c'est trop évident. Une fille qui s'appelle comme la croix, c'est trop compliqué. Un jeune homme qui rallie Londres en devançant l'appel du 18 juin, c'est trop dingue. Un homme qui meurt dans la force de l'âge, c'est trop pathos.

Ta vie m'impose la chronologie de notre dialogue. Je ne t'ajoute pas des amis de fiction, tu en avais une ribambelle. Plusieurs m'ont tendu leur carte de visite en me disant : « Viens à la maison si tu as envie de parler de ton père. » Je croyais avoir le temps. J'ai trop attendu. Merde. Certains ont disparu dans la nature et ne nous ont pas aidés. Je préfère oublier leurs noms pour me rappeler seulement les fidèles, la famille, Gaston Palewski, Jules Antonini, Éric et Déda Frachon, Michel et Anne d'Ornano, Marcel Bleustein-Blanchet. Tu déjeunais une fois par semaine chez Lasserre avec André Malraux. Jusqu'à sa mort deux ans après toi, il y a galamment invité maman tous les mois.

J'ai eu la chance de goûter au Pétrus une fois dans ma vie. Malraux m'avait invitée chez Lasserre avec vous pour mon anniversaire, j'ai savouré le pigeon désossé et bu un peu de ce bordeaux légendaire. Quand je passe avenue Franklin-Roosevelt devant ce lieu dont l'emblème est une casserole, j'ai le cœur désétamé.

Après ta mort, Malraux t'a dédié son livre *Lazare*. C'est un mince livre de la mythique collection « Blanche » de Gallimard. « À la mémoire de Christian Fouchet. » est imprimé sur la première page, le point après ton nom prend sens. *Lazare*, c'était de circonstance pour l'auteur du *Carnaval des lépreux*. Je l'ouvre au hasard : « Dans la nuit de Singapour qui sentait l'asphalte, le poivre et la Chine, la très haute silhouette du centurion désabusé jouait avec l'enfant cambodgien, qui jouait avec le chat Essuie-Plume. » Le style de Malraux ne ressemble à aucun autre. Son livre parle de la mort, de la fraternité, de la maladie, d'un état d'absence qu'il définit comme un « je-sans-moi ». Je comprends, je suis je-sans-toi en écrivant ces pages. Je le revois, le visage parcouru de tressaillements et de crispations, la voix flamboyante, la pensée étincelante. Vous aviez un air de famille, camarades de guerre puis compagnons de paix, quand je venais dire bonsoir aux invités avant de dîner avec Armand dans l'office où je pouvais mettre mes coudes sur la table et me balancer sur les pattes de ma chaise.

J'ai récemment été intronisée chevalier du Tastevin au Clos de Vougeot pendant le salon Livres en vigne. La cérémonie était intense, j'ai dégusté sept bourgognes différents pendant les quatre heures du banquet de chapitre. J'ai appris à faire le ban bourguignon, je t'aurais montré.

Tu n'étais pas parfait, papa, heureusement, c'est ennuyeux, les gens parfaits. Tu avais des colères blanches qui submergeaient ta charpente de lutteur. Tu posais alors le bras à l'extrémité de ton immense bureau à la maison, et lentement, implacablement, tu balayais tous les objets du plateau. Ils s'écrasaient par terre, pêle-mêle.

Tu n'étais pas cool avec mes petits amis. Courtois, poli, mais pas relax. Quand je sortais le samedi soir, en première et en terminale, j'avais la permission de minuit. Mon cavalier me raccompagnait, nous prenions l'ascenseur jusqu'au cinquième, et au moment où nous allions nous embrasser, paf, tu ouvrais la porte, solennel et digne dans ton pyjama rayé, tu tendais la main au garçon en l'appelant par son nom de famille, tu le remerciais, tu me faisais entrer et tu lui refermais la porte au nez.

Mon cousin Xavier s'est marié en juin 1973 à la campagne. J'y suis allée avec vous en voiture. J'avais seize ans, je venais de passer mon bac de français. Un inconnu m'a invitée à danser, il s'appelait Joël, il était plus âgé, il travaillait déjà, il était venu en pilotant un petit avion loué, il m'a proposé de rentrer à Paris par les airs. Tu as accepté parce qu'un oncle chirurgien revenait avec nous. Plusieurs soirs d'affilée, j'ai revu Joël, je planais encore. Tu as estimé que ça suffisait. Le cinquième jour, tu m'as pris le téléphone des mains et tu lui as parlé.

— Mon petit vieux, ma fille a seize ans, attendez qu'elle ait passé son bac et qu'elle soit majeure, d'accord ?

J'ai pleuré. Puis j'ai oublié. Je suis sortie avec Joël après ta mort. On ne planait plus.

Tu étais contre les privilèges et le piston, ton nom ne m'a pas aidée à être publiée. J'ai envoyé mes manuscrits par la poste dans des maisons d'édition à partir de mes dix-huit ans. Tous les ans je proposais un nouveau livre. Les éditeurs m'invitaient à déjeuner, je choisissais poliment le plat le moins cher de la carte, jamais le foie gras avec son verre de sauternes en supplément. À vingt-huit ans, je suis allée skier avec des confrères du samu. Marion Mazauric nous a rejoints, elle était éditrice chez J'ai Lu. Mon premier roman a été le premier inédit poche français grâce à elle. Ensuite, à un cocktail, j'ai rencontré Françoise Verny, la papesse de l'édition, qui m'a proposé un rendez-vous. Pour chercher son agenda, elle a posé son gros sac sur le buffet au milieu des verres et en a cassé une vingtaine sans s'en soucier une seconde. Briser du verre blanc porte bonheur, j'ai écrit ensuite sous sa houlette, puis avec Héloïse d'Ormesson. J'ai eu le prix Anna de Noailles de l'Académie française, je suis allée le chercher sous la coupole. Les académiciens étaient immortels. Pas toi.

Quand j'ai tenu entre les mains mon premier roman publié, mon cœur dansait la lambada. Sauf que je ne pouvais pas te l'offrir. J'ai été nourrie par l'œuvre de Patrick Modiano, il y a toujours un père absent dans ses livres, des amis paumés et touchants, des étrangers aux noms mélodieux, une nostalgie incomparable. Dans les miens, il y a un clin d'œil à l'île de Groix, du champagne Mercier, et les pères meurent ou ressuscitent. Julie la rousse, médecin au samu, réanime son père après un infarctus. Mab le croit noyé en Bretagne et le retrouve vivant à Zanzibar. Lisa disperse ses cendres à Copenhague. Éva apprend sa mort par la radio à Groix. John trouve sa tombe au milieu du désert. Silvia a le choix entre sauver son père ou sauver son amant. Le fils d'Axelle visite l'Assemblée nationale. Amélie retourne dans l'appartement de son père disparu en l'absence du locataire. Le père de Lucie valse avec sa sœur dans la sacristie avant de la laisser marcher seule vers l'autel et son futur mari. Un policier est appelé en renfort à Paris en Mai 68 quand Christian Fouchet, le ministre de l'Intérieur, choisit de ne pas faire couler le sang.

Dans notre dialogue aujourd'hui, il y a du suspense, de l'émotion et des morts, le souffle de la grande Histoire. Il n'y a pas de cul, ça se vendra moins bien, forcément. Les parents et les enfants ne parlent pas de sexe ensemble, c'est tabou. Il n'y a pas de cul mais c'est tout de même une histoire d'amour. Et en plus, le personnage principal meurt à la fin. Un livre qui finit mal fait plus sérieux, surtout en période de crise.

Tu as été héroïque le 17 juin 1940, mais tu n'étais pas un héros, juste un homme qui a eu plusieurs vies. Tu as papillonné puis tu t'es marié. Moi pas. Ça vient de loin, c'est abyssal, fondamental. Je ne pouvais pas, puisque tu n'étais pas là pour me conduire à l'autel. J'ai assisté au mariage des autres, j'ai même souvent été leur témoin. Il y avait chaque fois un père, en queue-de-pie ou en costume, au bras de sa fille. Je ne peux pas me marier puisqu'on n'ouvrira pas le bal ensemble. Ça ne m'empêche pas d'aimer.

La haine est inutile et destructrice, pourtant je hais une femme dont j'ai oublié le nom et le visage, mais pas les paroles. Je ne l'ai vue qu'une fois, chez maman, peu après ta mort, je n'avais pas encore dix-huit ans. Une espèce de tarée, connasse, dangereuse et mauvaise. Si elle faisait un arrêt cardiaque devant moi, je ne lèverais pas le petit doigt. Ce n'était pas une amie de maman, juste une voisine de casier au Racing, qui se piquait de prédire l'avenir. Je ne lui ai rien demandé. Elle m'a balancé d'un ton sentencieux : « Vous réaliserez vos rêves. Mais si vous vous mariez, votre mari mourra jeune. »

C'était sûrement une charlatane, mais on ne sait jamais, et elle m'a pourri la vie. Je suis donc célibataire, ce qui protège ceux que j'aime. Ta sœur aînée Anne-Marie et ton plus jeune frère Jean-Raymond ont eu de nombreux enfants qui ont eu de nombreux enfants. Ma marraine Béatrice, fille de ton frère Marcel, aussi. Les femmes de ta famille sont des maîtresses de maison accomplies, des mères parfaites, des épouses modèles, des cuisinières hors pair. Tu t'es marié tard, tu as épousé une femme sublime et incapable de faire cuire un œuf. Je n'ai pas hérité de sa beauté mais je cuisine comme elle. Elle n'a eu qu'un enfant. J'ai eu seize romans.

Tu te rappelles la chanson de Reggiani dont je t'ai parlé ? « Ma fille, mon enfant, je vois venir le temps où tu vas me quitter. » Nous, c'est le contraire, tu es parti, je suis restée. « Tu as tant voyagé et moi de mon côté j'étais souvent parti, des Indes à l'Angleterre on a couru la terre et pas toujours ensemble. » Les Indes et l'Angleterre, Calcutta et Londres, tout comme toi. « Mais à chaque retour nos mains se rejoignaient, sur le dos de velours d'un chien qui nous aimait, c'était notre façon d'être bons compagnons. » Mon chien s'appelle Uriel, papa. C'est un cocker noir et blanc d'une tendresse dingue qui saute sur les gens pour les saluer. Après les trois premières minutes, il est parfait. Je ne trie pas mes amis sur le volet mais sur leur tolérance vis-à-vis de ses transports de joie. Il ne sait pas qu'il est un chien. S'il en croise un autre, il a une gueule aussi étonnée que quand il se retrouve nez à nez avec un lapin sur un sentier côtier de l'île de Groix : « C'est quoi cette bête bizarre ? » Avant lui, j'ai eu Guinness, un basset hound orange et blanc à la voix caverneuse. Le sosie de Droopy, le chien créé par Tex Avery en 1943. Celui qui dit : « *You know what ? I'm happy* » dans les dessins animés. J'ai eu des chats aussi, Voyou et Voyelle, et un chat SDF roux baptisé Le Miaw parce qu'il miawlait.

You know what, dad ? Je suis contente de ne pas t'avoir lu plus tôt. La vie est comme une cave, il y a des années millésimées et d'autres bouchonnées. Te lire et t'écrire aujourd'hui est aussi savoureux que déguster un grand vin, aussi bon qu'entendre ta voix. Tu récitais de mémoire des pièces entières, tu citais les auteurs classiques de tête, tu n'avais pas un cerveau mais un disque dur. Avant de faire un discours, tu prévenais : « Je dors cinq minutes », tu fermais les yeux, tu ronflais, tu te réveillais pile à l'heure, frais comme un gardon.

Dans ton ultime réunion politique, tu as cité Malraux : « Napoléon a écrit : "J'ai fait mes plans avec les rêves de mes soldats endormis." Le général de Gaulle a fait des plans avec les rêves de la France endormie parce qu'il avait trouvé avec lui des Français qui ne voulaient pas dormir. » Tu as été l'un de ces Français volontairement insomniaques, papa. Et ton absence m'a longtemps empêchée de dormir.

Tu te souviens des Noëls à Antibes, à La Pinéta ? La maison embaumait la dinde farcie, nous étions nombreux, je croyais le bonheur invulnérable. Ce n'est plus pareil depuis que le Père Noël t'a emmené boire un vin chaud là où tu es. Les disparitions éparpillent les familles comme des quilles. Maintenant je fête Noël avec maman en tête à tête. Ce n'est pas une grosse mangeuse, il y en aurait assez pour toi si on te donnait une permission de sortie exceptionnelle, pas besoin de confirmer à l'avance ni de te mettre sur ton trente et un. Viens sans façons, et surtout les mains vides. Tu seras le plus beau des cadeaux. Je ne te revendrai pas sur eBay.

Je note, sur un carnet acheté à Rome à la librairie Feltrinelli :

« Quand je pense à tous les livres qu'il me reste à lire, j'ai la certitude d'être encore heureux. » (Jules Renard)

« Écrire, c'est dessiner une porte sur un mur infranchissable, et puis l'ouvrir. (...) Lire, c'est ajouter au livre, découvrir, en s'y penchant, son propre visage dans la fontaine de papier blanc. » (Christian Bobin)

Et j'écoute le *Nisi Dominus* de Vivaldi chanté par Philippe Jaroussky. Et *Where Have All the Flowers Gone* chanté par Marlene Dietrich.

Copenhague, 1958

Le grand Charles, revenu aux affaires, nomme Christian ambassadeur de France au Danemark. Il a quarante-sept ans. Avec sa femme et sa fille, il part à Copenhague. L'ambassade de France est 4, Kongens Nytorv dans le palais Thott. Il présente ses lettres de créance au roi Frédéric et fait la connaissance de la reine Ingrid. Il n'est pas le premier ambassadeur de la famille. Maurice, le frère de son père, poète et écrivain publié aux éditions Maisonneuve, a été le premier ambassadeur de France en Afghanistan en 1921. Quand il est revenu au bout de plusieurs années chargé de cadeaux, sa famille l'attendait impatiemment. Mais c'est un cercueil qui est descendu du paquebot à Marseille. Il avait attrapé une maladie lors de son escale à l'île de Ceylan, on n'avait pas pu le soigner sur le bateau, il était mort en mer Rouge.

Christian aime le Danemark et apprécie les jeux subtils de la diplomatie. Il emmène sa famille à Rungstedlund chez Karen Blixen qui a publié *La Ferme africaine*, *Sept contes gothiques* et *Anecdotes du destin* dont est tirée la nouvelle *Le Dîner de Babette*. En mars 1959, le croiseur français *Colbert* fait escale à Copenhague. Christian et Colette organisent un grand bal pour le commandant et les officiers du navire. Il n'y en a pas eu depuis dix ans à l'ambassade. Le prince et la princesse Viggo, le prince et la princesse Axel, le comte et la comtesse Flemming de Rosenborg assistent à la fête avec les officiers de la marine danoise et tout le corps diplomatique.

Pour les Danois de l'époque, un Français est « un homme petit, brun, qui mange beaucoup de pain, n'a aucune notion géographique, et qui est décoré ». La taille de Christian colle mal à cette description. Et les habitudes diffèrent en ce qui concerne les décorations. Le soir du bal, les officiers français en smoking les laissent dans leurs tiroirs alors que les hautes personnalités danoises en sont bardées. « Il y a beaucoup de héros au Danemark ! » dit un Français qui ignore que dans ce pays les décorations ne sont pas synonymes de fait de guerre.

Un officier du *Colbert*, héros de guerre très décoré, danse avec la femme d'un officier danois, mais elle se montre si réservée avec lui qu'il craint d'avoir fait un faux pas. Embêté, il se renseigne. Pour découvrir que, à cause de sa tenue simple sans médailles ni insignes, sa cavalière a cru danser avec l'aumônier du bord.

En octobre 1959, Christian rencontre le Dr Albert Schweitzer, venu recevoir le prix Sonning à l'université de Copenhague. Ils parlent longuement de l'Inde et du bouddhisme. Puis l'Institut français de

Copenhague demande à l'ambassadeur de faire une conférence. Il hésite longuement avant d'accepter. Il sait faire un discours politique, parler de ce dont il rêve pour la France, mais le sujet évoqué touche là à sa sphère intime…

Le soir prévu, il se lance pourtant, d'une voix qui tremble si légèrement qu'il faut le connaître pour le remarquer :

« Le 31 juillet 1944, un avion s'apprête à décoller de l'aérodrome de Borgo en Corse. C'est un Lightning, un de ces magnifiques avions à double dérive qui glissent sur l'air comme des flèches, les plus rapides, les plus élégants de l'armée américaine. Mais celui-ci porte les cocardes françaises. Depuis début juin, le débarquement s'est effectué sur les côtes de la Manche. En Italie, Rome est sur le point d'être libéré par les Alliés. Dans le secret, les états-majors préparent un autre débarquement dans le midi de la France. Ce jour-là il fait très beau en Corse. Les pilotes, les observateurs, les radios, les mécaniciens sur la piste de l'aérodrome regardent l'avion qui s'apprête à partir et ils éprouvent une espèce de malaise. C'est pourtant une mission banale que va effectuer le pilote. Partir seul, monter à 11 000 mètres, accomplir une mission photo au-dessus des Alpes, revenir. L'homme qui vient de s'installer dans la carlingue comme un gros ours un peu gauche et maladroit en a déjà fait sept en deux mois. Un petit signe de la main, les moteurs qui donnent à plein, l'avion décolle, devient un tout petit point noir dans le ciel bleu, puis plus rien. Le commandant Antoine de Saint-Exupéry, qui est à quarante-quatre ans et de très loin le doyen de tous les pilotes de guerre, vient de partir pour sa dernière mission.

Quelques heures plus tard, les mécaniciens reviennent au terrain pour accueillir l'avion, le temps passe, l'angoisse monte. À 14 h 30, il est mathématiquement certain que l'avion ne peut plus voler puisqu'il n'a plus d'essence. Il est porté manquant selon le vocabulaire officiel de l'aviation. Il nous manque toujours. (...)

Oui, il s'est évanoui corps et avion, mais l'âme est restée avec nous. L'âme et l'exemple et les paroles à dire aux hommes. *Terre des hommes*, oui, tant qu'il y aura des hommes comme lui, il y aura encore de l'espoir. La terre sera encore la terre des hommes. Saint-Exupéry, qui avait tant besoin d'être compris, d'être approuvé, disons le mot, d'être aimé, eût été je crois bouleversé d'émotion par l'influence qu'il exerce dix-sept ans après sa vie sur tant de jeunes cœurs. Puisse cette influence demeurer. Puissent ces jeunes cœurs battre au même rythme que ce cœur généreux, et puissiez-vous un jour, mon commandant, recevoir tous vos anciens camarades avec toutes vos magnifiques trouvailles de jadis, entassées dans vos mains jointes, quand le moment sera venu de vous rejoindre au bord des rives mystérieuses... »

Christian se tait, lessivé, vidé, submergé par l'émotion. Il a fait de son mieux. Les personnes de l'assistance se lèvent, *standing ovation*. Les applaudissements crépitent, il les reçoit pour Tonio.

L'été suivant, le Général reçoit le chancelier Adenauer à Rambouillet pour travailler avec lui à la construction économique de l'Europe. Une première conférence à Six se tient à Paris en février 1961 et charge une commission de préparer la suivante. Charles demande à Christian de diriger la délégation française. Ils se réunissent le 16 mars à l'hôtel Majestic. Chaque délégation est dirigée par un diplomate. Le secrétaire général des Affaires étrangères italien Cattani a l'esprit aussi vif que son monocle est étincelant. La délégation allemande veut que le projet progresse. Les Italiens, les Belges et les Luxembourgeois aussi. Les Hollandais sont partisans de la supranationalité, qui place une organisation au-dessus des nations qui la composent, et ils pensent que rien de sérieux ne peut être fait sans la Grande-Bretagne.

Adenauer préside plusieurs séances, le grand Charles veut arriver à un accord. Chaque pays avance son plan. La délégation française propose un traité d'Union d'États que les journalistes baptisent « le plan Fouchet ». En novembre, Christian croit le succès proche. Mais en 1962, le veto belgo-hollandais met le plan en échec. Christian en est navré, une magnifique occasion est perdue.

Un an plus tard, il se retrouve à côté d'Adenauer dans un dîner donné par Charles.

— J'ai espéré jusqu'au dernier jour que l'Union serait faite, lui confie le chancelier.

Puis il désigne le Général :

— Quel âge a-t-il ?

— Soixante-treize ans.

— Qu'il est jeune !

Lui-même en a alors quatre-vingt-sept. Il poursuit :

— L'autre jour, j'ai reçu le président Kennedy à Berlin. Nous avons parlé quatre heures en tête à tête. Eh bien, à partir de la quatrième heure, je me suis senti fatigué… moins que lui, mais fatigué quand même.

Christian sourit. John Fitzgerald Kennedy a quarante-six ans. Le chancelier lui parle alors du maréchal von Hindenburg.

— Comme il était très vieux, il ne s'intéressait plus qu'aux questions qu'il connaissait. Un jour, on lui présente Einstein. Il le fait asseoir à côté de lui, et la seule question qu'il lui pose c'est : « Dans quel régiment avez-vous fait votre service militaire, monsieur Einstein ? »

Il écrit le soir dans son carnet noir : « Ne rien faire, tout faire faire, ne rien laisser faire. » (Gallieni)

Ta conférence sur Saint-Exupéry a fait baver mon rimmel waterproof, papa. Tu ne l'as pas appelé Tonio devant eux, tu étais trop pudique pour te montrer familier en public. Tu leur as dit qu'il aurait été bouleversé par l'influence qu'il exerçait « dix-sept ans après sa vie ». Tu as spécifié « après sa vie », pas « après sa mort », ce qui résume ton état d'esprit. Tu as été formidablement vivant pendant soixante-trois ans, tu n'es mort qu'un seul bête jour d'août. Tu es le roi, la tour, le fou et le cavalier. La mort n'est qu'un pion. Tonio manque à l'appel depuis soixante-dix ans, mais on le lit toujours. Tu me manques depuis quarante ans, mais nous conversons aujourd'hui.

Toi aussi, dès que tu entrais dans une pièce, l'atmosphère changeait et les gens cinglaient d'instinct vers toi. Tu étais à l'aise partout, dans le salon de Saint-Germain-en-Laye avec ta mère et tes frères et sœurs, dans notre cuisine à Neuilly, dans ta permanence de député à Toul, dans les ministères de la République, à l'Élysée, dans un bistrot parisien, dans la galerie des Glaces à Versailles. Rien ne te gênait. Ton pantalon de smoking s'est déchiré un soir de gala, dévoilant le devant de ta cuisse. Un autre serait rentré chez lui, penaud ou embarrassé. Tu es resté, amusé de l'incident, point de mire des femmes qui se pressaient autour de toi sous prétexte de te cacher. Une de mes lectrices de l'Est m'a raconté que juste avant une réunion électorale tu as renversé une tasse de café sur ton pantalon. Un membre de ton équipe de campagne a foncé pour en racheter un, mais évidemment ils n'avaient pas ta taille. Tu as enfilé sans broncher un pantalon qui t'arrivait au mollet et te faisait ressembler à un clown. Tu es monté sur l'estrade, tu as plaisanté à propos de l'incident, puis tu es entré dans le vif du sujet avec tant d'assurance que le public en a oublié ta dégaine ridicule et qu'aucun journaliste ne s'est fichu de toi.

« Ils se réunissent le 16 mars à l'hôtel Majestic. » La phrase semble sortie d'un roman de Modiano. Le monde aujourd'hui a changé. Le traité constitutif de l'Union européenne a été signé par les douze États membres de la Communauté économique européenne en février 1992 à Maastricht. Aujourd'hui, l'Europe comporte vingt-sept pays. Le mur de Berlin est tombé en novembre 1989, il n'y a plus de rideau de fer. L'Europe est évidente, concrète, on la sillonne sans passeport, avec l'euro comme monnaie unique. C'est différent du plan Fouchet, mais je crois que ça te plairait.

Ta sœur Coco, née en 1908, m'a raconté un déplacement de Saint-Germain-en-Laye à Paris quand elle était adolescente, avec votre père et le soldat qui lui servait d'ordonnance, en *dog cart*, une voiture découverte tirée par un cheval qui servait à transporter les chiens de chasse. Une jeune fille ne pouvait pas s'asseoir à côté des hommes, ça ne se faisait pas, elle a été obligée de tourner le dos à son propre père pour respecter les conventions !

À quatre-vingt-dix ans, elle faisait le même trajet en vingt-cinq minutes par le RER, et elle se levait pour laisser sa place aux personnes âgées. Un jour, j'ai essayé de lui expliquer le principe d'Internet, elle ne m'a pas crue quand je lui ai dit qu'une lettre électronique met une seconde pour arriver à l'autre bout de la terre. Elle m'a quand même souri pour ne pas me contrarier.

J'ai adoré Copenhague, papa, nous avons été heureux à l'ambassade jusqu'en 1962. Ma *nanny* m'emmenait tous les jours dire bonsoir à la Petite Sirène qui contemplait tristement la baie en rêvant à son prince charmant. Le conte d'Andersen parle de son amoureux, jamais de sa famille. A-t-elle un père, une mère, des grands-parents, des cousins, des amis, un chien de mer, sous ces eaux noires ? Elle n'a d'intérêt pour les humains que par son drame. C'est un personnage de papier et une statue de bronze balayée par la pluie et les vagues. Une icône. Une métaphore. J'attendais qu'elle plonge, je trouvais qu'elle prenait son temps avant de rentrer dans l'eau.

J'ai été officiellement présentée au roi et à la reine. Maman m'a appris à exécuter une révérence parfaite, exquise. Elle m'a acheté une robe neuve et on m'a fait des couettes (couleur carotte) de chaque côté de la tête, style Fifi Brindacier. Nous sommes arrivés au palais à l'heure du thé. Un majestueux garde à bonnet poilu surveillait l'entrée, je lui ai fait une révérence royale. Un majordome en livrée avec chaîne d'argent nous a ouvert, je lui ai fait une révérence impériale. Quand enfin je suis entrée dans le salon où le roi et la reine nous recevaient, maman m'a poussée dans le dos en me chuchotant :

— Ta révérence…

J'ai regardé le souriant monsieur en costume-cravate et la jolie dame en robe. Ils n'avaient ni trône, ni traîne, ni sceptre, ils vous ressemblaient. J'ai secoué la tête et déclaré en zozotant :

— Ze veux pas, c'est pas le roi et la reine, ils z'ont pas de couronne !

Le roi Frédéric et la reine Ingrid ont trouvé ça très drôle.

Je suis allée à la maternelle à Copenhague. Maman m'y a accompagnée le premier jour. La directrice lui a conseillé de rester avec moi pour que je m'habitue à ce nouvel environnement où les enfants parlaient danois alors que je parlais anglais et français. Nous sommes entrées dans la classe, elle s'est assise à côté de moi. Au bout de cinq minutes, je lui ai donné un coup de coude et lui ai soufflé :

— Ze crois que vous vous zêtes trompée de classe, ici c'est la classe des petits, vous devez aller avec les grands de votre âge !

Elle est partie. Je lui ai fait de la peine sans le vouloir.

Un jour, tu as inauguré une école catholique française. Nous étions assis au premier rang, une chorale d'élèves chantait des cantiques. La mère supérieure est venue demander si je voulais chanter aussi.

— Tu connais sûrement une jolie chanson, ma chérie ?

— Oh oui, ze connais la chanson de Marie.

— Une chanson sur la Sainte Vierge, comme c'est bien, tu veux la chanter pour nous ?

Je me suis mise debout pour monter sur l'estrade entonner la jolie chanson que m'avait apprise ma grand-mère. Mais maman m'en a empêchée en décrétant que je chantais faux. Je me suis rassise, toute déçue. Je ne chantais pas faux du tout. Et j'étais persuadée de faire un tabac avec le fier refrain du 9e bataillon de chasseurs alpins des Alpes-Maritimes qu'avait commandé mon grand-père : « Marie, z'ai vu ton cul tout nu, salaud, pourquoi le regardes-tu ? »

J'avais plein d'amis à l'ambassade : Mina la femme de chambre, Gérard le fils du chauffeur, ma poupée Catherine, ma tortue Caroline à qui j'apportais de la salade dans la plate-bande de la cour, mon ours en peluche Martin, mon lapin en peluche Rabbit. Gérard allait à la même école que moi mais séparément, moi je montais dans la DS noire conduite par son papa, avec le drapeau français et la glace pour séparer l'avant de l'arrière, je portais ma *lunchbox* préparée par la cuisinière. Gérard, lui, s'y rendait d'une façon merveilleuse : en tramway ! Un beau tramway qui glissait sur des rails, il y grimpait en montrant sa carte avec sa photo, il portait sa *lunchbox* préparée par sa maman.

Un matin, à six ans, j'ai eu une idée géniale. Au lieu d'attendre sagement la DS, je suis sortie de l'ambassade avec Gérard et j'ai sauté avec lui dans le tramway qui s'arrêtait juste au coin. On pouffait de rire, c'était l'aventure ! Je n'avais pas de carte avec ma photo mais personne ne m'a rien demandé. À l'école, je me suis assise à ma place. Et puis la maîtresse est arrivée, mais au lieu de commencer la classe elle s'est mise à crier dès qu'elle m'a vue, comme si elle s'était blessée, sauf qu'elle n'avait rien. J'ai été grondée parce que j'étais partie sans prévenir personne et que j'avais désobéi, on m'a interdit de remonter dans le tramway. Tu m'as prise sur tes genoux et tu m'as serrée très fort contre ton costume gris. Je n'ai pas recommencé.

Mes *nannies* changeaient tous les ans, je m'attachais à elles, quand elles partaient j'étais déglinguée. Je suis la seule idiote qui pleure en regardant *Mary Poppins* parce que j'espère encore qu'elle ne va pas partir à la fin et puis, *bam*, rebelote, elle s'envole. Je les ai toutes aimées, sauf Patricia. Avant moi, elle s'était occupée d'enfants apparentés aux Windsor, mais ils avaient grandi et n'avaient plus besoin d'elle. C'est peut-être pour ça qu'elle avait l'air si triste ? J'ai voulu la faire rire pour la consoler. Elle a commencé à me déshabiller pour le bain. J'avais un ciré jaune et des bottes jaunes, j'ai prétendu qu'en France les enfants prenaient leur bain en ciré et en bottes. Elle a secoué la tête d'un air dégoûté et je suis rentrée dans la baignoire en faisant *floc floc* avec mes bottes, l'eau faisait *flic flac* en dégoulinant sur mon ciré. Puis maman nous a rejointes et elle a fait « o » avec sa bouche.

— Mais enfin Patricia, qu'est-ce que vous faites ?

— Je donne son bain à Marie-Lorraine, madame.

— Tout habillée ?

— Elle m'a assuré que les petits Français se lavent ainsi.

— Elle vous a raconté n'importe quoi, il ne faut pas écouter les enfants, voyons !

— *She's definitely not like the royal children…*

Je n'étais pas du même bois que les enfants royaux dont elle s'était occupée, ceux qui n'avaient plus besoin d'elle. Elle a rendu son tablier le lendemain.

Ces trois années ont été les plus paisibles de ta carrière, elles nous ont tapissé l'âme de rires et de tendresse pour supporter la suite. Je n'avais pas encore lu *Hamlet*, il n'y avait rien de pourri au royaume du Danemark, que de la douceur. Tu m'as appris à faire de la bicyclette sans les petites roues dans la cour de l'ambassade, je grimpais dessus, tu me poussais en me donnant de l'élan et tu partais à grandes enjambées à l'autre bout de la cour pour m'arrêter. Je faisais attention à ne pas rouler sur la plate-bande pour ne pas blesser ma tortue Caroline.

Ma poupée Catherine était blonde avec des boucles, des yeux bleus, un large sourire peint, elle était toujours prête à jouer avec moi, personne ne la payait pour ça, elle ne parlait ni anglais, ni danois, ni français, elle parlait mon langage. Je n'aimais pas ranger, j'aimais le fouillis, le désordre, je trouvais ça joyeux, rassurant, chaud, mon désordre avait un rire et des ailes, je pouvais m'envoler dessus comme Nils Holgersson chevauchait son jars à travers le ciel de Suède dans le livre de Selma Lagerlöf.

— Si tu ne ranges pas tes jouets, je les donnerai à l'hôpital pour les petits enfants malades qui n'ont pas ta chance, m'a prévenue maman.

— Ze veux aller à l'hôpital zouer avec les zenfants malades, ai-je zézayé.

J'étais sûre qu'elle n'oserait pas. Au pire, je serais privée de dessert, ça m'était égal, je préférais le salé, les *smørrebrød* sur lesquels la cuisinière étalait du hareng, des œufs et du fromage.

Je n'ai pas rangé ma chambre. Le lendemain, en rentrant de l'école, je n'avais plus aucun jouet. J'ai cherché ma poupée Catherine. Elle avait disparu elle aussi ! Je me suis précipitée, en larmes, dans le salon. J'ai demandé pardon, supplié, juré de ranger mes affaires matin et soir et même la nuit, les jouets ça m'était égal, mais Catherine n'était pas un jouet, c'était mon amie, ma sœur, mon double. Elle allait croire que je l'avais abandonnée, que je ne l'aimais plus, que je l'avais trahie !

Maman était sûre d'avoir agi pour mon bien. Pendant une semaine, à l'heure où on m'amenait dire bonsoir aux invités avant d'aller me coucher, j'ai répété en boucle :

— Ze n'ai plus ma poupée Catherine...

Le lendemain, les invités faisaient livrer à mon intention de superbes poupées. On les envoyait à l'hôpital aux enfants malades. Des enfants comme ceux que je soignerais, des années plus tard, à l'hôpital Necker.

J'ai compris ce jour-là que ceux auxquels on tient peuvent disparaître du jour au lendemain, fussent-ils ma poupée préférée. La leçon m'a profité, je n'oublie pas de dire à ceux que j'aime que je les aime. Je ne zozote plus. Je ne tiens plus aux objets, j'adore m'en débarrasser. Et mon joyeux bordel a encore un rire et des ailes.

Je recopie dans un cahier :

« — Qu'y a-t-il là-dedans, Babette ? Ce n'est pas du vin, au moins ?

— Du vin, madame ? s'écria Babette. Oh ! Non ! C'est du Clos-Vougeot 1846. » (Karen Blixen, *Le Dîner de Babette*)

Et j'écoute *Out of Africa* de John Barry, tiré du film de Sydney Pollack adapté du livre de Karen Blixen.

Alger, 1962

La guerre d'Algérie dure depuis huit ans, sanglante et passionnée. Elle a tué des dizaines de milliers de personnes, divisé la France, ébranlé la République française. Christian observe ses tragiques péripéties depuis Copenhague. Le Danemark et le plan Fouchet lui prennent tout son temps.

En février 1962, le grand Charles le reçoit lors d'un de ses passages à Paris pour évoquer l'Europe. Alors que Christian est sur le point de partir, Charles, adepte de la tactique directe pour voir ce que ses interlocuteurs ont dans le ventre, lui demande brusquement :

— Et vous ?

— Moi, quoi, mon général ?

— Voulez-vous être haut-commissaire en Algérie ?

Christian ne s'y attendait pas du tout.

— Oh ! non, mon général. C'est un poste terrible !

— Raison de plus pour accepter.

Il déjeune avec son frère J.-R. et sa sœur Coco et

leur répète la conversation. Ils ont la même réaction que lui :

— Ah, non !

Un quatrième invité invisible partage leur repas, leur aîné Paul, le Saharien légendaire. Que dirait-il s'il était attablé avec eux ? C'était lui l'Africain, pas Christian, il n'a pas le droit de toucher à ce que son frère a laissé. À Copenhague, sa femme Colette est bouleversée quand il la met au courant. Elle vient d'une famille qui sait ce que signifie servir son pays, mais là, vraiment, c'est beaucoup demander…

Quelques jours plus tard, le général Billotte est pressenti pour ce poste et Christian dort mieux. Ceux qui l'aiment aussi. Le surlendemain, il apprend que le projet de nomination de Billotte à Alger est abandonné. L'après-midi, quand la Caravelle d'Air France qui doit le ramener à Copenhague s'immobilise juste avant de décoller, il croit qu'on le rappelle et il se lève pour récupérer son manteau, mais il n'est pas en cause. Trois heures plus tard, il entre à l'ambassade, sa fille se précipite pour l'embrasser. Sa femme le prévient que l'Élysée vient d'appeler. Il demande Paris.

— Le Général veut vous voir ce soir, lui dit-on au bout du fil.

— Je viens d'atterrir à Copenhague !

— Reprenez l'avion. Une voiture vous attendra à Orly.

Il arrive à l'Élysée à 22 heures. Le grand Charles

écrit à sa table, le reste de la pièce est plongé dans le noir. Il se lève, puis lui fait signe de s'asseoir.

— Je préfère que ce poste ne soit pas tenu par un militaire de carrière mais par un diplomate. Voulez-vous être haut-commissaire ?

— Mon général, je ne le veux sûrement pas, mais je comprends que vous me le proposiez.

— Oui, et j'y tiens. Je vous donne vingt-quatre heures de réflexion. Je vous reverrai lundi matin.

Curieux et triste dimanche. Christian hésite à accepter ce poste terrible. Ces atrocités depuis huit ans, ce malheureux pays déchiré, ces cas de conscience, ces cœurs saignants, ces carrières brisées, ces morts. Pourquoi devrait-il, lui, prendre tout cela sur ses épaules, comme figure de proue du dénouement ?

Lundi matin, il retourne à l'Élysée avec dans sa poche deux feuilles gribouillées sur lesquelles il a écrit ce qu'il tient à dire.

— Mon général, je ne vous ai jamais rien refusé. Là, vous me demandez beaucoup sur le plan humain. L'affaire a été mal menée, aujourd'hui elle est déchirante. Il est injuste que j'en assume maintenant la responsabilité à la place d'autres qui sont responsables de ce drame. Et puis j'ai quitté la politique, je suis un homme isolé, je n'ai plus d'équipe. Mais j'accepte sans condition.

Le grand Charles est touché par ses mots.

— Vous êtes un homme public qui sert l'État. Vous n'avez pas que des amis mais vous n'êtes jamais mésestimé. Personne n'a d'équipe, et c'est mieux ainsi. Le chef doit être seul, ainsi il ne doit rien à personne. Ne vous plaignez pas, Fouchet. Vous êtes un compagnon, vous ne pouviez pas me refuser. Vous appartenez à une famille à laquelle on a beaucoup demandé et qui a beaucoup donné. Vos trois frères morts vous aideront.

Christian rentre chez lui. Il décroche son téléphone et reste plusieurs heures seul, plongé dans ses pensées. Les journaux de l'après-midi annoncent déjà sa nomination. Chacun sent que ce dernier épisode du drame algérien va se dérouler dans le fracas et la fureur. Il a demandé à Charles de pouvoir en référer directement à lui sans passer par un ministre ni une hiérarchie, c'est d'accord.

Il retourne vingt-quatre heures au Danemark pour faire ses adieux. Il embrasse sa fille, elle croit qu'il va rester, il lui explique qu'il doit repartir pour son travail, qu'elle ne peut pas l'accompagner, qu'elle va provisoirement habiter dans le Midi chez sa grand-mère. La presse locale le présente comme un mort en sursis. Le roi Frédéric le reçoit, le Premier ministre danois revient exprès de Finlande. La police le fait escorter par une escouade de motards. Le fidèle Armand qui lui sert de chauffeur frôle dix fois l'accrochage.

Le soir, des amis et des diplomates viennent le saluer à l'aérodrome. L'ambassadeur turc, marié à la jolie Turquia, la fille qu'a eue Enver Pacha quelques mois avant son assassinat, lui souffle :

— Vous allez vous en sortir. Mais la meilleure façon de ne pas être assassiné, c'est de ne pas y penser.

Par les hublots, il regarde disparaître les lumières de ce Copenhague où il vient de passer des années harmonieuses avec sa famille.

Les accords d'Évian, résultat de négociations entre le gouvernement français et le FLN, Front de libération nationale qui veut l'indépendance de l'Algérie, ont été signés le 19 mars. Ils mettent officiellement fin à la guerre. Le cessez-le-feu entre tout de suite en vigueur. Christian est nommé haut-commissaire de France le 20 mars.

Le 24 mars, il décolle en avion de Villacoublay. Les accords, censés entraîner le retour au calme et mettre un point final à la guerre, vont au contraire susciter l'escalade de la violence et déclencher une véritable guerre civile.

Il a proposé à des hommes qu'il estimait d'être ses collaborateurs. Certains ont refusé en évoquant leurs familles, d'autres sont à ses côtés dans l'avion. Il pense à Paul qui aimait tant l'Algérie et qui a donné sa vie dans le ciel de Colomb-Béchar. Et aux siens, à sa femme, à sa fille, à ses proches, devenus à cause de lui la cible de l'OAS, Organisation de l'armée secrète qui veut que l'Algérie reste française.

Il va travailler et vivre dans la cité administrative de Rocher Noir, une ville moderne bâtie comme une forteresse sur un site qui domine la mer à vingt kilomètres à l'est d'Alger près de la base aérienne militaire de la Reghaia. Et il va s'efforcer de rester vivant.

Quelques jours plus tôt, l'OAS a voulu démontrer

son pouvoir en interdisant à l'armée d'entrer dans une certaine partie de Bab el-Oued. Un camion militaire qui a passé outre a été pris sous un feu nourri. Neuf jeunes soldats français du contingent ont été tués avec leur sous-lieutenant. L'armée boucle le quartier et perquisitionne les maisons. L'OAS a demandé à la population de venir en masse exprimer son soutien aux habitants. Le 26 mars, le lendemain de son arrivée, un cortège compact de civils se dirigeant vers Bab el-Oued est stoppé par le service d'ordre et reflue vers la Grande Poste de la rue d'Isly.

Le préfet de police téléphone à Christian. Sa voix est rauque.

— Monsieur le haut-commissaire, un drame vient de se produire. La foule a réussi à forcer un barrage de l'armée rue d'Isly, puis un deuxième. Au troisième, la troupe débordée a tiré. Il y a des morts par dizaines.

On a tiré sur des civils, il y avait des femmes et des enfants ! Christian est, comme Alger, frappé de stupeur et d'horreur. De tout ce qu'il saura ensuite, il lui restera la conviction que les premiers coups de feu ont été tirés d'un toit par un provocateur. Mais personne ne le prouvera jamais. Et rien, décidément, n'est plus horrible qu'une guerre civile.

Le lendemain, il va à Bab el-Oued à pied avec le préfet et un service d'ordre discret. Les photographes les reconnaissent et les entourent. Il gardait un souvenir si lumineux des semaines passées à Alger près du parc Galland chez son frère pendant l'été 1943 avec Tonio. L'Alger actuel n'a plus rien à voir, les éboueurs sont en grève et les poubelles débordent, les gens fixent leur escorte d'un air morose ou farouche. Un couple lui lance un étrange regard de supplication et d'espoir. C'est à eux qu'il songe en entrant boulevard Saint-Saëns dans l'immeuble de l'ORTF. C'est eux qu'il veut convaincre en s'exprimant en direct à la télévision après la tragédie de la rue d'Isly. Il n'a rien préparé, il n'a ni texte, ni maquillage, ni artifices. Aux Français d'Algérie, il dit qu'il déplore, comme eux, ces morts d'hier, ces victimes innocentes. Et qu'il pense aux centaines de milliers d'hommes, de femmes et d'enfants d'Alger qui n'ont qu'un désir : que se termine ce cauchemar, que la paix revienne, qu'il soit de nouveau possible, à la fin des fins, de se regarder les yeux dans les yeux, de se sourire et, pourquoi pas, de s'aimer.

Il parle avec gravité. Alger est une affaire passionnée qui fait souffrir tant de gens. Tout le temps qu'il y sera, il restera un homme grave.

Il reçoit des centaines de lettres. Certaines de menaces et d'insultes. Beaucoup sont bouleversantes. Il n'a pas demandé à être là. Il vient de passer quatre ans à travailler à l'avenir de l'Europe. Depuis sept ans, il n'a pris aucune part aux affaires d'Afrique du Nord. Sa mission est de veiller à l'application des accords d'Évian et d'aider les Français d'Algérie.

Grâce à la saisie de documents sensibles sur un suspect et à l'avortement de l'opération Marguerite, Christian échappe à la mort. L'opération Marguerite consistait à garer sous ses fenêtres de Rocher Noir, encore en chantier, un camion plein de dynamite cachée sous des parpaings. L'explosion l'aurait soufflé avec toutes les maisons autour. Il demande à ses collaborateurs de ne pas lui mentionner les attentats déjoués. Et il se concentre sur son travail administratif, politique et humain.

La première fois qu'il se rend à l'état-major d'Oran, la voiture qui vient le chercher à l'aéroport rejoint une escorte à l'entrée de la ville. Puis elle s'intercale entre deux voitures blindées dont les servants ont déjà engagé les bandes de cartouches dans les mitrailleuses.

— Jusqu'à nouvel ordre, Oran est une ville française, je ne veux pas y pénétrer dans cet équipage ! dit-il au commandant interarmées Ailleret, ancien déporté à Buchenwald, qui l'accompagne.

— Si vous souhaitez entrer à pied en remontant le trottoir qui est devant nous, j'aurai l'honneur de vous escorter. Mais nous ne ferons pas cent mètres avant d'être abattus tous les deux. Et vous n'êtes pas venu pour ça.

Le préfet d'Oran aussi souhaite sa visite, et lui propose de venir discrètement dans une 4L passe-partout. Il n'oublie qu'une chose : la stature de Christian ! Il y va dans une voiture quelconque plus adaptée à son gabarit. Quand il en descend, l'ascenseur vient de sauter. Sur un pain de plastic non explosé entouré d'un ruban tricolore, il lit l'inscription : « Bienvenue à

M. Fouchet. » Il monte les quatorze étages de la préfecture à pied en remerciant le ciel d'être vivant.

Un nouveau préfet est nommé. Tous les jours, des coups de feu sont tirés dans ses fenêtres depuis l'immeuble situé en face. Les descentes de police quotidiennes ne donnent rien. Il faut se baisser en passant devant les fenêtres. Impassible, le préfet reçoit dans son bureau aux vitres brisées par les balles, tandis que Rheira, une vieille femme kabyle, apporte du thé dans la pièce dont les rideaux dansent au gré du vent.

Sa femme Colette le rejoint dans sa villa de fonction de Rocher Noir gardée jour et nuit. Il remplit sa déchirante mission du mieux qu'il peut. Chaque jour qui passe apporte de terribles nouvelles d'attentats et de violences.

En janvier 1961, le peuple français a reconnu par référendum à la population algérienne le droit de choisir son destin par rapport à la France. Le 1er juillet 1962, le peuple algérien vote l'indépendance. Le haut-commissariat va être remplacé par une ambassade. Christian peut rentrer à Paris. Il fait ses adieux à la télévision. Sa pensée va à tous les morts de ce drame qui s'achève, à ceux qui sont morts pour la France et à ceux qui ont combattu les uns contre les autres sur cette terre parce qu'ils l'aimaient.

Le 3 juillet, le général de Gaulle proclame l'indépendance de l'Algérie. Christian s'entretient longuement avec lui au téléphone avant de rentrer dîner avec sa femme. Une fusillade troue la nuit. Les gendarmes qui gardent la maison sont couchés à plat ventre derrière leurs fusils-mitrailleurs en batterie. Des coups de feu partent dans tous les sens. À quelques mètres, les parachutistes qui surveillent la villa du général Fourquet prennent leurs positions de combat. Il sort pour leur ordonner de rester l'arme au pied. Ce sont les Algériens de Rocher Noir qui tirent des salves en l'air pour célébrer leur drapeau qui flotte pour la première fois en haut du mât.

Le lendemain, les membres de l'exécutif provisoire algérien l'accompagnent jusqu'à l'héliport de Rocher Noir. Puis il fait ses adieux à l'armée française à l'aéroport de la Reghaia, aux accents de *La Marche consulaire*, en saluant le drapeau français et en serrant les dents.

Sa fille est à l'abri, en France. Elle ne se rend heureusement compte de rien, elle est trop jeune.

Il note sur son carnet :

« Le métier d'homme est difficile. » (Saint-Exupéry)

Et : « Il n'y a que les idiots qui refusent d'être malheureux. »

Nous avons quitté Copenhague du jour au lendemain. J'ai abandonné ma tortue Caroline dans la plate-bande de la cour où elle hibernait, j'ai espéré que le nouvel ambassadeur avait des enfants qui prendraient soin d'elle. Tu m'as expliqué que je ne pouvais pas partir avec toi en Algérie, que je devais rester à Antibes. J'ai compris que c'était dangereux.

J'ignorais que ces négociations d'Évian dont tout le monde parlait n'avaient rien à voir avec l'eau minérale. Je ne pouvais pas deviner que l'infarctus dont tu allais mourir dans douze ans te terrasserait justement à Évian.

De mars à juillet, je ne suis pas allée à l'école. C'est long, quatre mois, quand on a six ans. Je suis restée à La Pinéta, dans la maison de ma grand-mère entourée d'oliviers, de lauriers-roses, d'agaves, d'orangers et de figuiers. Et de gendarmes, à cause de ton travail. Jour et nuit, les gendarmes montaient la garde avec leurs chiens-loups, effectuant des rondes incessantes autour de la maison et se relayant pour dormir dans des tentes. Ils m'offraient des bébés couleuvres que je mettais dans une boîte à camembert. C'étaient mes amies, je les relâchais le soir et elles filaient vers la cressonnière.

Je savais qu'Alger, Oran et Constantine étaient des départements français. Je savais qu'il y avait des Algériens qui ne voulaient plus des Français, que ces Français avaient leur maison et leur cœur et les tombes de leurs familles là-bas, que des inconnus voulaient te tuer là-bas et me tuer ici. Le grand Charles était ton ami, il t'avait envoyé là-bas, du coup on risquait tous de mourir. La mort m'était familière, j'accompagnais souvent ma grand-mère sur les tombes de son mari et de son fils au cimetière militaire. Je remplissais le lourd arrosoir en inondant mes sandales et je donnais leur bain aux fleurs sous deux croix blanches barrées de bleu-blanc-rouge. Mourir, pour moi, c'était recevoir des azalées qui fanent au soleil. J'avais sûrement fait quelque chose de mal pour qu'on veuille me fleurir et m'arroser, moi aussi, mais j'avais beau me creuser la tête, je ne trouvais pas quoi.

Les gendarmes nous protégeaient, maman, ma grand-mère et moi, pour qu'on ne déménage pas sous les croix blanches. J'ai gobé des œufs percés d'une épingle, j'ai dévoré les cakes aux fruits confits de ma grand-mère, j'ai joué avec elle à la crapette, aux sept familles et aux dés, j'ai regardé les émissions de variétés et le catch à la télé. Les gendarmes me montraient des photos de leurs enfants qu'ils ne voyaient plus à cause de moi. La peur poissait l'air autour de nous, je ne la voyais pas mais je la sentais partout. Je ne pouvais ni aller en classe, ni jouer chez mes amis, ni les inviter à la maison, ni aller à la plage, ni choisir des livres pour enfants à la bibliothèque municipale de la place Macé. Je vivais dans une prison aimée qui m'étouffait. On me disait que tu travaillais, que tu reviendrais. Je demandais quand. Personne ne savait.

Nous n'avons jamais parlé de cette période, toi et moi. Je n'en ai jamais parlé à quiconque, en fait. Plus j'écris, plus je m'en rends compte. Maman et ma grand-mère ne me laissaient pas regarder le journal télévisé. J'ai attendu quarante ans avant de te voir en noir et blanc, solennel et impressionnant, t'adresser aux Français d'Alger. Les mots frémissants viennent de tes tripes, tu improvises, tu n'avais aucun prête-plume pour peaufiner tes discours.

À l'époque, j'ai eu un rêve récurrent. J'y rencontrais la mort sous les traits d'un squelette revêtu d'une cape noire avec une faux à la main, pas très original. Elle voulait m'emmener mais, en digne fille de diplomate, je la baratinais et je lui expliquais que personne ne l'aimait parce qu'elle tuait les gens. Sans lui laisser le temps de souffler, j'enfonçais le clou : pour devenir populaire, elle n'avait qu'à laisser les humains vivre. Mon cauchemar avait un *happy end*, elle se rangeait à mon avis et se faisait des amies, tout juste si on ne lui filait pas le prix de camaraderie. Il n'y avait pas de gendarmes effectuant des rondes avec leurs chiens-loups dans mon sommeil, je ne pouvais compter que sur moi pour nous sauver. J'étais Fantômette sans le loup noir et la cape noire doublée de rouge. Avec en guise de baguette magique un bébé couleuvre dans sa boîte à camembert.

Un jour, une nouvelle *nanny* arrive. Elle a les mêmes taches de rousseur que moi, un mini-ours en peluche qui lui sert de porte-bonheur, une petite sœur de mon âge. Elle n'a pas peur de mes bébés couleuvres. Je lui confie que plus tard je serai écrivain comme Enid Blyton, et que j'aurai un chien qui ressemblera au Dagobert du *Club des Cinq*. Ma *nanny* a un chien, elle me montre sa photo. Elle assied son mini-ours contre sa lampe de chevet :

— Il ne m'a jamais quittée, je l'emporte partout.

Je lui parle de ma poupée Catherine, j'espère qu'à l'hôpital elle a trouvé un ami pour la protéger, qu'elle n'a pas eu peur, qu'elle a compris que je n'avais pas voulu l'abandonner, que je n'y étais pour rien.

Un matin, j'entends du brouhaha. Des gens entrent dans la maison. Ce ne sont pas mes amis les gendarmes mais des policiers inconnus. Maman les conduit à l'étage, je suis tenue de rester au rez-de-chaussée. Ils redescendent en encadrant ma *nanny*. Je m'affole :

— Qu'est-ce qui se passe ?

Ils ne la laissent pas me répondre. Elle n'a pas de menottes mais je devine qu'elle ne choisit pas de partir, qu'elle ne s'y attendait pas. Maman les suit, le visage fermé. Est-ce qu'on accuse ma *nanny* d'avoir volé quelque chose ? Est-ce qu'elle va aller en prison ? Je n'ai pas pu m'interposer pour ma poupée Catherine autrefois, mais aujourd'hui je peux défendre mon amie. Je crie :

— Laissez-la tranquille !

Personne ne m'écoute. Ils sortent de la maison, ils sont sur la terrasse. Les cigales frottent leurs élytres, le soleil tape, les tommettes rouges de la terrasse brillent. Ma *nanny* se retourne, me sourit et chuchote :

— *In your room.*

Je me précipite dans ma chambre. Le mini-ours est là, posé sur mon oreiller, en cadeau d'adieu. Les yeux pleins de larmes, je me rue dehors, trop tard. La voiture des policiers descend le chemin, ralentit devant le portail, s'éloigne sur la route. Je serre les poings, révoltée.

— Qu'est-ce qu'elle a fait ?

— Tu comprendras plus tard, répond maman, pâle.

— Elle était mon amie, elle m'a donné son ours porte-bonheur ! dis-je, désespérée.

— Ne sois pas ridicule, elle était payée pour s'occuper de toi, c'était son travail.

Assommée, je me tais et je me réfugie dans un livre pour enfants. Le soir, je m'endors avec le mini-ours sur mon lit. Toute ma vie je me souviendrai de cette scène que j'ai ressentie avec une violence insoutenable. J'ai oublié son prénom et ses traits mais je revois encore sa silhouette, encadrée par les policiers, et le mini-ours posé sur mon oreiller en guise de cadeau d'adieu.

J'ai compris, bien plus tard. Les renseignements généraux avaient enquêté, elle avait un petit ami membre de l'OAS, nous ne pouvions pas courir de risque. Ce n'était pas de la parano, la pression devait être effroyable pour maman.

— Où est mon mini-ours ? ai-je glapi un soir en déboulant dans sa chambre. Il n'est plus à sa place !

— Ce n'était pas le tien.

— C'est vous qui l'avez pris ?

— Je l'ai jeté.

J'ai blêmi.

— Vous n'aviez pas le droit, il était à moi, comme ma poupée Catherine !

— N'insiste pas. Les éboueurs sont passés, il est dans la benne à ordures.

Je me suis figée comme un lapin ébloui par les phares d'une voiture.

— Mais c'est pas juste !

— La vie n'est pas juste. Cette jeune femme n'était pas ton amie. Arrête de faire des histoires, m'a dit maman qui en avait gros sur la patate.

J'ai arrêté de faire des histoires. Des années plus tard, j'en ai fait mon métier, j'écris des histoires pour permettre aux lecteurs d'échapper à la réalité, de voyager, de s'alléger. Dans un roman, on peut inventer toutes les poupées, tous les mini-ours et tous les pères qu'on veut, personne ne peut vous les prendre.

Maman part te rejoindre à Alger. Je reste avec ma grand-mère. C'est une femme intrépide et vaillante, elle a fait de la Résistance et elle est décorée comme tout le monde dans la famille. Je suis habituée aux Légions d'honneur et aux croix de guerre, je crois naïvement que tous les foyers français ont gagné les mêmes. Moi je ne suis ni courageuse ni décorée, et j'ai les chocottes. J'ai confiance en ma grand-mère, elle ne m'abandonnera pas, pourtant je vérifie tout le temps qu'elle est là. Je me dis que je vais rester enfermée toute ma vie. Que je n'irai plus jamais à l'école (ça ne me dérange pas). Que je ne verrai plus que des adultes (j'ai beau être habituée, cette idée m'empêche de respirer). Que vous ne reviendrez jamais, toi et maman. Et que, forcément, c'est ma faute.

Ma grand-mère est la présidente des veuves de guerre, on l'appelle « madameu la généraleu », elle a des visiteurs. Je ne peux pas sortir de La Pinéta, mais ses amis peuvent y entrer. J'écoute les conversations derrière la porte. J'entends que maman et toi devez vous déplacer dans des hélicoptères différents pour ne pas, tant qu'à faire, être assassinés en même temps. Qu'une voiture a explosé tout près de vous. Qu'on vous menace en permanence.

Un jour, enfin, les gendarmes défont leurs tentes, ils lèvent le camp. Je caresse leurs chiens-loups une ultime fois. Ils m'offrent en guise d'adieu un bel insigne en métal de la gendarmerie qui représente un chevalier dans son armure. Ils retrouvent leurs familles, les enfants de leurs photos, leurs femmes, leur vie. Ils m'oublient. Ils me manquent.

Je libère ma dernière amie couleuvre de sa boîte à camembert, il n'y a pas de raison qu'elle reste prisonnière puisque je suis à nouveau libre. Elle part en ondulant vers le bas du jardin.

Et vous revenez. Comme dans ma petite bible illustrée pour enfants, les eaux s'entrouvrent. Et vous êtes là. Tu es là.

En médecine, on demande aux patients de chiffrer leur douleur sur une échelle de 0 à 10 pour l'évaluer. Je coterais ma peur de cette époque à 6. Les enfants se rendent compte de tout.

Tu es rentré en France le 4 juillet, le lendemain de l'indépendance. Pendant des années, vous avez reçu des lettres anonymes. Un soir de Noël, au milieu des cartes de vœux pleines de rennes et de sapins, maman a trouvé une feuille avec écrit en caractères d'imprimerie : « Joyeux Noël pour vous et votre future petite orpheline. » Et puis, un jour, ça a été vrai.

Cette période a été tragique pour toutes les personnes concernées. « Fouchet n'est pas un Compagnon, c'est un ami », a dit le Général à Gaston, mais pour t'envoyer à Alger il n'a pas hésité à te rappeler que tu étais un compagnon et à faire jouer la corde sensible en évoquant tes frères disparus. Dans le film *Il faut sauver le soldat Ryan* de Spielberg, Tom Hanks part sauver Matt Damon dont les trois frères sont morts au combat. Personne n'a envoyé Tom Hanks te protéger, le souvenir de tes frères t'a poussé en première ligne. Le cinéma, c'est du cinéma.

Quand tu es allé avec maman en 1969 voir Alexandra David-Néel pour ses cent ans, tu as fait la connaissance de son amie et secrétaire personnelle

Marie-Madeleine Peyronnet, pied-noir depuis quatre générations, née à Alger. Tu as retrouvé Alexandra avec joie, vous vous êtes remémoré le temps passé, puis à brûle-pourpoint, Alexandra a lancé :

— Eh bien, Tortue, le haut-commissaire est devant toi, dis-lui ce que tu as sur le cœur !

Marie-Madeleine t'a raconté les souffrances de sa famille. Tu l'as écoutée en la regardant droit dans les yeux. Vous vous êtes parlé. Quand elle t'a reconduit à la porte, tu as pris sa main, tu l'as serrée très fort. Elle a compris que tu avais souffert de la mission dont la France t'avait chargé dans cette situation critique. Elle m'a dit récemment que tu l'as réconciliée avec les hommes politiques. Mais pas avec la politique.

Le 7 septembre 1962, Karen Blixen est morte au Danemark dans sa maison de Rungstedlund.

Je note : « Quand j'avais cinq ans, je m'ai tué. (…) J'avais quelque chose de cassé à l'intérieur, je sentais ça dans mon ventre et je savais pas quoi faire. Alors, je m'ai couché par terre. J'ai tendu le doigt avec lequel faut pas montrer et je l'ai appuyé contre ma tête. Et puis j'ai fait *poum* avec mon pouce et je m'ai tué. » (Howard Buten, *Quand j'avais cinq ans je m'ai tué*)

Et j'écoute *Papa, Can You Hear Me ?*, du film *Yentl*, chanté et réalisé par Barbra Streisand, adapté d'une nouvelle d'Isaac Bashevis Singer.

Grenelle

Après l'Algérie, Christian est d'abord ministre de l'Information pendant trois mois, puis en novembre 1962, il devient le ministre de tous les écoliers de France, y compris de sa fille de sept ans, en prenant les rênes de l'Éducation nationale. Le ministère est rue de Grenelle dans l'hôtel de Rochechouart.

Le moment est propice aux changements. Il réforme l'enseignement supérieur et le bac, et lance d'énormes chantiers. Avant, les enfants étaient orientés à partir de la onzième. S'ils entraient à l'école primaire, la communale, ils n'allaient souvent pas plus loin. Mais s'ils entraient dans un collège ou un lycée, ils allaient jusqu'au baccalauréat. Pour obtenir plus d'égalité, il crée les CES, collèges d'enseignement secondaire. Pour la première fois, tous les petits Français travailleront pendant quatre ans dans le même établissement, de la sixième à la troisième. Le premier palier d'orientation est repoussé à la fin de la troisième pour aborder le deuxième cycle. Il existe deux cent vingt CES en France, il en faut deux mille, il commence par en construire trois cents puis il doublera chaque année.

Il augmente le nombre des boursiers, obtient la gratuité partielle des livres au début du secondaire, développe le ramassage scolaire. Il décentralise l'Université en créant des collèges universitaires et des académies, Amiens, Rouen, Limoges, Nice. Il réorganise la recherche. Il concrétise les instituts universitaires de technologie. Il réforme les programmes d'histoire-géographie du secondaire. Il développe l'enseignement de l'audiovisuel. Il invente un nouveau grade universitaire, la maîtrise. Il ouvre les conseils d'éducation aux représentants des familles. Et surtout il crée la carte scolaire qui affecte les élèves dans un établissement du secteur géographique où ils sont domiciliés, ce qui garantit une meilleure mixité sociale.

La société s'est transformée. Jusqu'en 1939, les lycéens et collégiens étaient quelques centaines de milliers, à la rentrée de 1962 ils sont deux millions. Autrefois, ils appartenaient presque tous à la bourgeoisie, ce n'est plus le cas. Avant, il y avait trois bacs, un en fin de première, un en fin de terminale en maths élem ou en philo, et un à la fin de ce qu'on appelait la propédeutique, première année d'études supérieures. Désormais, il n'y a plus qu'un seul bac probatoire sans rattrapage en septembre.

Il sauve le grec qui risque de mourir. Avant, les élèves s'affrontaient entre classiques et modernes, désormais ils peuvent faire du grec ou du latin partout. Il supprime le casse-tête des maths obligatoires, ils ne seront plus obligés de faire des maths en A (lettres), mais il leur faudra être bons soit en latin ou grec, soit en trois langues vivantes dont le français. On lui reproche cette innovation, il réplique qu'il a été ambassadeur au Danemark où les enfants apprennent trois langues et où cela fonctionne très bien.

— Mais ce sont des Danois, ils n'ont pas derrière eux une langue de culture comme la langue française ! objecte un journaliste.

— Je vous conseille de ne pas dire ça devant eux, ils seraient très vexés, leur langue est de grande culture, elle a donné le philosophe Kierkegaard et le physicien Niels Bohr, lui fait remarquer Christian.

Il remplace la propédeutique par un premier cycle de deux ans qui conduit à un diplôme littéraire ou scientifique, un deuxième cycle mène à la maîtrise, un troisième au doctorat.

Un autre journaliste l'accuse de faire du bac un barrage.

— Le bac n'est pas un barrage, c'est une barre, ceux qui veulent suivre l'enseignement supérieur doivent être capables de sauter par-dessus, précise-t-il. Sinon les enseignants nous supplieraient de fixer d'avance le nombre annuel d'élèves qui auront le droit d'entrer en faculté, ce que je ne veux surtout pas, d'ailleurs la France est le seul pays à ne pas le faire.

Le 3 octobre 1966, il participe à l'émission télévisée *En direct avec*. Le présentateur Jean Lanzi explique aux téléspectateurs le principe du direct :

— Les participants sont sur l'antenne, donc sur

votre petit écran, au moment même où ils se trouvent dans ce studio de l'ORTF. Leurs questions, leurs réponses, vous les entendez comme si vous étiez dans ce studio, à cette table, à ma place même !

Trois journalistes, de *L'Humanité*, du *Monde* et de *L'Aurore*, l'interrogent sur ses réformes. Se considère-t-il comme de droite ou de gauche ?

— Autrefois, la droite prétendait avoir le monopole du patriotisme. À ce moment-là, j'aurais été un homme de droite ! Autrefois, la gauche prétendait avoir le monopole de la générosité humaine et du progrès social. À ce moment-là, j'aurais été un homme de gauche ! Je suis gaulliste depuis le 19 juin 1940, et je m'y sens aussi à l'aise au point de vue patriotisme qu'au point de vue générosité et progrès social, répond-il avec feu.

L'abbé Pierre a été résistant et député de Meurthe-et-Moselle, ils ont cela en commun avec Christian. Les deux hommes se rencontrent plusieurs fois. L'abbé, parlant de la jeune génération, cite Péguy : « Le drame des fils des bâtisseurs de cathédrales, c'est qu'ils sont généralement sacristains dans les cathédrales que leurs pères ont bâties. »

Christian explose le record de longévité à l'Éducation nationale depuis le début de la IIIe République, il y reste jusqu'en avril 1967, c'est-à-dire quatre ans, quatre mois et un jour.

Il note sur son inséparable carnet : « L'État est un

monstre froid selon Nietzsche, mais le cœur n'est pas simplement un muscle. »

Et : « On dit que nos enfants reprendront les traditions de leurs grands-parents, mais non, ils iront dans la lune. »

Dans tes Mémoires, tu parles peu de ton long passage à l'Éducation nationale, papa, parce que tu te réservais d'y consacrer un tome III. J'ai dû me rabattre sur des interviews, des articles et cette émission de télé en direct. Et interroger d'anciens enseignants qui m'ont expliqué que, grâce à tes réformes, tu as mis le pied à l'étrier à des milliers d'enfants. Pas mal, pour un fils d'officier de cavalerie. Tu as aussi créé un cycle court conduisant en un an à un certificat professionnel ou en deux à un brevet. Jacques Faizant t'a caricaturé, géant en train de pédaler sur un vélo d'enfant, sous le regard mécontent de Pompidou, avec écrit dans une bulle : « Il l'aura son cycle court. » Il a offert à maman le dessin original.

La cité universitaire Jean-Zay d'Antony, un campus modèle inauguré en 1956, a été construite pour recevoir deux mille étudiants des deux sexes. Jean Prouvé a créé exprès pour elle des bibliothèques, des chaises, des lits et des bureaux qui valent maintenant une fortune. Il y a eu du grabuge en 1965, des grèves du loyer et du restaurant, des manifs politiques, des barrages, ça a chauffé, les locaux ont été dégradés, de nombreux non-étudiants s'y sont installés.

Je ne peux pas m'empêcher de rire en lisant sous ta plume choquée : « On entrait dans la résidence comme dans un moulin, des filles passaient la nuit chez les garçons, certaines y vivaient en permanence. » Vous avez même envisagé de supprimer les communications entre le bâtiment des filles et celui des garçons par souci de moralité ! C'était avant 68, pour nous aujourd'hui c'est le Moyen Âge. Ton héros Thierry Prieur, qui n'aimait pas « les bien-pensants qui bien pensent », et qui mettait le plaisir en tête de sa check-list personnelle, aurait trouvé ça rigolo lui aussi.

À cette époque, je vais à l'école à l'Institut de La Tour dirigé par les sœurs de Sainte-Clotilde. Je porte une chasuble noire par-dessus l'uniforme gris en semaine, un calot et une cravate grise pour les grandes occasions. J'y suis pensionnaire quand tu pars avec maman représenter la France aux JO de Tokyo en 1964. Je me casse le bras droit en faisant le singe sur un arbre. Pas grave, je suis gauchère, même si à mon époque on oblige les enfants à écrire de la main droite. Je pars comme pensionnaire au Holy Trinity Convent, son correspondant outre-Manche. J'adore.

Le 22 octobre 1965, pour mes neuf ans, j'ai un cadeau d'anniversaire original : ma photo dans *Minute*, un journal d'extrême droite. Énorme, de dos, pleine page, en uniforme gris, mon cartable à la main. Paparazzée dans la rue. Avec le titre en gras et en immenses majuscules : « Devinez qui est cette (célèbre) écolière ? » Et en dessous, en moins gros : « C'est même la première écolière de France. Car son papa est "quelqu'un" au ministère de l'Éducation nationale. Mais l'école vers laquelle se dirige chaque matin la petite Lorraine n'est pas du tout celle que vous pourriez croire. Les reporters de *Minute* l'ont découverte. »

L'article est consacré aux enfants des membres du gouvernement qui sont inscrits dans des écoles privées catholiques. Sur une autre page, j'apparais en grand, de profil, sortant de la voiture, et en petit de face. Avec une légende : « La fille du ministre de l'Éducation nationale quitte le repaire paternel du palais de Chaillot. Un chauffeur en livrée lui tient ouverte la portière de sa DS. »

Repaire… Palais… Livrée…

La maison n'est pas un repaire, c'est mon repère, mon foyer.

Nous habitons en haut du Trocadéro, que certains appellent le palais de Chaillot, dans un appartement dévolu à André Malraux qui ne l'occupe pas puisqu'il habite à Verrières avec Louise de Vilmorin. Tu y es logé en tant que ministre en exercice, c'est la propriété de l'État.

J'ai vu des chauffeurs en livrée dans des films historiques, jamais dans la vie. Ton chauffeur porte, comme toi, un costume, une chemise et une cravate. Vous recevez encore des lettres de menace de l'OAS, c'est pour ça que je ne peux pas aller à l'école à pied. Je préférerais gambader dans la rue et admirer les bocaux de Malabar et de Carambar derrière la vitrine de la boulangerie !

Un an après, dans *En direct avec*, un des journalistes t'a demandé pourquoi je n'allais pas dans une école publique laïque. Tu lui as répondu que tu étais un libéral, et que l'enseignement privé avait une vieille tradition française de libéralisme, permettant aux parents qui croyaient en Dieu de mettre leurs enfants dans une école privée en contrat d'association avec l'État, avec des professeurs payés par l'État, inspectée par les inspecteurs généraux de l'Éducation nationale.

J'étais amoureuse de toi comme souvent les petites filles de leur papa, je te trouvais beau comme un dieu et fort comme un Turc, à juste titre puisque ton grand-père corsaire avait enlevé une mystérieuse et troublante Ottomane sur un quai du port de Smyrne pour la ramener en France et l'épouser.

Quand nous marchions ensemble dans la rue, les gens se retournaient sur ton passage. Je trottinais à tes côtés, habituée, trouvant normal qu'un inspecteur de police nous accompagne. Tout le monde te connaissait. Au théâtre, au cinéma, au restaurant, les gens te repéraient, se poussaient du coude, les hommes retiraient leurs chapeaux, les femmes souriaient. « Bonjour monsieur le ministre ! », « Comment ça va, monsieur le ministre ? », « On ne vous a jamais dit que vous ressemblez au ministre ? ». Tu n'avais pas le genre de gabarit à qui on lance : « Salut Cricri ! » Tu as répondu une fois en souriant à une très jolie femme : « Vous vous trompez, madame, je suis Gary Cooper. »

Un jour où je bavardais en classe, mon professeur Mme Carré m'avait donné à recopier trois cents fois pour le lendemain « un triangle équilatéral a trois côtés égaux et trois angles égaux ». J'ai eu une fièvre carabinée le soir, mais j'aurais préféré mourir plutôt que de m'attirer ses foudres. Tu étais son ministre, tu ne voulais pas la désavouer. Tu étais mon père, tu étais inquiet à cause de ma fièvre. Alors tu as pris ton stylo et recopié trois cents fois à ma place la définition du triangle équilatéral. Puis tu as écrit un petit mot dessous en lui expliquant pourquoi c'était ton écriture et pas la mienne. Je me souviens de la tête qu'elle a faite en lisant la copie, signée par toi, où son ministre, le sérieux réformateur de l'enseignement supérieur, avait rédigé la punition de sa petite fille. Elle a demandé à garder ma copie. Je me demande ce qu'elle en a fait.

Il faut que je t'avoue une chose, papa. Tu te rappelles l'affaire de ta montre ? Je l'avais cassée exprès. Je suis désolée, pardon. Je voulais être à ton heure et me sentir moins seule.

La plage d'Éden Roc au cap d'Antibes était fréquentée par des personnalités. Françoise Giroud y bronzait seins nus à côté de Jacqueline Delubac, qui avait toujours un maillot deux pièces blanc, un turban sur la tête, des lunettes de soleil, et dont tu me chuchotais qu'elle avait été une des femmes de Sacha Guitry que je confondais avec Sacha Distel. Il y avait la partie ouverte à tous les clients, les rochers et les matelas qui faisaient face à l'Hôtel du Cap. Et la partie privée qu'on appelait « les cabanes ». C'était un ensemble de bungalows répartis dans une pinède, chacun comprenant un vestiaire couvert et un espace à l'air libre meublé de sièges et de matelas. L'accès à l'eau depuis les cabanes était protégé, l'entrée des voitures était réglementée par une barrière, paparazzi et curieux étaient implacablement refoulés.

Tu t'es marié avec maman à Antibes en septembre 1955. Tes responsabilités politiques t'empêchaient de partir loin, tu l'as emmenée quelques jours à l'Hôtel du Cap. Antoine Sella, le directeur de l'époque, offrait l'entrée de la plage d'Éden Roc à vie aux couples qui y séjournaient pour leur voyage de noces. Nous venions donc librement nous baigner sur les rochers, il fallait juste régler le matelas de maman, et la cabane quand tu étais là, ce qui était trop rare. Quand j'étais toute petite, maman partait nager loin en mer, elle me mettait dans une bouée qu'elle attachait à sa taille et elle me traînait derrière elle. Les gens s'en offusquaient :

— Vous ne devriez pas emmener un bébé, qu'est-ce qui lui arrivera si vous avez un malaise ?

— Si je meurs, ma fille mourra avec moi, quelle question ! répondait maman en les trouvant très bizarres.

J'ai appris à nager à Éden Roc. Le professeur, M. S., était extraordinaire, mais pour impressionner les stars et les inciter à lui confier leurs enfants, il nous faisait plonger du plus haut plongeoir ou nager dans les grosses vagues.

— Vous voyez, clamait-il avec orgueil, mes élèves se débrouillent par tous les temps !

Nous ne risquions rien, il nous aurait repêchés en

une seconde si nous avions été en difficulté, mais ça me gênait d'être brandie comme un étendard.

Le jour de ta montre, tu avais pris quatre jours de vacances, ce qui était exceptionnel. Nous étions dans une des cabanes. Une abeille me tournait autour, attirée par l'écran total dont ma peau laiteuse de rouquine était tartinée. Vous étiez partis vous baigner, j'avais refusé de vous accompagner, préférant finir mon livre de la Bibliothèque rouge et or. Le mystère était résolu, j'avais reposé le livre. Je m'embêtais ferme. Mon orgueil m'empêchait de vous rejoindre. J'étais coincée dans cette cabane paradisiaque comme quand tu étais à Rocher Noir. L'abeille me confondait avec un pot de miel. Je me suis réfugiée dans la moitié couverte de la cabane, là où étaient rangées nos affaires. Tu y avais posé ta montre, une Jaeger-LeCoultre, avec un bracelet noir en croco, qui se remontait grâce aux mouvements de ton poignet et dont tu réarmais le réveil avec une molette. Elle n'était pas waterproof, tu la retirais pour nager. Elle trônait sur la tablette. Tu n'aurais pas dû la laisser là, on pouvait la voler.

La phrase s'est inscrite en lettres de feu dans ma tête d'enfant. Tu n'aurais pas dû la laisser là. On pouvait la voler. Il risquait de se passer quelque chose. Qui me sortirait de mon ennui. Qui m'arracherait à ma solitude visqueuse et angoissante. Qui ferait voler en éclats le souvenir encore récent de mes quatre mois de prison dorée. Qui redonnerait des couleurs à la vie. Un mystère, une aventure, une vibration, comme dans le livre que je venais de terminer…

Les cabanes étaient éloignées les unes des autres pour préserver l'intimité. Mes amis de papier restaient collés dans leurs pages. Tu repartirais bientôt à Paris. Je rissolais sous le soleil, il était midi plein, j'avais faim. Ma main s'est tendue, malgré moi, et j'ai saisi ta montre. Mon trésor caché dans mes doigts serrés, je suis sortie de la cabane. Et je l'ai balancée au milieu du maquis. Je haletais, mon cœur cognait. Pourquoi ? Des années après, je ne trouve pas la réponse.

Un serveur en veste blanche à galons dorés est passé, portant un plateau plein de verres colorés, Pimm's ou Tom Collins, avec des olives et des chips. Les glaçons tintaient dans les verres. Je suis sortie de la cabane, je me suis enfoncée dans le maquis, affolée, cherchant ta montre. Elle avait atterri contre une pierre, le verre était fendu. Dans un élan de violence, j'ai aggravé mon cas en la cognant contre un arbre. Puis je me suis calmée et je me suis retrouvée seule au milieu des buissons, ta montre cassée à la main. Mon forfait me dépassait. Le temps pressait. Je l'ai lancée encore plus loin puis, en sueur et la tête en feu, j'ai couru vers la mer. Vous nagiez, insouciants. Tu m'as fait de grands signes. J'ai plongé, petit poisson frétillant.

— Nos affaires ne risquent rien dans la cabane ? ai-je demandé stupidement.

— Ne t'inquiète pas, as-tu répondu en riant.

Nous sommes sortis de l'eau. Nos pieds mouillés laissaient des empreintes sombres sur le chemin, elles scintillaient au soleil avant de disparaître. J'espérais que nous allions retrouver ta montre à sa place, posée sur la tablette, que ce n'était qu'un mauvais rêve.

Maman est entrée la première dans la cabane, elle s'est allongée sur son matelas.

— Tu peux me commander un Tom Collins ? a-t-elle demandé.

Tu es allée dans la moitié couverte de la cabane où se trouvait le téléphone relié au bar. Puis tu en es ressorti, la mine contrariée.

— Je ne trouve plus ma montre.

Nous avons fouillé partout, en vain. On avait volé la montre du ministre. La nouvelle s'est propagée comme une traînée de poudre à travers Éden Roc. Plus que le bijou, c'était la fonction qui était atteinte, c'était l'honneur du lieu qui était bafoué. L'inspecteur de police attaché à ta protection, un tendre géant aux mains comme des battoirs surnommé la Minette, est entré en ébullition. Le commissaire local, prévenu, est arrivé sur les lieux. Les policiers ont interrogé les occupants des cabanes voisines, les serveurs en vestes blanches à galons dorés, le barman, les femmes de chambre, le voiturier, les plagistes.

— Tu te souviens de la remarque de Lorraine ? a dit maman.

— Sur nos affaires qui ne risquaient rien dans la cabane ? Les enfants ont des prémonitions, as-tu dit sans chercher plus loin.

Nous sommes rentrés à La Pinéta chez ma grand-mère et j'ai cru, avec la naïveté de l'enfance, que nous allions tourner la page et passer à autre chose. Mais la machine était lancée, l'enquête se poursuivait inexorablement.

Quand je me suis réveillée le lendemain, le cauchemar a continué. Ce qui n'était qu'une sottise, un geste d'humeur de gamine esseulée, s'était transformé en atteinte révolutionnaire à la sécurité publique. La police enquêtait, l'OAS pouvait être derrière ce vol, ou les communistes, dérober ta montre signifiait t'atteindre toi, et à travers toi, le gouvernement. J'avais ouvert la boîte de Pandore.

J'ai paniqué. La montre était au milieu du maquis, ils allaient peut-être la trouver tout seuls ? Est-ce qu'on me jetterait en prison si je me dénonçais ? Est-ce que tu cesserais de m'aimer ?

— Un des serveurs a un casier judiciaire ! nous a annoncé la Minette.

L'homme en veste blanche à galons dorés que j'avais croisé, plateau à la main, était dans le collimateur. Je ne pouvais ni le laisser accuser à tort ni avouer que j'étais la coupable.

Dès que nous sommes arrivés à la cabane, j'ai lancé avec nonchalance :

— Et si le voleur l'avait abandonnée derrière ?

Et je suis partie battre les fourrés. Évidemment, j'ai fini par la retrouver. Je vous ai appelés, toute contente :

— La voilà !

J'entends encore la réponse de maman :

— Christian, *that's it*...

Vous m'avez rejointe, la mine grave. Je ne suis pas très douée pour mentir, j'ai vite craqué. Tu m'as fourni une porte de sortie honorable :

— Tu as joué avec ma montre, tu l'as fait tomber, le verre s'est cassé et tu as eu peur d'être grondée, c'est ça ?

J'ai acquiescé en détournant les yeux.

— Mais enfin, pourquoi tu ne l'as pas dit tout de suite ?

Tu me regardais avec étonnement. Les aiguilles de ta montre étaient bloquées à l'heure de ma honte. Tu l'as remise à ton poignet d'un geste machinal, nous sommes rentrés à la maison. J'étais confuse et déshonorée. J'ai à peine dîné. Je suis montée me coucher. Ma grand-mère a plaidé ma cause, disant que j'étais gauchère et maladroite, que ce n'était pas un crime, que cette affaire avait pris des proportions démesurées.

Tu m'as expliqué le lendemain que ma bêtise avait eu de graves conséquences et que je devais présenter mes excuses. Alors j'ai demandé pardon au directeur, au commissaire, aux inspecteurs, au serveur avec la veste blanche à galons dorés.

Tu es reparti à Paris. Maman m'a emmenée à Golfe-Juan chez l'abbé Gaglio, aumônier de la Résistance et ami de la famille. Elle ne comprenait pas ce qui m'avait pris, elle lui a demandé de m'exorciser. Il a récité des prières en me bénissant, mais je n'avais aucun diable en moi, j'étais juste un peu seule, tu étais juste un peu occupé, on était juste une famille un peu différente des autres, j'avais juste voulu arrêter le temps. On n'en a jamais reparlé. Jusqu'à aujourd'hui.

Maman m'a donné ta montre quinze ans après ta mort. Quand elle me l'a tendue, l'aiguille des secondes s'est remise à tourner, le simple fait de la manier avait déclenché le mécanisme, c'était flippant. Elle est passée de ton poignet au mien avec une indifférence choquante, le temps n'a que faire de la brève existence des hommes, il nous traverse et nous dépasse comme dans la chanson de Brel avec la pendule d'argent « qui ronronne au salon, qui dit oui qui dit non, et puis qui nous attend». J'ai changé ton bracelet noir, j'en ai mis un rouge plus féminin.

Quand j'ai commencé à t'écrire, je l'ai ressortie, elle ne fonctionnait plus. Je l'ai fait réparer chez Jaeger-LeCoultre, ils m'ont proposé de changer le boîtier bosselé, je leur ai répondu que je préférais la garder comme ça, que ces bosses avaient une histoire. Mais j'ai changé le cadran fêlé. Le réveil marche à nouveau, il a une sonnerie à ressusciter les morts.

Dans certains pays d'Afrique, on dit qu'il ne faut pas nommer les morts. Moi je te nomme et je te parle. Quand je t'évoque devant des inconnus, je dis mon père. Dans ces pages, je te dis papa. C'est un mot magique : quand on crie « papa » dans un lieu public, tous les papas se retournent.

Je note : « Avons-nous vraiment habité cet immeuble que je situais plus loin ? (...) La loge, stupéfaction, se trouve sur ma droite et non à gauche comme s'obstine à la placer ma mémoire. Le miroir qui lui fait face cache-t-il l'"ancienne loge", celle dont je me souviens ? Ou mon souvenir se reflète-t-il "à travers" le miroir, inversant les images ? » (Évelyne Bloch-Dano, *Porte de Champerret*)

Et j'écoute les *Variations Goldberg* de Bach jouées par Glenn Gould au piano, la version de 1955.

Beauvau, 1967

Le *Torrey Canyon*, un pétrolier géant, fait naufrage le 18 mars et s'échoue sur les Seven Stones au large de la Cornouailles. Les cent vingt mille tonnes de pétrole brut qu'il contient s'étendent en nappes géantes à la surface et atteignent les côtes anglaises. La compagnie hollandaise veut renflouer l'épave, mais elle se brise. La Royal Air Force la bombarde au Napalm, mais le pétrole ne brûle pas. L'aéronavale française patrouille au-dessus de la Manche pour surveiller la nappe. Les spécialistes pensent que les courants dominants entraîneront le pétrole vers la Normandie et la Picardie. Le vent tourne, les détergents utilisés par les Anglais ont changé sa nature, la nappe fait demi-tour.

Christian quitte l'Éducation nationale et est nommé ministre de l'Intérieur. Le pétrole arrive en Bretagne le 10 avril. Un journaliste breton invente l'expression « marée noire ». Le gouvernement débloque des crédits, la marine attaque la nappe aux agglomérants, le plan Orsec est déclenché et le nettoyage des plages commence. Tous les pouvoirs publics œuvrent ensemble, sapeurs-pompiers, militaires, fonctionnaires, marins. Et une extraordinaire chaîne de solidarité s'organise dans la population civile. On n'a jamais vu pareille masse flottante d'hydrocarbure. Tantôt brut, tantôt traité par les Anglais, tantôt émulsionné par la houle de haute mer, ici soumis à l'influence des marées et du ressac, là poussé par le vent, il se dépose sous des formes si diverses que les spécialistes ne savent quel produit choisir : détergent, sciure de bois, sable aggloméré ? Le détergent, désastreux pour la faune et la flore, modifie la consistance du pétrole qui flotte sous la surface. Les engins mécaniques ne peuvent pas nettoyer des rochers. Les plages de sable ne se nettoient pas comme celles de galets. Techniciens et ingénieurs se réunissent. On élimine les détergents. On conclut que le meilleur aggloméрant pour fixer le pétrole et le ramasser dans l'eau est un mélange de sciure de bois et de carbonate de calcium. On teste plusieurs barrages avant de trouver le bon. On nettoie les plages avec des pelles et des baquets puis on amène des bulldozers et des pompes à vidange. On stocke le pétrole dans des fosses tapissées de matière plastique ou on le transporte vers des stations de dégazage.

L'affaire est juridiquement complexe. Les côtes anglaises et françaises sont souillées. Le pétrolier arbore le pavillon du Liberia. Il appartient à une compagnie des Bermudes dont le siège est à Los Angeles. Il est affrété à une compagnie britannique. Le capitaine et l'équipage sont italiens. Christian visite Port-Blanc où le mazout a laissé des dépôts énormes, et se bat pour obtenir des crédits et des indemnisations.

Les oiseaux suffoquent, les plages étouffent, la mer est asphyxiée. C'est une catastrophe écologique sans précédent, personne n'a jamais été confronté à ça.

Le lundi 4 décembre 1967, alors qu'il neige sur l'Île-de-France, Emmanuel Maillart, un petit garçon blond de sept ans, sort du collège Saint-Jean-de-Béthune à Versailles pour rentrer déjeuner chez lui. Sa maman ne le voit pas arriver, elle s'inquiète et va à sa rencontre. Le directeur lui confirme que son fils est parti à l'heure. Personne ne l'a vu depuis. Sa maman prévient son mari et la police. Un des frères d'Emmanuel trouve une lettre anonyme dans la boîte aux lettres. L'enfant a été enlevé, la demande de rançon est faite avec des caractères découpés dans un journal, les ravisseurs réclament vingt mille francs en billets de cent francs, à déposer dans les cinq jours à 4 h 30 du matin au pied de la statue du général Hoche.

La somme est modique. Pourquoi ? La lettre ne précise pas le nom de l'enfant. A-t-il été enlevé au hasard ? Le papa d'Emmanuel est administrateur civil au ministère des Armées, un poste sensible. Est-ce une histoire d'espionnage ?

Pour sauver la vie du petit garçon, ses parents lancent un appel demandant aux ravisseurs de contacter n'importe quel prêtre, dans n'importe quelle région, qui se mettra en relation avec un frère capucin dont ils donnent les coordonnées. La somme demandée sera remise si les ravisseurs prouvent par un objet personnel qu'ils détiennent l'enfant. La discrétion et le secret seront assurés.

La France entière retient son souffle. Tous les parents tremblent pour cet enfant qui ressemble aux leurs. L'enquête est rendue difficile par l'avalanche de délations anonymes, de télégrammes, de coups de fil qui submergent la police. La demande de rançon passe à soixante mille francs.

Le jeudi soir, Christian parle au téléphone avec le papa d'Emmanuel puis s'adresse au ravisseur à 23 h 45 au journal télévisé en direct pour lui proposer un marché. C'est exceptionnel, ça n'a jamais été fait avant. Il a choisi et répété chaque mot en pesant le pour et le contre. Sa fille a onze ans, à peine quatre ans de plus qu'Emmanuel. Il contient son émotion, son ton est grave, il regarde droit dans la caméra, et à travers elle droit dans les yeux du ravisseur pour le convaincre à tout prix de rendre l'enfant :

— Ministre de l'Intérieur, responsable de l'ordre public, mon rôle consisterait à vous faire prendre et à vous livrer à la justice. Mais la vie d'un enfant est une valeur suprême. Alors, je vous dis ceci : je vous donne jusqu'au vendredi 8 décembre à minuit pour rendre l'enfant sain et sauf. Jusque-là, je donne l'ordre à la police de ne plus vous chercher. Réfléchissez, vous êtes un homme traqué. Si vous rendez l'enfant sain et sauf, vous pouvez espérer dans la justice des hommes. Sinon, nous vous poursuivrons, nous vous arrêterons et nous vous punirons.

Le lendemain, son intervention repasse dans le journal de 13 heures. L'enfant n'est pas rendu à sa famille.

Le public et les journaux croient que l'enquête

piétine, alors que la police s'est dès le début orientée vers un ravisseur jeune. Le journal dans lequel les lettres ont été découpées est un magazine pour enfants, et les camarades d'école d'Emmanuel ont décrit un « grand » à vélo qui traînait derrière lui un coffre sur des roues de landau. On a interrogé François, un jeune voisin, puis on l'a relâché.

Christian passe son samedi dans son bureau de la place Beauvau, il continue à espérer. Mais l'affaire a un dénouement tragique. Le petit Emmanuel est mort, il a été tué peu après son enlèvement. François, qui n'a que quatorze ans, est le meurtrier. Il habite à cinq cents mètres des Maillart. On l'a interrogé toute la nuit devant sa maman, il a avoué. Il connaissait le petit garçon qui lui a fait confiance, il lui a dit de se glisser dans le coffre, il l'a caché dans son garage, il a déposé la lettre anonyme puis il est revenu le tuer. Le corps d'Emmanuel est retrouvé sous des feuilles mortes dans le bois de Fausses-Reposes. François, qui souffrait de la séparation de ses parents, affirme avoir voulu « faire du mal à une famille heureuse pour se venger de la société ».

Christian rentre, le cœur infiniment lourd, retrouver sa femme et sa fille.

Dans les mois qui suivent, la situation se dégrade dans les universités. La faculté de Nanterre a ouvert ses portes il y a trois ans avec à sa tête le doyen Grappin, un germaniste qui a abandonné sa chaire à la Sorbonne pour venir. Début 1968, le ministre de la Jeunesse et des Sports est interpellé par Daniel

Cohn-Bendit, un étudiant qui sera à l'origine du mouvement du 22 mars avec occupation des lieux. Les manifestations et les grèves à Nanterre sont de plus en plus fréquentes. Elles ne relèvent pas du ministère de l'Intérieur, mais des autorités universitaires.

Le 1er mai, Christian est à l'Élysée avec le grand Charles pour le muguet traditionnel. Le lendemain, le Premier ministre Pompidou s'envole pour un voyage officiel en Iran et en Afghanistan.

Le vendredi 3 mai, le doyen Grappin annonce la fermeture de la faculté de Nanterre. Les étudiants se précipitent tous vers la Sorbonne, occupent la cour et commencent à la dépaver. La Sorbonne est un lieu sacré et un point névralgique. Son recteur demande à Christian de la faire évacuer. Les étudiants interpellés sont emmenés au poste de police pour vérification d'identité sans pour autant être arrêtés. La fausse rumeur de leur emprisonnement se répand comme une traînée de poudre. Une émeute éclate. Mai 68 vient de commencer !

Le doyen Grappin vient parler à Christian :

— J'ai servi l'Université toute ma vie. Je suis un libéral convaincu. Je croyais pourtant bien connaître les étudiants. Je ne comprends plus rien à ce qui se passe.

Ses étudiants ont manifesté contre lui en écrivant « doyen nazi » sur des pancartes, alors que Grappin, arrêté par la Gestapo et transféré à Fresnes, s'est évadé du train qui l'emmenait à Buchenwald avant d'être un résistant actif.

Lundi 6 mai, la violence atteint son paroxysme. L'émeute dure de 9 heures du matin jusqu'au milieu de la nuit. Il y a des centaines de blessés, manifestants et policiers.

Mardi 7 mai, une longue marche de vingt mille étudiants se disloque tard dans la nuit après des affrontements déchaînés au Quartier latin. Les Parisiens, solidaires, applaudissent depuis leurs fenêtres. Les vieux commissaires étaient encore de simples agents lors de la manif parisienne du 6 février 1934 où le service d'ordre avait ouvert le feu et fait vingt morts et plus de deux mille blessés à la Concorde, mais ils n'ont jamais vu à Paris un affrontement si dur. En 1934, au moment de l'affaire Stavisky, Christian, qui avait vingt-deux ans, était du côté des manifestants. Il avait vu des types se faire tuer par balle à côté de lui par la gendarmerie mobile. Il n'était pas de droite, mais il avait l'impression que le gouvernement avait trempé dans une sale affaire financière, il était contre la corruption et ça bardait !

Trente ans plus tard, il est ministre de l'Intérieur, et il donne instruction d'interdire aux manifestants l'accès à la Concorde et de garder solidement les ponts. Le cortège parvient quand même à passer et remonte les Champs-Élysées. Pour la première fois, les drapeaux noirs apparaissent à côté des drapeaux rouges.

Des partisans de la manière forte lui reprocheront le lendemain, et par la suite, de ne pas avoir procédé à des arrestations massives pour décapiter le mouvement quand il a évacué la Sorbonne. Mais c'est à la

Justice de maintenir en prison, la police ne peut que déférer. Et de telles arrestations auraient précipité les choses et rendu la cause encore plus populaire. Sa mission est de venir à bout d'un énorme chahut qui a tourné à l'émeute brutale et violente. Il doit rétablir l'ordre, sans verser le sang.

Le mercredi 8, alors que le grand Charles se rend à l'Arc de triomphe pour commémorer la victoire de 1945, la police informe Christian que des billes d'acier vont être jetées contre le Général. Christian demande à son chauffeur de rouler à plus de trente à l'heure au lieu des quinze habituels. Charles ne s'aperçoit de rien.

Jeudi 9 mai, des milliers d'étudiants assis sur le pavé de la place de la Sorbonne attendent la réouverture de la faculté pour l'occuper.

La nuit du vendredi 10 au samedi 11 mai, la fameuse nuit des barricades, se déroule sur une surface de trois kilomètres carrés. Une manifestation à laquelle participent des lycéens de quatorze à dix-huit ans quitte la place Denfert-Rochereau pour gagner le Quartier latin. La situation dégénère boulevard Saint-Michel et rue Gay-Lussac. Quand Christian était correspondant de guerre en Libye et au Tchad, il allait à la pêche aux scoops, lui aussi, les journalistes sont ses confrères. Mais ce soir les radios amplifient les faits et intoxiquent les gens plus encore que les grenades lacrymogènes. Elles ont la force d'impact d'une bombe atomique quand elles font de cinq mille types une immense armée, et qu'elles donnent l'impression à la France que la bataille de Verdun se déroule au Quartier latin.

Les nouvelles du terrain parviennent par téléphone, décalées dans le temps, à la préfecture et au ministère. Une tentative de négociation se déroule dans le bureau du recteur de la Sorbonne pour disloquer la manifestation. Des barricades commencent à s'élever partout. Christian donne l'ordre de les enlever, il faut trois heures pour reprendre les choses en main. Les manifestants brûlent les voitures, les camions de pompiers ont du mal à atteindre les lieux des incendies. Le délire devient collectif, des hommes mesurés et raisonnables subissent la contagion, de grands universitaires se servent de Radio Luxembourg et d'Europe 1 pour demander des donneurs de sang d'urgence comme si on était sur un champ de bataille. Les Français ont l'impression d'entendre les râles d'agonie des étudiants mourants sortir de leurs postes. Un savant célèbre appelle Christian à 3 heures du matin :

— Il faut que vous fassiez cesser cette boucherie !

— De qui parlez-vous, monsieur le professeur ? Des jeunes qui blessent les gardiens de la paix avec des pavés qui pourraient être des armes mortelles ?

L'historien Philippe Erlanger dîne, devant la télévision, chez des amis qui, bien au chaud dans leur salon, insultent les policiers qu'ils voient sur l'écran.

— Si Clemenceau était ministre de l'Intérieur, il y aurait déjà cinquante morts ! leur fait-il remarquer.

Au milieu de la nuit, le doyen Grappin vient serrer la main à Christian. Les grenades lacrymogènes font un potin d'enfer, la fumée est omniprésente, les flammes des voitures incendiées sont impressionnantes. Remplie de passion et de tumultes, la nuit des barricades se termine au lever du jour. Christian et le préfet de police Maurice Grimaud peuvent enfin dormir quelques heures. Le grand Charles, qui a envoyé Christian se coucher, le réveille en fin de matinée pour vérifier qu'il dort bien.

La France, hébétée, sort d'une nuit blanche en se frottant les yeux de sommeil et de stupéfaction. Mais il n'y a ni mourants ni morts. Christian a beaucoup joué au rugby autrefois. On ne gagne pas une partie au tableau mais sur le terrain. Le ballon rebondit, un autre s'en empare, l'action est mouvante et démultipliée. Cette nuit-là, ils étaient toute une hiérarchie compliquée aux prises avec une action qui changeait sans cesse. Certains prétendent qu'il a fait le signe de croix au petit matin. Il ne s'en souvient pas, mais c'est possible.

En ce qui le concerne, l'histoire de Mai 68 prend fin le 11 mai. Le Premier ministre Pompidou rentre d'Afghanistan et rouvre la Sorbonne. Le gouvernement capitule devant les grévistes, les forces de l'ordre sont désavouées. Cette nouvelle ligne d'action, qu'il désapprouve, met Christian dans une position délicate. Des changements de cap brutaux suivent et la désescalade entraîne une grève générale à laquelle se joignent alors les ouvriers et les syndicats. Mais le pire est évité, l'ordre a été rétabli sans pertes humaines.

Deux semaines plus tard, le 28 mai, le grand Charles l'appelle sur le poste interministériel et lui demande de venir à 21 h 30. Christian traverse la rue vide et calme qui sépare l'hôtel de Beauvau de l'Élysée. La cour est sombre et déserte. Dans le grand hall mal éclairé, un jeune valet de pied sursaute en voyant se découper sa haute silhouette. Il monte, passe dans le bureau des aides de camp, on le fait entrer chez le président de la République.

Le grand Charles se lève, fait deux pas dans sa direction. Il a appelé son vieux compagnon, pas son ministre de l'Intérieur. Christian s'assied en face de lui, comme il l'a fait des centaines de fois depuis trente ans. Il est un des hommes qui le connaissent le mieux, il l'a vu déposer sa cuirasse, il a entendu son cœur battre. Charles a soixante-dix-huit ans mais il ne semble pas fatigué. La situation est grave. Il n'y a plus ni essence ni transports. Des drapeaux rouges et noirs flottent sur des usines en grève. Le pays entier est paralysé.

— J'ai eu tort de laisser Pompidou rouvrir la Sorbonne, dit-il. J'ai compris immédiatement que c'était une erreur. Pourquoi n'êtes-vous pas venu me dire que vous vous y opposiez ? Cela m'aurait réconforté et m'aurait aidé à repousser cette proposition.

Ce reproche prononcé avec amitié touche Christian de plein fouet.

Ils continuent à parler, puis Charles demande brusquement :

— Pouvez-vous me garantir que les forces de l'ordre ne seront en aucun cas débordées par l'émeute ?

Christian réfléchit quelques secondes.

— Je vous le garantis. Mais il se peut qu'elles soient contraintes de recourir au feu, ce qui a été évité jusqu'ici, et ce qu'il faut continuer d'éviter jusqu'à l'extrême limite.

— Oh ! vous savez, le feu ne me fait pas peur. Ne soyez pas obnubilé par la crainte d'y avoir recours.

— Je serais un ministre de l'Intérieur incapable si j'avais rayé des possibilités celle du recours au feu. Mais je serais tout aussi incapable si je donnais cet ordre sans une évidente nécessité. Si nous avions tiré sur les étudiants, les échos de la fusillade se seraient répercutés aux quatre coins du monde ! L'ordre doit être rétabli sans verser le sang.

— Vous savez, la France, c'est une nation extraordinaire, lui dit alors le grand Charles. Combien étions-nous à la servir en 1940... Aujourd'hui, tout type qui, pendant la guerre, a lu un jour, aux cabinets, un tract trouvé par hasard affirme qu'il a été résistant et en est convaincu lui-même. Il y a toujours eu, heureusement, quelques poignées de Français pour entraîner les autres et pour leur montrer où est l'intérêt du pays... Tenez, dans une certaine mesure, il est bien possible que parmi ces farfelus de la Sorbonne et de l'Odéon, quelques-uns soient dans le vrai !

— Je me le dis moi-même. Il faudra, quand le fleuve retrouvera son lit, analyser de très près tout ce qu'il aura apporté sur les rives.

Ce soir, Christian est son dernier interlocuteur. Il écrit une lettre au Général pendant la nuit, il la fait porter à son aide de camp tôt le lendemain. Le Conseil des ministres est repoussé d'un jour, le grand Charles part à Colombey. Son aide de camp rappelle Christian, la lettre a été transmise et lue.

En fait, l'hélicoptère de Charles ne se rend pas à Colombey mais à Baden-Baden, siège du commandement des Forces françaises en Allemagne, où il rencontre le général Massu. Durant plusieurs heures, nul ne sait où il se trouve. Des courtisans serviles balaient le plancher des plumes de leurs chapeaux pour s'attirer les bonnes grâces de qui lui succédera.

Charles rentre en fin d'après-midi. Le lendemain il dissout l'Assemblée nationale, et un million de Français manifestent sur les Champs-Élysées pour le soutenir.

Christian écrit dans son carnet : « Être en paix avec soi-même, ce qui ne veut pas dire être satisfait, mais importe davantage. »

Je me souviens de l'enlèvement du petit Emmanuel Maillart, papa. Je ne t'ai pas vu pendant plusieurs jours. Sauf à la télévision quand tu t'es adressé au ravisseur.

Je me rappelle aussi ton visage navré et creusé quand tu es rentré à la maison après la découverte du corps de l'enfant. Et la couverture du *Paris-Match* avec sa photo sous le titre : « Le petit garçon que pleure toute la France. » Il est blond avec une raie sur le côté, un col blanc, un chandail bleu. Aujourd'hui, on déclenche une alerte enlèvement, il y a les portables, les caméras de rues. Aujourd'hui, Emmanuel aurait cinquante-quatre ans. Tu en as cinquante-sept à l'époque de ce drame. Mon âge maintenant.

Quelques mois plus tôt, en juin 1967, la princesse héritière Margrethe de Danemark a épousé Henri de Monpezat et vous avez été invités à leur mariage. Maman était étourdissante dans une somptueuse robe rose Pierre Balmain avec un faux diadème posé dans ses cheveux. Tu étais magnifique en grand uniforme. Sur la photo officielle, vous êtes les deux seuls à ne pas être de sang royal, mais vous êtes les plus beaux. La preuve, la Petite Sirène s'est retournée quand vous êtes passés.

Au printemps 1968, Serge Gainsbourg a sorti son huitième album, *Initials B.B.*, dont la cinquième chanson, *Torrey Canyon*, parle de la marée noire. Ce naufrage a été une immense catastrophe écologique qui a souillé la Bretagne et tué des milliers d'oiseaux. En 1978, l'*Amoco Cadiz* s'est échoué au large des côtes bretonnes. En 1999, il y a eu l'*Erika*. Les rochers de la côte et des îles en portent encore les cicatrices.

Tu te rappelles ce jeune policier qui réglait la circulation à Antibes ce printemps-là ? Ton visage émergeait du toit ouvrant de l'Aronde beige de maman. Le regard caché par tes lunettes de soleil, tu étais au volant, arrêté au feu rouge. Il t'a repéré et il s'est approché, malicieux.

— Voilà une tête que je connais ! Vous, je vous ai vu à la télévision, peuchère ! Vous êtes un acteur comique, non ? Ou un présentateur ? Vous me signez un autographe, dites ?

Les yeux remplis d'un espoir enfantin, il t'a tendu un carnet et un crayon, te prenant pour Fernandel ou Léon Zitrone. Tu as secoué la tête en espérant que le feu allait passer au vert, mais il a insisté, espiègle.

— Je connais votre tête, allez, ne me faites pas languir, pardi ! Sinon je vous arrête !

Tu lui as souri. Tu as retiré tes lunettes noires. Et tu lui as dit doucement :

— Je suis votre ministre de l'Intérieur.

Il est devenu vert puis blanc. Il s'est mis au garde-à-vous en tremblant. Tu l'as salué, tu as pris son carnet et tu as signé l'autographe.

Les historiens divisent aujourd'hui Mai 68 en trois parties, une période étudiante jusqu'au 13 mai, une période sociale jusqu'au 27 mai, une période politique jusqu'au 30 juin et les élections. Vous avez évité le pire. Sinon vos noms seraient à jamais associés aux jeunes étudiants qui espéraient que le monde allait changer et qui criaient : « Sous les pavés, la plage », « Il est interdit d'interdire », « Cours, camarade, le vieux monde est derrière toi », « Soyez réalistes, demandez l'impossible », « Marx est mort, Dieu aussi, et moi-même je ne me sens pas très bien ».

Si j'avais été étudiante à l'époque, j'aurais sûrement manifesté. Mais j'avais onze ans…

La fac de Nanterre est devenue une grande fac, elle fête ses cinquante ans cette année. Une de tes petites nièces y étudie.

Le palais de Chaillot est formé de deux pavillons et de deux ailes en arc de cercle qui entourent le parvis des droits de l'homme. L'appartement où l'État nous loge est dans le pavillon de l'aile Passy, côté musée de la Marine, au dernier étage, il jouxte celui du conservateur. Il a une terrasse terminée par un muret. Au-delà, une étroite terrasse inutilisée et traversée d'antennes et de fils à haute tension se prolonge tout le long du bâtiment jusqu'au musée et à l'esplanade.

Le jour dont je te parle, tu es à Beauvau, tu dors

au ministère depuis le début des « événements ». Des policiers montent la garde en bas dans le jardin qui donne sur la rue Franklin, je leur dis bonjour quand je pars à l'école ou que j'en rentre avec Maria, ma *nanny* de l'époque. Je suis en train de jouer sur la terrasse avec mes poupées Barbie et Ken quand soudain j'entends des voix. Un groupe d'adultes énervés arrivent par le toit. Ils enjambent le muret. Ils parlent fort, ils poussent devant eux un jeune homme au front recouvert d'un bandage plein de sang qui lui dégouline sur la figure.

— Avance, marche devant !

Bousculé, le garçon blessé leur obéit en titubant. Ils le suivent en s'échauffant mutuellement. Je recule. Je ne comprends pas d'où ils sortent, ce qu'ils veulent. Maman est dans l'appartement avec Maria. Elle ouvre la porte-fenêtre et m'appelle d'une voix rauque :

— Viens vite, Lorraine !

Sa peur m'effraie. Maman a prouvé son courage pendant la guerre et à Rocher Noir, mais elle ne s'attendait pas à voir une bande d'inconnus agressifs débarquer chez elle avec un garçon sanguinolent. Elle m'entraîne à l'intérieur, ferme la porte-fenêtre. Les hommes s'agglutinent derrière, collent leurs mains aux vitres. Est-ce qu'ils vont les casser ? Maman et Maria sont pâles. Je suis submergée par des émotions contradictoires, c'est à la fois effrayant et excitant, nouveau et dangereux. En tout cas, c'est extrêmement violent.

Le jeune homme blessé qui sert de figure de proue m'impressionne. Les inconnus lèvent le poing, haussent le ton. Que se passera-t-il s'ils entrent ?

J'ai entendu papa dire que le plus important était qu'aucun manifestant ne soit tué. Est-ce que ces hommes le savent ? Est-ce qu'ils ont des enfants ? Est-ce que ce sont des papas ? Individuellement, ils sont sans doute gentils. Ensemble, ils dégagent une énergie menaçante et une joie mauvaise.

Ça ne dure pas longtemps, mais ces minutes pèsent des tonnes. Maman te téléphone, tu préviens les policiers en bas, ils montent, d'autres policiers débarquent dans l'appartement, entourent les inconnus et les emmènent. L'appartement se remplit d'inspecteurs qui interrogent maman et s'agitent en tous sens. Nos envahisseurs sont montés en haut du musée de la Marine puis ont avancé le long du toit en coupant les fils électriques avec un outil spécial. Comme ils ont touché les vitres, ils ont laissé leurs empreintes digitales que les policiers relèvent avec de la poudre à empreintes et du ruban adhésif. Un inspecteur qui doit avoir un enfant de mon âge voit que je fais une drôle de tête, il veut me changer les idées.

— J'ai déjà vérifié ce carreau-là, il n'y a rien. Tu veux que je te montre ? Mets ta main à plat, comme ça, appuie fort. Parfait. Je finis mon travail, puis je relèverai tes empreintes et je te les montrerai, d'accord ?

Il est le premier à s'apercevoir que je suis là, pour les autres je suis invisible. J'appuie le plus fort que je peux. Mais ça dure trop longtemps. Tu rappelles, tu ne peux pas venir, on a besoin de toi au ministère, ça chauffe dans les rues de Paris. Du coup j'en veux au gentil inspecteur. Il a fini de saupoudrer la vitre, il travaille dans la pièce contiguë, il m'a oubliée.

Alors je vois rouge, aussi rouge que le bandage du jeune homme blessé. Je vais vers le carreau où il m'a fait appuyer ma main et j'efface rageusement mon empreinte. Puis je file dans ma chambre et, une fois n'est pas coutume, je me réfugie dans un livre.

Au bout d'un temps infini, l'inspecteur vient me rejoindre, déçu.

— Je voulais relever tes empreintes, elles ne sont plus là ! Tu les as effacées ? Pourquoi ?

Je ne sais pas. Il hausse les épaules, il n'a pas que ça à faire. Ils s'en vont. Des amis arrivent. Maman raconte, explique, détaille. Les amis compatissent.

— Vous avez dû avoir peur !

— Il avait du sang partout ?

— Moi j'aurais été pétrifiée…

Je lis. Je fais mes devoirs pour demain. Aucun prof ne me croira si je dis que je n'ai pas appris ma leçon parce que des envahisseurs sont tombés du ciel et ont atterri chez nous.

Tu reviens en pleine nuit et tu rentres dans ma chambre. Je ne dors pas. Tu t'assieds au bord de mon lit.

— Tu aimerais ne pas aller à l'école demain ?

Évidemment. Je suis fille unique et fille de ministre, mais je suis normale.

— Tu aimerais aller à la campagne ?

J'acquiesce en me demandant à quoi tu joues. On est en mai, les grandes vacances ne sont pas avant juillet, j'ai encore classe pendant un mois. Elles sont bizarres, tes questions.

— Tu pars demain à la campagne avec ta grand-mère et ta tante Nic.

Je m'assieds, stupéfaite. Je me demande si quelqu'un a changé le pansement du jeune homme malade, mais je n'ose pas t'en parler.

— Mais... Et l'école ? Et la compo de calcul ?

— Tu as eu peur aujourd'hui. Tu seras au bon air et tu feras tes devoirs là-bas. Je parlerai à tes professeurs, ne t'inquiète pas.

— Je n'ai pas eu peur, dis-je, sincère.

À ce moment-là, sur une échelle de 0 à 10, j'aurais coté ma peur à 2. Mais les jours suivants, elle monte par paliers. Elle se transforme bientôt en crainte, en anxiété, en angoisse. À la campagne, je dors dans la chambre de ma grand-mère. Nous avons deux petits lits de bois, une lampe pour lire, des chaises de bois, on dirait la maison des sept nains de Blanche-Neige. Je m'entends bien avec Éliane dont la maman tient le café du village, mais elle va en classe. Alors je lis. Je suis de nouveau en vacances forcées, en quarantaine, en exil.

J'aime beaucoup ma grand-mère et ma tante Nic. Nous jouons aux cartes, je gambade au milieu des vaches avec le teckel Carl. J'appréhende le soir. Je ferme les yeux, mes neurones continuent à mouliner, le sommeil ne vient pas. Maman dort mal depuis des années, moi c'est la première fois. Une chanson de Claude Nougaro me trotte dans la tête : « Quand le jazz est, quand le jazz est, là, la java s'en, la java s'en, va ! » Je me la répète comme un mantra. Il ne s'est rien passé, ils ne nous ont fait aucun mal, mais ils ont emporté le jazz et la java, et mon cœur bat dans mes oreilles.

Le 30 mai a lieu un remaniement ministériel. Raymond Marcellin est nommé ministre de l'Intérieur. On te prévient que tu vas avoir la Défense nationale, mais au dernier moment ça ne se fait pas. Je reviens à la maison. Tu sembles épuisé. Je suis bronzée, souriante, en pleine forme. Je ne vous dis pas que je mets des heures à m'endormir. Que je n'ai pas oublié le jeune homme blessé. Que j'en veux aux inconnus qui écrasaient leurs mains contre les vitres pour nous effrayer.

On passe à autre chose. On n'en parle pas.

Pendant trente ans, j'ai cru, de bonne foi, que j'avais rêvé cette histoire. Mais en mars 1998, j'ai ouvert *L'Express* et j'y ai trouvé un article sur Mai 68 écrit par des journalistes qui avaient eu accès à des archives du ministère de l'Intérieur et de la préfecture de police. « Le 24 mai, un groupe d'intellectuels contestataires qui travaillent au musée de l'Homme s'en prend à l'appartement de fonction du ministre de l'Intérieur, Christian Fouchet. Le commissaire du 16e arrondissement rend compte de son intervention le lendemain : "Je me suis transporté à 17 heures avec deux sections à l'aile Passy du palais de Chaillot. Mme Fouchet m'a expliqué que quelques instants auparavant des individus venant de la terrasse s'étaient introduits dans son appartement. J'ai aussitôt interpellé l'individu qui se trouvait dans une pièce de l'appartement, ainsi que six autres personnes qui étaient sur la terrasse." Parmi les personnes arrêtées, on compte un conservateur de bibliothèque, une ethnologue, un assistant du musée et l'écrivain Michel Leiris. »

Je relis plusieurs fois l'article, si soulagée de n'avoir rien inventé que j'en ai les larmes aux yeux. Ils existent donc, ces agités du bocal, si fiers d'avoir affolé deux femmes et une petite fille ? Et l'un d'eux était entré dans l'appartement ? J'aurais juré qu'il n'y avait que des hommes. La courageuse ethnologue s'est peut-être planquée derrière les autres ? Elle a dit quoi en retrouvant ses enfants le soir : je suis contente de moi, j'ai été héroïque ? Leiris était écrivain, poète et ethnologue. Ils ont trouvé ça efficace et judicieux de pousser devant eux ce jeune homme ensanglanté ? Qui était-ce ? Quel âge a-t-il aujourd'hui ? Est-ce qu'il lira ces lignes et se reconnaîtra ?

Une stance de Paul Valéry figure sur le fronton du musée côté tour Eiffel : « Il dépend de celui qui passe que je sois tombe ou trésor, que je parle ou me taise, ceci ne tient qu'à toi, ami n'entre pas sans désir. »

Je me demande si les envahisseurs de Chaillot l'ont lue.

J'ai une autre histoire à te raconter, papa. Tu ne vas pas me croire : je t'ai vu sur scène en 2008, au théâtre d'Aubervilliers. Sans blague, c'est vrai, je te jure ! Dans une pièce satirique sur Mai 68 adaptée d'un livre de Jacques Foccart. Le Général et son gouvernement y étaient campés en plein désarroi. Je suis tombée dessus par hasard en surfant sur le Net. J'ai pris des places. J'ai même écrit sur Facebook au comédien qui jouait ton rôle. Il s'appelle Luc, il est né en septembre 1974, un mois après ta mort. Je me suis présentée en précisant que j'allais venir le voir, enfin, te voir. Il m'a répondu.

Je me suis préparée psychologiquement à défendre ton honneur si besoin était. Je n'aurais pas interrompu la pièce, la création est libre. Mais s'ils passaient la mesure, j'avais prévu de me lever à la fin, au moment où les acteurs saluent. Devant ma glace, je m'étais exercée à dire calmement mais d'une voix forte : « Je veux juste que le public sache que les choses ne se sont pas passées comme ça ! » J'en avais des sueurs froides en arrivant au théâtre.

Il faut que je te précise que j'avais vu *Cabaret* à Mogador en 1987 dans une mise en scène de Jérôme Savary. L'héroïne assistait à la montée du nazisme à Berlin. Quand un immense drapeau frappé d'une croix gammée s'était déroulé sur scène, une voix de femme s'était élevée dans le public, déchirante au milieu du noir : « Pas ça, pas la croix gammée ! » Les acteurs et les spectateurs avaient tressailli. Les voisins de cette dame avaient tenté de l'apaiser, mais elle ne pouvait pas le supporter, elle avait quitté la salle. Je ne l'ai jamais oubliée. Sa voix trouant l'obscurité m'a marquée. Le théâtre est le miroir de la vie. Je n'aurais pas supporté qu'on mente à ton sujet, parce que tu n'es plus là pour te défendre.

Cette pièce au théâtre d'Aubervilliers était une caricature, exagérée, cocasse, outrée. Le décor se résumait à des armoires qui devenaient des boîtes qui se transformaient en cercueils. Tous les personnages qu'incarnaient les acteurs étaient morts : toi, le général de Gaulle, Pompidou, Messmer, Foccart. Sur scène, leurs interprètes dansaient, couraient, s'affolaient, tandis qu'Yves Montand chantait *La Bicyclette* sur une bande enregistrée. Les acteurs n'avaient, volontairement, aucune ressemblance physique avec leurs modèles. Luc était petit et plutôt enveloppé, il te jouait inquiet de préserver la vie des étudiants et de ne pas faire couler le sang. Tu avais eu de quoi être inquiet à l'époque.

Luc est venu me voir à l'entracte, il se demandait comment j'allais réagir. Je l'ai accueilli par un :

— Bonjour, alors vous êtes mon père ?

Il m'a corrigée :

— Je ne joue pas votre père, je joue l'homme politique Christian Fouchet dans une satire.

Il a ajouté que ça lui plaisait de te jouer toi, plutôt que certains des autres protagonistes partisans de la manière forte. Il jouait bien, je l'ai félicité. Je n'ai pas eu à me lever pour te défendre, papa. Je suis restée anonyme dans la salle obscure, un peu émue, riant souvent. Dans une caricature, on ne se froisse pas d'avoir un gros nez ou un menton en galoche. Ton honneur était sauf. Je suis restée amie sur Facebook avec Luc-toi.

L'amiral Philippe de Gaulle a publié, après la disparition de son père et la tienne, un livre dans lequel il te disait malade depuis des mois en Mai 68. Tu as eu un infarctus en 1974, les infarctus n'incubent pas pendant six ans, que je sache ? Maman a protesté auprès de son éditeur, Plon, pour avoir un droit de réponse.

C'était aussi ton éditeur et celui du grand Charles. Un erratum a été ajouté à l'édition suivante.

Puis, en 2004, l'amiral a publié un livre d'entretiens. Dans son ouvrage précédent, tu étais malade, donc pas assez ferme. Dans celui-ci, au contraire, tu voulais l'être trop. Alors, pour la première fois, j'ai ouvert ton livre bleu au chapitre sur Mai, j'ai lu ce chapitre seulement, puis j'ai fait paraître une lettre cosignée avec maman dans le courrier des lecteurs du *Figaro* :

« Christian Fouchet est mort en 1974, il y a juste trente ans. S'il y a un ciel, qu'on y trouve des librairies et qu'elles proposent le tome II du livre de Philippe de Gaulle, il n'a pas dû apprécier.

Dans ce livre, au chapitre XXIII, la réponse de l'amiral à une question de Michel Tauriac donne à penser que le ministre de l'Intérieur demandait que l'on tire sur les étudiants mais que le général de Gaulle n'était pas d'accord.

Or Christian Fouchet, dans le premier tome de ses Mémoires *Au service du général de Gaulle* (Plon, 1971), a écrit : "Il fallait rétablir l'ordre sans tuer quelques-uns de ces jeunes. Ils méritaient une bonne frottée et il fallait bien qu'ils comprennent qu'il en coûtait quelques horions sérieux de vouloir tirer la barbe des gendarmes, mais ils ne méritaient pas de se faire tuer, Seigneur !"

Christian Fouchet aimait la France, les Français, et le général de Gaulle. Il n'aurait pas aimé ce que l'amiral de Gaulle laisse croire à son sujet. Nous n'avons pas aimé non plus. »

Une « frottée », c'est une dérouillée. Des « horions », ce sont des coups. On n'écrit plus comme ça aujourd'hui. Mais on se fait tuer comme avant et, quand on est mort, c'est pour de vrai.

Est-ce qu'il y a un ciel, papa ? Est-ce qu'on y trouve des librairies ? Est-ce que vous avez lu ce *Figaro*, toi et le grand Charles, avec Tonio, Malraux et Gaston, là où vous êtes maintenant, en débouchant une bouteille de derrière les fagots ? Est-ce que vous trouvez les chamailleries de vos enfants attendrissantes ?

Quelques jours après la parution de ce journal, j'ai reçu une lettre d'un préfet honoraire qui était chargé de mission à ton cabinet. Il m'écrit qu'il a gardé de toi le souvenir d'un homme bon que la perspective de faire tirer sur des étudiants aurait horrifié. Il raconte qu'il se trouvait un après-midi de Mai 68 seul avec toi dans ton bureau quand le préfet de police t'a appelé pour te proposer d'expulser un Yougoslave pris en flagrant délit de lèse-CRS. Tu as demandé si ce garçon avait charge de famille, si on savait comment il serait accueilli dans son pays d'origine, si on ne pouvait pas le mettre à l'écart en évitant cette mesure extrême. Finalement, celle-ci n'a pas été appliquée. Le préfet honoraire ajoute que ton successeur, le ministre de l'Intérieur suivant, s'est trouvé un jour devant le même dilemme. Il n'a pas hésité, le manifestant a été expulsé.

Je recopie une phrase d'un de tes articles écrits à Londres : « Mais de ces pantins désossés à lui, il y a la différence qui sépare ce qui sert de cœur à un poisson rouge et à un cœur d'homme. »

Richard-Wallace, 1969

Aussitôt que Christian n'est plus ministre, il quitte le Trocadéro pour louer un appartement boulevard Richard-Wallace à Neuilly. Et il tente de convaincre le grand Charles de renoncer à son référendum. Son ami le regarde, mi-sérieux, mi-rieur, en balançant sa tête comme souvent.

— Vous savez, si le pays ne veut pas de moi, qu'il aille au diable !

— Tel que je vous connais, si le pays allait au diable, rien ne pourrait vous empêcher d'aller l'y chercher, répond Christian en souriant.

Il ajoute :

— Vous me rappelez Akéla, le loup solitaire du *Livre de la jungle.* Vous êtes bien trop isolé, bien trop à découvert, et il y a autour de vous une meute de loups, assis sur leurs derrières, qui attendent que vous ratiez votre proie et qui se partagent d'avance les dépouilles.

— Il y a de ça, en effet, c'est le grouillement des politichiens.

C'était l'expression favorite de Charles au temps du RPF. La comparaison avec Akéla, qui signifie « seul » en hindi, lui plaît. Mais, dans *Le Second Livre de la jungle*, Akéla meurt en se battant contre les chiens rouges.

Le 27 avril 1969, les Français disent non lors du référendum. Le lendemain, Charles se retire définitivement à Colombey. Ce jour historique est, pour Christian, d'une infinie tristesse.

Dans la nuit du 20 au 21 juillet, Neil Armstrong marche sur la Lune, « un petit pas pour l'homme, un grand pas pour l'humanité ». Christian le regarde à la télévision avec sa femme et sa fille. C'est un moment mémorable, mais celui-là est heureux.

Pompidou est président de la République. Christian écrit le premier tome de ses Mémoires. Il choisit Sven Nielsen comme éditeur, celui du grand Charles, français d'origine danoise, patron des Presses de la Cité et ami de Georges Simenon. Sven invite Christian et sa famille sur une des îles de Lérins dans l'ancien château du Masque de fer. Il retrouve l'incomparable plaisir d'écrire. Il loue un deux-pièces rue Piccini dont il fait son bureau. Mme Gouineau, sa collaboratrice devenue une amie, travaille avec lui.

Le 8 septembre, Alexandra David-Néel meurt un mois avant son anniversaire. Il écrit aussitôt un texte que *Le Monde* publie.

« C'est une des Françaises les plus remarquables qui vient de mourir, dans sa petite maison de Digne, à cent un ans. J'étais allé la voir à Pâques, elle était paralysée mais l'intelligence était intacte, comme sa volonté. Son humour, un peu brutal, aussi. Cette bouddhiste sceptique travaillait à son dernier livre sur un sage chinois. "Il faut aussi que j'écrive un livre sur Jésus", me dit-elle, en me regardant de ce regard pénétrant et amusé qu'elle promenait sur les êtres depuis si longtemps. "Au fond, c'était un agitateur politique."

Je me rappelai l'Inde en 1946, quand j'y étais le délégué du gouvernement français. J'avais reçu un soir, à Calcutta, Alexandra David-Néel avec un père jésuite, grand ami du père Teilhard.

"Alors, madame, il paraît que vous ne croyez pas aux miracles ? lui avait-il dit.

— Parbleu, moi, j'en fais ! Alors vous comprenez...", lui avait-elle répondu.

J'ai toujours été surpris du fait qu'Alexandra David-Néel n'ait pas connu la gloire, ou même la grande célébrité, et frappé de la quasi-ignorance à son égard de beaucoup d'hommes et de femmes cultivés. En fait, elle avait vécu pendant presque toute sa vie au Tibet, en Chine, aux Indes, et n'avait pas cherché les formes modernes de la publicité. Quand je l'avais proposée pour la cravate de Commandeur de la Légion d'honneur, à un Conseil des ministres des années 1960, j'avais été surpris que presque personne autour de moi ne la connaisse. Si la télévision ou la radio s'étaient intéressées à elle comme elle le fit pour Léautaud, le résultat eût été le même. Elle fût devenue illustre en quelques jours.

Ce petit bout de femme avait été depuis quatre-vingts ans, car elle avait commencé à vingt ans, une des plus extraordinaires “chercheuses” des religions et des civilisations extrême-orientales. Ses livres, si nombreux et si passionnants (depuis le premier, *Voyage d’une Parisienne à Lhassa*, paru au début du siècle), en témoignent, comme le culte que lui vouaient, que lui vouent encore, aux Indes et au Tibet, tant d’hommes de haute culture. Je suis sûr que, dans l’ashram d’Aurobindo Ghosh, à Pondichéry, la Mère, quand elle connaîtra la nouvelle, se recueillera intensément.

Alexandra David-Néel m’avait demandé, il y a vingt ans, d’être son exécuteur testamentaire, mais je lui avais conseillé plutôt de laisser ce qu’elle avait, ses collections, ses livres, à la ville de Digne qui, mieux qu’un homme mortel, pourrait s’assurer de l’exécution de ses volontés. Elle va être incinérée et ses cendres, mêlées à celle du lama Yongden (son fils adoptif qu’elle espérait bien avoir près d’elle quand elle fermerait les yeux mais qui l’avait devancée dans le nirvana), seront transportées en Inde et jetées dans le Gange. »

Christian fait lire son texte à sa fille.

— Je regrette vraiment que tu ne sois pas venue la voir à Digne, dit-il.

Il écrit sur son carnet : « Savoir tomber, savoir attendre, être fidèle à ses amis. » (Briand)

Moi aussi, je regrette de ne pas vous avoir accompagnés à Samten Dzong, papa. J'ai vu récemment un spectacle d'une poésie absolue, *Le Cirque invisible* de Jean-Baptiste Thierrée et Victoria Chaplin, qui est une des filles de Charlot. Ils font mine de lancer des objets invisibles au milieu du public et on entend une cascade de verre brisé ou un énorme fracas. Ta mission en Algérie, les événements de Mai 68, ton amitié avec Saint-Exupéry, Malraux et Alexandra ont produit sur moi un effet semblable : les conséquences sont arrivées décalées à travers le prisme déformant du temps.

Nous avons déménagé boulevard Richard-Wallace. Le commissaire Maigret habitait boulevard Richard-Lenoir. Je n'ai pas eu le temps de parler avec toi cinéma, littérature ou musique, mais je sais que tu aimais Simenon parce qu'après ta mort, derrière les rangées de livres de politique, d'histoire, de géographie, d'économie ou de philosophie qui tapissaient ta bibliothèque, j'ai découvert la collection complète des enquêtes du commissaire qui, comme toi, fumait la pipe et aimait la blanquette de veau.

Nouvel appartement, nouvelle école. Le lycée Saint-James est au bout de la rue, je n'ai plus besoin de mettre un uniforme comme à La Tour. J'ai le droit de porter des pantalons mais pas des jeans. J'ai deux ans d'avance, je suis une gamine à côté des filles de ma classe.

Tu n'es plus ministre mais vous sortez autant qu'avant, maman et toi, et tu as encore les séances de nuit à l'Assemblée nationale. Je suis trop vieille pour avoir une *nanny*, alors je dîne avec Armand, notre majordome, dans la cuisine. Il ne ressemble pas à Jeeves, le *butler* des romans anglais de Wodehouse. Armand est piémontais et vit avec nous. Sa femme Annette habite à Villefranche-sur-Mer, ils se retrouvent aux vacances. Il a été au service de ma grand-mère maternelle comme chauffeur et homme à tout faire, ensuite il est venu chez nous. Il y a lui et Salvi, notre cuisinière, la reine du soufflé au fromage. Ce n'est pas par hasard si je ne sais cuisiner que ce plat. Je le réussis d'enfer. Si tu reviens je t'en ferai un pour toi tout seul. Tu es déjà mort, alors un peu de cholestérol en plus, quelle importance ?

Pendant la semaine, Armand nous sert à table en veste blanche. En cuisine, il enfile un tablier bleu. Le dimanche, il va au tiercé, chapeau sur la tête, en costume sur mesure, cravate club et souliers anglais, parce que mon oncle Michel, le frère de maman, a la même taille et lui donne ses vêtements. Armand est régulièrement millionnaire en anciens francs au jeu, il envoie l'argent à Annette. Quand maman, qu'il a connue enfant, lui demande :

— Armand, il n'y a plus de lait, pouvez-vous aller en chercher s'il vous plaît ?

Il lui répond *avé* son accent ensoleillé :

— C'est plus de votre âge que du mien, madame, allez-y vous-même !

Et maman s'exécute.

Quand vous sortez le soir, Armand et moi savourons notre plat favori, du riz dans lequel il vide une boîte de thon à l'huile, en regardant la télé. Dès qu'on entend l'ascenseur monter, je file dans ma chambre, je plonge sous mes draps, je ferme les yeux. Et Armand vous jure ses grands dieux que je dors depuis des heures.

Quand il prend sa retraite, vous lui demandez ce qui lui ferait plaisir. Il répond : « Dîner à table avec monsieur le ministre, servi par madame. »

Je revois la scène…

La table est dressée pour deux dans le salon de Richard-Wallace dont les fenêtres donnent sur la pelouse de Bagatelle. Armand et toi êtes assis l'un en face de l'autre, élégants et souriants. Salvi vous a préparé son fameux soufflé. Maman le pose sur un plat et elle vous l'apporte avant de revenir à l'office avec moi. Elle n'a pas l'habitude, elle ne sait pas calculer le temps après lequel elle doit débarrasser, mais elle vous sert le dîner avec grâce et charme. Tu t'occupes du vin. Nous t'entendons rire avec Armand comme je t'ai entendu rire avec maman, ta famille et la sienne, Malraux, Maurois, Mauriac, Jules, Gaston, les Frachon, les Sadoun, les Ollivier, les Failliot, les d'Ornano, Mme Gouineau ou Louise Weiss. Je n'ai pas connu mes grands-pères, Armand était mon grand-père d'adoption. J'espère qu'il y a un tiercé là où vous êtes maintenant, et qu'il est millionnaire dans la monnaie locale. Est-ce que vous avez à nouveau dîné en tête à tête ? Qui vous a servis ?

J'écris dans mon agenda : « Où que tu sois, dans le plein ou le vide, l'être ou le néant, le fromage ou le dessert, tu vas lire ces quelques mots. » (Nicolas d'Estienne d'Orves, *Je pars à l'entracte*)

9 novembre 1970

À 19 h 30, l'heure où le grand Charles meurt à Colombey, Christian est dans sa circonscription de Lorraine. La France ne l'apprend que le lendemain matin. Christian, le cœur déchiré, assiste à une commission du conseil général puis revient à Paris. Il annule tous ses rendez-vous. Il écrit : « Mort du G de Gaulle » dans son agenda et il l'encadre plusieurs fois en rouge.

Il passe la soirée devant la télévision avec sa fille, sa sœur Coco et les Lambert-Ribot, des amis proches qui habitent deux étages au-dessus. Sa femme est à Antibes au chevet de sa mère malade.

Charles n'est plus. Christian savait bien qu'il mourrait un jour, mais il ne peut pas le croire. Son monde et le monde vacillent. Il ne le verra plus jamais, il ne l'entendra plus jamais. Pourtant le Général marche, parle et sourit sur l'écran de la télévision, jusque tard dans la nuit. Comme quand Christian l'avait rencontré pour la première fois à Londres, il y a trente ans. Il n'aimait pas qu'on l'appelle l'homme du 18 juin parce qu'il ne voulait pas que ses détracteurs limitent son action à cet acte isolé.

Christian vient de finir de corriger le manuscrit du premier tome de ses Mémoires, il allait le lui envoyer. Le livre bleu était destiné à Charles vivant, il sera son premier témoignage sur le Général disparu. La mort va désormais accomplir son travail de métamorphose et le transfigurer. L'Histoire va accomplir le même travail sur les événements auxquels il a été mêlé, qu'il les ait subis, dominés ou provoqués.

Quand on demandait à Charles comment il envisageait ce qui se passerait après lui, il se contentait de répondre en haussant les épaules : « La France, elle, nous enterrera tous ! »

Nous nous sommes levés aux aurores, papa. La DS roule sur la bande d'arrêt d'urgence, encadrée de motards qui lui libèrent le passage. Ton chauffeur conduit, concentré. Des files ininterrompues de voitures et de cars se dirigent vers Colombey, la route est encombrée tout le long du trajet. Ton visage est figé, creusé. C'est déroutant de voir souffrir son père. Tu fixes en silence la campagne pendant près de deux cents kilomètres. Nous avons quitté Paris à l'aube. Mme Gouineau, assise à côté de toi, se tait. Maman est à La Pinéta. On est le 12 novembre. Je viens d'avoir quatorze ans, tu en auras cinquante-neuf dans quelques jours.

Je ne sais pas consoler un homme de ta stature et de ta pudeur. En m'habillant ce matin, j'ai mis mon chandail rouge neuf, on ne le verra pas dans l'église, il sera bien caché par ma gabardine bleu marine, mais moi je saurai que la joie n'est pas morte. Tu ne t'en es pas aperçu. Tu t'en contreficherais. Je devine confusément que plus rien ne sera comme avant.

C'est un enterrement privé, le président Pompidou

n'est pas là, le Général voulait que seuls ses proches, les Compagnons de la Libération et les habitants de Colombey pénètrent dans l'église, il n'y a ni officiels ni chefs d'État. Mme Gouineau s'éclipse dans la foule bruissante. Ta sœur Coco et beaucoup de vos amis sont parmi les milliers de gaullistes massés au bord de la route.

Nous entrons dans l'église, nous sommes conduits vers les premiers rangs, les chaises vides devant nous seront pour la famille de Gaulle. La messe ne commencera pas avant deux heures. Nous passons cent vingt longues minutes assis l'un à côté de l'autre dans le silence. J'ai froid. Ma gabardine est trop légère, mon chandail trop rouge, ta peine trop profonde. Je ne me rends pas compte combien il est exceptionnel que je sois là. Mes pensées se diluent dans la pénombre, je ressens les ondes de ta peine. Soudain une vibration monte de la foule massée à l'extérieur. Tout le monde se lève. Le cercueil arrive.

Quarante ans après, grâce aux archives télévisées dont les images tressautent, je regarde pour la première fois ce qui se passait dehors. Je vois défiler les drapeaux, les détachements militaires, les gendarmes, les saint-cyriens en grande tenue, et les Compagnons, dont Gaston, Malraux et Romain Gary. Un engin blindé de la gendarmerie sur lequel repose le cercueil couvert du drapeau tricolore sort de la Boisserie, suivi des voitures officielles qui amènent la famille. Le glas sonne, la foule frémit au passage du cortège funèbre, les bras se tendent et les doigts forment le V de la victoire.

La messe n'est pas retransmise, mais les gens l'entendent grâce à des haut-parleurs. Après l'office, le cercueil rejoint le cimetière qui jouxte l'église pour la mise en terre. La famille et les proches défilent devant la tombe. Tu marches pesamment près de moi.

Deux photos de presse ont été prises de toi ce jour-là. Sur la première, tu as le profil d'un empereur romain malheureux, les cheveux décoiffés par le vent, les mâchoires serrées, le regard et la cravate noirs. La seconde est prise de derrière le mur du cimetière, nous sommes tous les deux juste devant la tombe, en face de la croix blanche et du caveau ouvert. Tu contemples le trou béant, je suis une ado aux cheveux roux filasse en gabardine. Une dame âgée t'a reconnu et t'observe, tu ne vois personne.

Nous n'avons jamais reparlé de ce jour.

J'ai grandi en connaissant, grâce à toi, la valeur de l'amitié. Un ami vous déchire quand il s'en va, on part en lambeaux, on se désagrège puis on se recolle, la vie ne s'arrête pas, le spectacle continue, et pourtant il nous manque une pièce, on n'est plus entier, c'est irrémédiable. Tu as rejoint tes amis, ça fait un vide ici, mais vous êtes au complet.

Un de tes ressorts intérieurs s'est cassé à la mort du grand Charles. Jacques Faizant a dessiné Marianne à la Une du *Figaro*, la tête dans les mains, devant un chêne déraciné. Le chêne du dessin te dissimule, on ne te voit pas, je devine que tu es là, juste derrière, mais comme il t'a été dit dans ton enfance qu'un homme ne pleure pas, tu as gardé tes larmes en dedans et elles t'ont noyé le cœur.

Je n'écris pas de citation. Quand il n'y a pas de mots, il reste la musique. J'écoute *Lascia ch'io pianga* de Haendel, chanté par Philippe Jaroussky. Puis par Cecilia Bartoli. Puis par Patricia Petibon.

Tu entames un nouveau cycle de ta vie, papa. Tu continues à être grand, brillant, chaleureux, fidèle au gaullisme. Quand le RPR fait alliance avec un opposant à la politique du grand Charles, tu protestes, démissionnes et deviens député non inscrit sans parti derrière toi. En finançant toi-même ta campagne électorale et tes affiches, tu es réélu en Lorraine. L'honneur n'a pas de prix mais il a un coût. Tu t'occupes de ta circonscription de Toul. Tu fondes le Mouvement pour l'avenir du peuple français. Tu écris rue Piccini. Tu réunis ton *brain trust*, dont fait partie Raymond Barre qui est professeur à Sciences-Po. Tu es mari et père boulevard Richard-Wallace. Tu ne cherches pas à être calife à la place du calife, tu peux te regarder dans la glace le matin quand tu te rases à l'ancienne.

Je travaille mal au lycée Saint-James. C'est un lycée pilote qui accorde beaucoup de libertés. Je suis trop jeune par rapport aux filles de ma classe, j'ai perdu mes repères. À La Tour, j'étais traitée comme les autres élèves, dans ce lycée je ne peux rien faire sans qu'on me parle de toi. Je redouble ma seconde à Sainte-Marie de Neuilly. Les élèves ont mon âge, je réintègre le troupeau. Tout le monde se fiche que tu aies été ministre, je retrouve mon insouciance. L'uniforme n'est pas gris mais bleu.

Ton livre bleu, *Au service du général de Gaulle*, premier tome de tes Mémoires, sort début 1971 chez Plon.

En février, Jacques Chancel t'invite à son émission *Radioscopie* sur France Inter. Après le célèbre générique de Georges Delerue, il te présente en une phrase :

— Gaulliste de choc, carrure athlétique, masque de catcheur ou d'homme du monde, au choix bien sûr, soldat, diplomate, et casseur, casseur de révolution s'entend !

Tu souris à « catcheur ou homme du monde ». Tu acceptes « athlète », tu es grand, large (98 kilos), tu étais troisième ligne au rugby. Tu réfutes « casseur », tu as empêché les choses de dégénérer, le sang n'a pas coulé. Ton livre est sorti depuis quatre jours, ton éditeur en a déjà vendu trente mille, chapeau ! Chancel joue de sa voix ensorcelante pour t'interroger sur ta personnalité, on découvre l'homme privé. Tu n'es pas un dur, tu es amateur de théâtre, de poésie, de cinéma. Tu as besoin d'être aimé, de sentir de l'amitié et de l'affection autour de toi. Tu adores l'Histoire de France. Enfant, tu apprenais par cœur les descriptions des grands hommes dans les manuels Malet et Isaac. Chancel te provoque :

— Vous avez deux visages, Dr Jekyll et Mr Hyde.

Tu réagis au quart de tour :

— Oh, vous y allez fort !

Tu es un mari solide, un père de famille attendri.

— Votre poste préféré ?

— Consul aux Indes.

Tu arrivais de Pologne où tu avais vécu au milieu des survivants des camps de concentration. À Calcutta, tu étais jeune, libre, tu assistais au bouleversement consécutif au départ des Anglais de l'Empire des Indes. Tu as écrit ton roman, les femmes étaient belles et ardentes. Tu en as gardé un souvenir ébloui, tu as été heureux malgré la chaleur écrasante.

— Qu'est-ce qui vous manque dans la vie ?

— Rien, je fais des choses dans lesquelles je crois, je me bats pour des causes qui m'importent, et je veux écrire.

— Vous aimez les femmes ? Et la mode ?

— J'adore la compagnie féminine mais pas la mode maxi actuelle.

Aucun homme n'aimait cette mode. Elle cachait le galbe des jambes, coupait les silhouettes, transformait les filles les plus jolies en pots à tabac. Le pire, c'étaient les jupes-culottes maxi.

Chancel a retrouvé ton roman *Le Carnaval des lépreux*, il t'en cite deux passages :

— « L'idée de Dieu me paraît impensable, l'idée de l'absence de Dieu également, puisque c'est impensable, je n'y pense pas. » « Il s'amusait, il prenait tout à la blague, il considérait tout comme un carnaval, le carnaval de la vie et de la mort. »

Tu es censé être un ancien ministre sérieux et responsable. Tu t'en tires avec une pirouette et un rire amusé :

— J'ai écrit ça, moi ?

Chancel te reçoit une seconde fois en avril sur le plateau du *Grand Amphi* diffusé sur la deuxième chaîne de l'ORTF. Cette émission de variétés, en direct et en public, qui a précédé *Le Grand Échiquier*, montre des personnalités sous un jour inhabituel. Tu récites magistralement la tirade du baiser de *Cyrano de Bergerac* à Marie Laforêt, en fixant ses yeux d'or : « Un baiser, mais à tout prendre, qu'est-ce ? Un serment fait d'un peu plus près, une promesse, plus précise, un aveu qui veut se confirmer, un point rose qu'on met sur l'*i* du verbe aimer. »

Paul Meurisse, amusé, te dit que tu pourrais faire du théâtre. Tu passes la rampe à la télé, tu as de la présence, de l'allure, de l'humour, de la repartie, aujourd'hui on dirait que tu es « un bon invité ». Tu avais des intonations gaulliennes. Du temps de Sciences-Po, tu avais monté une petite troupe. Vous aviez mis en scène la pièce *Les Enfants d'Édouard*, dans laquelle tu jouais le duc de Gloucester, futur Richard III. Après avoir assassiné tes neveux, tu disais au public : « Quand ils ont tant d'esprit, les enfants vivent peu ! » Une dame au premier rang s'était écriée : « Ah, le salaud ! » Tu jouais bien.

Un jour, tu poses ta canne préférée sur le toit de ta Volvo le temps de retirer ton imperméable et tu démarres en l'oubliant. Dès que tu t'en aperçois, tu reviens, mais elle a disparu. Aujourd'hui encore, si je croise une Volvo bleue, j'ai le réflexe de la chercher sur le toit.

Tu es plein d'attentions. Le 1er Mai, tu donnes un gros bouquet de muguet à maman et tu m'en offres un petit. Tu sais parler aux femmes.

Le 28 février 1973, à Bénarès, les cendres d'Alexandra David-Néel et du lama Yongden sont immergées dans le Gange par Marie-Madeleine Peyronnet. En septembre, elle t'envoie son livre *Dix ans avec Alexandra David-Néel.* Tu le dévores et tu la félicites. En novembre, ton livre jaune, le second tome de tes Mémoires, *Les lauriers sont coupés*, sort chez Plon. Tu recommences les interviews et la promotion.

Georges Pompidou meurt en avril 1974. Tu te présentes à la présidence de la République en même temps que Jacques Chaban-Delmas, Edgar Faure et Pierre Messmer. Edgar et Messmer se retirent les premiers, puis tu te retires en faveur de Chaban qui se retirera en faveur de Valéry Giscard d'Estaing. Vous jouez aux chaises musicales.

Je découvre aujourd'hui le texte de la conférence de presse, tapé à la machine, où tu annonces ton désistement. Tu ouvres le bal par : « "En vain Necker remplace Calonne, les roseaux de la mort fleurissent déjà aux bassins de Versailles…", disait André Malraux au Vélodrome d'Hiver dans les derniers mois de la IVe République. À l'heure où les trahisons, les demi-trahisons, les quarts de trahison se trament dans les couloirs du Parlement et dans les états-majors officiels, on est enclin à se demander si les roseaux de la mort ne vont pas fleurir à nouveau. »

Puis tu donnes un coup de ta grosse patte aux non-fidèles : « L'après-gaullisme s'est ouvert et s'est déroulé dans l'équivoque et dans le mensonge des partis. L'après-pompidolisme s'ouvre, lui, dans le cliquetis des ambitions inutiles, dans le retour à la pratique des assassinats du sérail et des marchandages du Temple. »

Tu finis par : « J'ai donc décidé de retirer ma candidature au bénéfice de M. Jacques Chaban-Delmas. » Tu ratures « au bénéfice de » et tu rajoutes à la main : « en faveur de ». Tu réfléchis. Tu rajoutes en dessous : « avec résolution, mais non sans émotion ».

J'entends ta voix en te lisant.

Je suis en terminale à Sainte-Marie. Je ne pense qu'aux garçons, aux soirées du samedi, aux romans et au cinéma. Notre maîtresse de division, Isabelle, est fan de cinéma. Elle nous assure qu'au paradis il y aura un ciné-club. J'espère que là où tu es, on passe de bons films, que tu as enfin de la place pour tes jambes, qu'il y a du pop-corn, et que les autres défunts éteignent leurs portables.

En mai et juin, tu m'aides à réviser l'histoire, la géographie et la philo pour le bac. Je lis *Comme le temps passe* de Robert Brasillach. J'ignore qu'il était rédacteur en chef d'un journal antisémite collabo et fasciste partisan des nazis et qu'il a été condamné et fusillé en 1945 pendant l'épuration. Tu tiques en m'entendant prononcer son nom. Tu me réponds avec une soudaine gravité qu'un homme est responsable et redevable de ses choix.

Le 6 juin, à l'Assemblée nationale, tu refuses de voter la confiance au Premier ministre et tu tacles le nouveau président Giscard : « J'ai été surpris d'apprendre le 27 mai qu'"un nouveau livre d'Histoire s'ouvrait devant la France dans le vertige de ses pages vierges". M. Giscard d'Estaing a été imprudent dans ses termes. Je ne veux pas croire que le président de la République ait voulu par ces mots laisser entendre que tout ce qui précède son avènement est bon désormais à mettre au "décrochez-moi ça" de l'Histoire. »

En juillet, j'ai mon bac à l'oral. Tu te contrefiches que je n'aie pas obtenu de mention, tu es heureux. Tu m'accompagnes à Nanterre où je m'inscris en droit. Tu me parles de ce voyage mystère que tu prévois pour mes dix-huit ans. Je t'abreuve de questions pour découvrir où tu m'emmèneras, mais tu gardes le secret, encore un peu de patience !

Et en août, tu casses ta pipe.

L'été d'après, maman et moi sommes invitées par Amir Hoveyda, le Premier ministre du Shah. Quand elle était procès-verbaliste à l'OTAN avant de t'épouser, elle avait fait la connaissance de deux jeunes étudiants iraniens, Ali et Amir, qui rêvaient de faire de la politique. Ali disait : « Je serai Premier ministre », Amir ajoutait : « Je serai ton ministre de l'Intérieur. » Ils travaillaient leurs futurs discours et maman les aidait.

Le temps passe. En 1961, le Shah vient en visite à Paris. En 1963, le grand Charles et sa femme vont en Iran. En janvier 1965, tu y vas avec maman en voyage officiel. Vous représentez la France, vous êtes beaux et élégants, sûrement un peu graves, ce n'est pas une soirée spaghettis entre amis mais une réception officielle avec un protocole strict. Et voilà que, à ta grande surprise, un des ministres iraniens fond sur maman :

— Colette !

Il hèle un collègue :

— Amir, regarde qui est là !

Ils se retrouvent comme s'ils s'étaient quittés la veille. Les amis de jeunesse de maman sont devenus Premier ministre et ministre de l'Intérieur. Ils bavardent sous ton regard stupéfait.

Hassan Ali Mansour est assassiné par un extrémiste dix jours plus tard. Son ami Amir Hoveyda devient Premier ministre à sa place, il le restera treize ans. C'est lui qui nous a invitées, maman et moi. Il en faut beaucoup pour nous changer les idées, mais ce voyage est incroyable. Pendant un mois, nous sillonnons l'Iran dans un petit avion avec le chef du protocole du Shah. Behzad devient un ami, il l'est resté. Il nous emmène à Téhéran, à Ispahan, à Chiraz, à Persépolis où se sont déroulées les fêtes grandioses de la monarchie Pahlavi. Nous visitons les usines de caviar, il nous conseille d'en goûter très peu parce que le caviar, comme le réglisse, fait monter la tension. Les hommes d'affaires venus du monde entier s'en empiffraient, ils se retrouvaient avec des crises d'hypertension cognées. Behzad, peintre et artiste, me fait découvrir les poètes Hâfez, Rûmî et Omar Khayyâm. Georges Moustaki chante « Votre fille a vingt ans, que le temps passe vite ». J'en ai dix-neuf. Tu n'es pas là.

Amir Hoveyda nous invite dans sa résidence d'été sur la mer Caspienne. Il a toujours une pipe à la bouche. Il porte chaque matin à sa boutonnière une orchidée assortie à la couleur de ses bottines Clarks. On dit qu'il a aimé, qu'il aime encore, une fleuriste qu'il ne peut pas épouser pour des raisons mystérieuses. Tous les jours, elle lui fait livrer une orchidée d'une couleur différente, et il la porte pour elle.

Hoveyda, condamné à mort par le régime des ayatollahs, est interviewé dans la prison d'Erevan à Téhéran en mars 1979. On voit un homme digne et brisé, conscient d'être un bouc émissaire. Il sera exécuté d'une balle dans la tête un mois après.

Est-ce que tu suis la politique française, là où tu es ? Je ne m'y suis jamais confrontée, je n'ai pas les épaules assez solides. Ils se tirent tous dans les pattes, même au sein de leur propre parti. Toi, tu ne supportais pas qu'on dise du mal d'un autre homme politique. Quand quelqu'un, croyant te flatter, disait devant toi d'un de tes adversaires :

— Ce type est un vrai con !

Tu protestais :

— Je ne suis pas d'accord avec lui, mais ce n'est pas un con, il a un rêve pour la France.

C'était sincère et ça avait de la branche.

Tu as été le premier gaulliste à rallier Londres en

devançant l'Appel et tu as été le premier baron historique à mourir. Ce n'est pas significatif statistiquement, mais on peut s'interroger. Je note, c'est un réflexe professionnel de médecin, que tu étais le plus grand et en surpoids. Je note, c'est un réflexe professionnel de romancière, que tu avais le cœur le plus ardent, c'est pour ça qu'il t'a lâché.

Je lis dans *Le Point* du lendemain de ta mort : « Malheureux à en mourir, Christian Fouchet était convaincu que la leçon de De Gaulle était perdue. Dans le gaullisme, ce n'est plus le grand chêne qui s'abat. Mais un arbre droit, et de la même forêt. » Malheureux et orphelin, oui. Mais pas à en mourir, à te démener deux fois plus. Un arbre droit, tu parles Charles ! (Ne le prends pas mal, comme ma blague sur pond… pidou et couve, c'est de l'humour, papa.) Je grave mes initiales dans ton écorce avant de refermer ce livre.

J'écoute *Dear Father* de Neil Diamond, du film *Jonathan Livingstone le goéland* (1973).

Et le *Concerto en ré mineur KV 466* de Mozart, avec Martha Argerich au piano.

Francs-Bourgeois, 19 octobre 2010

Je porte un ensemble en soie grise. Maman a sa classe habituelle dans un tailleur bleu à parements blancs avec sa Légion d'honneur au revers. Je vais la chercher chez elle pour la conduire dans le Marais, rue des Francs-Bourgeois, la rue où habitait Hughes. Un homme marche sur le trottoir, long manteau noir et écharpe rouge. Un air de comédie musicale surgit du fond de ma mémoire, je crispe mes mains sur le volant. Il disparaît sous un porche, je secoue la tête pour chasser le fantôme familier, je retombe sur terre.

Il y a une circulation dingue. Nous ne sommes plus dans ta DS ministérielle avec cocarde et motards. Je n'ai plus ma voiture blanche SOS Médecins avec gyrophare et sirène. Ça repose les tympans mais on met plus de temps. J'en profite pour écouter Radio classique, surtout l'émission *Passion classique.*

Une grande banderole pend au-dessus de l'entrée de l'hôtel de Soubise. Paisibles et déterminés, les salariés manifestent et occupent les lieux. Des drapeaux rouges et des pancartes barrent le porche. Les invités sont obligés de baisser la tête en franchissant le piquet de grève. On se croirait en Mai 68.

La réception a lieu dans un élégant salon. Tu accueilles les arrivants en souriant sur une grande photo en pied. Ce n'est pas une fête mais la remise de tes archives privées aux Archives nationales. Ça aurait dû se faire à ta disparition, mais il y a eu des malentendus. Quand maman les avait contactés, elle avait été fraîchement reçue. Quand ils sont revenus à la charge, elle les a envoyés sur les roses.

Un mois après ta disparition, nous avons emménagé dans un appartement plus petit. Maman a acheté des grandes cantines métalliques rouges et bleues, nous y avons fourré le contenu de tes deux bureaux, celui de la maison et celui de la rue Piccini, puis empilé les cantines dans la cave. Autour, nous avons entassé pendant trente-cinq ans le bric-à-brac habituel, cartons, livres, vieux vêtements, rallonges de table, polycopiés, journaux, décorations de Noël.

Récemment, Maman a de nouveau déménagé. Il a fallu vider la cave, rouvrir les malles, supporter la poussière qui fait tousser et les flash-back qui font pleurer. Trop de souvenirs, même le parfum de ton eau de toilette. Maman a téléphoné aux Archives nationales et un conservateur de la section XXe siècle spécialisé dans la Ve République s'est déplacé. Il était jeune, sympa, il portait un joli duffle-coat pastel.

Tu n'imagines pas le bordel que tu as laissé, papa. Maman a commencé à trier, c'était une tâche herculéenne. Je l'ai aidée à ranger ses placards et je me suis occupée de son futur appartement. Mais cette cave ressemblait au tombeau d'un jeune homme farceur, ça me submergeait, je ne pouvais pas. Des moines trappistes ont emporté tes caisses de livres pour la bibliothèque de leur monastère. Et tes documents sont partis aux Archives.

C'est pour ça que nous sommes aujourd'hui à l'hôtel de Soubise, afin de signer officiellement le protocole de « remise du fonds Christian Fouchet ». Nous avons invité des amis et des cousins, ceux qui étaient là m'ont réchauffé le cœur, j'ai regretté les absents. La directrice des Archives nous remet un livret intitulé *Papiers Christian Fouchet*. Il contient ta biographie, une liste de tes archives et une vingtaine de photos. Je me cache discrètement dans celle de l'enterrement du Général à Colombey, je suis à côté de toi devant sa tombe, avec mes longs cheveux roux et cette idiote de gabardine qui cache mon chandail rouge.

Un professeur des universités puis un chargé de recherche présentent deux époques de ta vie. Un troisième n'a pas pu venir de province à cause des grèves contre le projet de réforme des retraites. Puis maman et moi faisons chacune un petit speech. J'ai l'air de m'adresser aux gens qui sont là, mais en fait je te parle à toi. Je te dis que la vie des hommes est éphémère. L'important n'est pas le temps que nous avons vécu, ni le temps qui nous reste, mais ce que nous en faisons. On n'archive pas le bonheur ou la tendresse, on les garde en mémoire. Mais on archive les actes des hommes qui ont été caressés par l'aile de l'Histoire.

Nous serrons des mains, nous évoquons des souvenirs, nous mangeons d'excellents petits-fours. Tu souris sur ta grande photo. Je m'attends à ce que tu en descendes comme dans *La Rose pourpre du Caire* de Woody Allen, mais non. Dommage. Il y aurait eu quelques évanouissements dans la salle, j'aurais retrouvé mes réflexes de médecin, ça aurait fait du bon buzz. En fait, je sais pourquoi tu ne descends pas. Parce que tu préférais le pain beurré aux petits-fours.

À la fin du livret, une liste recense tes décorations. Les françaises, commandeur de la Légion d'honneur, médaille de la Résistance, médaille de la France libre, croix de guerre, croix de la valeur militaire. Et les étrangères, croix américaine des *veterans of foreign wars*, plusieurs décorations marocaines et tunisiennes, une comorienne, une danoise, une italienne, une mexicaine, une péruvienne, une allemande, une pakistanaise, une cambodgienne, une irakienne, une libanaise. La Suède t'a décoré de l'ordre de l'Étoile polaire suédois, le Dahomey de l'ordre de l'Étoile noire, elles doivent te tenir compagnie parmi les étoiles de Tonio.

En rentrant chez moi, je range le livret avec tes Mémoires. J'en offre à des amis intimes. Ils m'en parlent gentiment. Je botte en touche sans oser leur dire que je ne l'ai même pas ouvert. Jusqu'à aujourd'hui.

Les chartistes des Archives nationales ont un côté poète, ils ont mis dans le livret la photo d'une carte de visite à ton nom sur laquelle tu as écrit à dix-huit ans: «Je soussigné Christian Fouchet, né le 17 novembre 1911, déclare que les auteurs qui sont certains de rester à la postérité sont: Claudel, Péguy, Gide, Giraudoux.»

Saint-Germain et Bosquet

Le Général repose à Colombey-les-Deux-Églises, Malraux à Verrières-le-Buisson près de Louise, toi tu es resté à Paris, papa. Au cours d'une réunion publique dans un quartier dont tu étais député au temps du RPF, un type t'avait reproché d'être « parachuté dans le secteur ». Tu lui avais répliqué :

— Allez donc voir la tombe de ma famille à cinq cents mètres d'ici, vous y verrez que le premier des miens, inhumé à Paris, est né au XVIIIe siècle. Vous-même, depuis quand êtes-vous parisien ?

Tes trois frères aînés t'ont ouvert la route. Ta grande sœur Anne-Marie est partie là où tu es en 1990. Ta seconde sœur Coco allait tous les dimanches déjeuner chez elle à Louveciennes, je l'accompagnais enfant. Puis elle a instauré des « repas de petits-neveux » dans un restau chinois de Saint-Germain-en-Laye où les jeunes Parisiens et Yvelinois de la famille faisaient connaissance entre deux rouleaux de printemps. Ton petit frère J.-R. vous a rejoints en 2000. Coco avait fêté ses quatre-vingt-dix ans chez lui dans l'Yonne, elle n'avait pas envie d'atteindre cent ans. Elle allait les avoir en mars 2008, je voulais organiser une fête de famille chez moi, intime, simple, à son image. Elle m'a prévenue qu'elle ne serait plus là. Elle s'est éclipsée le 5 janvier, trois mois avant. Éternelle retardataire, elle a logiquement été la dernière de vous sept à partir. Elle est à côté de toi au cimetière, vous pourrez bavarder pour l'éternité sans vous préoccuper de la facture du téléphone. Elle a gagné son pari, elle n'avait pas cent ans. J'ai gagné aussi, il y a marqué « 1908-2008 » sous son nom.

J'ai habité au-dessus de sa tête pendant vingt ans dans la maison où tu es né. Des générations de Saint-Germanois l'ont croisée sur son vieux vélo ou au volant de ton antique Traction noire. Artiste peintre, elle a travaillé avec Maurice Denis aux Ateliers d'art sacré puis gagné sa vie comme professeur de dessin à l'école Saint-Thomas. Elle était visiteuse de prison, cuisinait pour la soupe populaire avant que les Restos du cœur existent, collectait les provisions pour le carmel, faisait des gâteaux pour une association de handicapés, le catéchisme aux enfants des forains de la Fête des Loges, brancardait les malades à Lourdes, ne ratait jamais la messe (mais elle y arrivait après le début). Quand, ado, je la provoquais tendrement : « Pourquoi tu vas à la messe tous les jours, tu sais comment l'histoire finit, Jésus naît à Noël et il meurt à Pâques ? », elle ne s'en offusquait même pas. Ce n'était pas une grenouille de bénitier détournant la tête devant les gens en détresse. Elle a été en retard toute sa vie, sauf quand il s'agissait d'aider. Quand un SDF écrivait sur une pancarte qu'il avait faim, elle rentrait chez elle préparer des gros sandwichs qu'elle retournait lui porter à vélo. Les clochards dont elle s'occupait sonnaient à notre grille en pleine nuit, joyeusement bourrés. Sa sonnette n'était reliée à rien, il fallait frapper à son carreau. Ma sonnette à moi marchait bien et je me réveillais en sursaut, affolée.

Tous les dimanches, j'étais de garde à SOS Médecins. Je revenais déjeuner dans une maison pleine d'amis. Elle montait partager notre dessert, racontait une anecdote drôle, s'éclipsait rapidement pour ne pas s'imposer. Nous avons regardé ensemble à la télé la finale de la Coupe du monde de foot, « et 1, et 2, et 3-0 ! », en braillant des encouragements, elle avait quatre-vingt-dix ans. L'été d'après, le jour anniversaire de ta mort, nous avons assisté ensemble à la dernière éclipse totale de Soleil du siècle. Elle ressemblait à une actrice américaine avec ses lunettes en carton.

Après la canicule, elle est devenue une vieille dame sans mémoire. Elle me disait :

— Je ne sais plus quel est notre lien familial… mais je sais qu'on s'aime !

Vous étiez tellement proches, ça ne me gênait pas qu'elle m'oublie, mais j'avais du mal à admettre qu'elle t'oublie toi. J'insistais bêtement :

— Je suis la fille d'un de tes frères. Tu te souviens lequel ?

Elle secouait la tête, incertaine :

— J'en ai cinq.

Je zappais le fait qu'ils étaient tous morts.

— Je suis la fille de Christian.

— Ah, le petit Christian. Il était militaire, n'est-ce pas ?

Je la détrompais, choquée qu'elle puisse te confondre avec ses aînés.

— Mais non, il était ministre !

Je réalise aujourd'hui, en t'écrivant, qu'elle avait raison. Tu étais resté pour elle le jeune aviateur parti pour Londres.

Dans la religion catholique, on fait une réunion de préparation aux obsèques, je n'en savais rien. Je suis allée préparer la cérémonie pour elle avec deux cousines pratiquantes. Le coordonnateur nous a annoncé qu'il y aurait seulement une célébration. Je lui ai expliqué que si ta sœur n'avait pas de messe, elle viendrait le tirer par les pieds la nuit jusqu'au jugement dernier. Il m'a crue, elle a eu une belle messe. J'étais devant avec Yvonne qui avait pris soin d'elle ses dernières années. L'église était pleine à craquer, ma petite cousine Emmanuelle donnait discrètement le sein au dernier rang à Augustin qui venait de naître, c'était doux. Après, tante Fafa a organisé un repas de famille avenue Bosquet. Nous nous sommes tous retrouvés avec Yvonne dans la salle à manger aux boiseries familières devant la longue table garnie de plats. C'était bon, c'était chaleureux. Tante Fafa nous a lancé en riant : « La prochaine fois, ce sera mon tour ! »

Six mois plus tard, elle vous a rejoints là où vous êtes. Ses cinq enfants ont vendu l'appartement et ils ont eu une très jolie idée. Ils ont organisé une fête d'adieu en conviant tous ceux qui avaient vécu, grandi, joué, ri, vibré entre ces murs, famille et amis, toutes générations confondues. Chacun devait apporter de quoi s'asseoir, manger et boire.

Les fenêtres sans rideaux donnaient sur l'avenue Bosquet éclairée. Les pièces vides s'étonnaient de la disparition des lampes, des meubles, des tableaux, des bibelots, des photos d'enfants et de chiens. Les invités arrivaient chargés de tables et de chaises pliantes, de tabourets et de tréteaux, de paniers de pique-nique, de bouteilles, de glacières, de sandwichs, de pâtés, de quiches (des quiches lorraines, bien sûr), de salades, de pains, de gâteaux, de vaisselle, de couverts, de vin. L'émotion était palpable et nous avions tous l'estomac noué, mais les sourires s'élargissaient sitôt le seuil passé, comme si la gaieté qui avait toujours régné en ces lieux avait imprégné les murs.

Les traditionnelles blagues avec lesquelles oncle J.-R. faisait rire les enfants voletaient : « Comment vas-tu yau de poêle ? », « Et toile à matelas ? », les noms des chiens aimés revenaient, Houla, Sancerre, Vidocq, Médoc, Navarin, Falco, Réglisse. Les moquettes, pourtant maintes fois nettoyées, arboraient les cicatrices du temps. Nous portions des toasts aux absents, nous allumions des cigarettes pour nous réchauffer l'âme, nous évoquions les naissances, les morts, les mariages, les séparations, les fous rires, les terrines maison et les bouffes mémorables. Les parquets chantaient sous les pieds des danseurs. J'ai apporté un jéroboam de champagne et une roue de brie. La fête a duré tard. Vous auriez aimé ça. Vous auriez terminé le fromage, ton petit frère et toi.

Tu avais habité cet immeuble quand tu étais célibataire. Tu m'avais raconté qu'une nuit, rentrant à pied par le pont de l'Alma, tu avais aperçu une femme prête à sauter dans la Seine. Tu t'étais précipité, tu l'en avais empêchée, dissuadée, tu avais promis de l'aider. Elle n'habitait pas Paris, tu ne pouvais pas la ramener chez toi, ça ne se faisait pas. Alors tu l'avais conduite dans un hôtel proche et tu lui avais donné de l'argent pour payer en promettant de revenir le lendemain. Quand tu y étais retourné, elle n'était plus là. Le portier s'en souvenait, elle avait voulu payer avec des faux billets, il l'avait renvoyée.

— Des faux billets ?

Tu avais joué aux cartes la veille avec des amis, tu avais gagné, et pour te faire une blague, ils avaient glissé l'argent d'un jeu de société au milieu de la liasse. Je ne sais pas si ton histoire était inventée ou vraie, mais tu la racontais bien. Chaque fois que je traverse le pont de l'Alma, je pense à elle et à toi. Chaque fois que je roule avenue Bosquet, je cherche nos silhouettes derrière les fenêtres le soir de la fête, entourées de vos fantômes joyeux.

Tu racontais une autre histoire, celle du journaliste asiatique qui décroche le scoop du siècle avec un reportage sur le paradis et l'enfer. Il visite d'abord l'enfer. C'est une table interminable couverte de plats délicieux, mais les damnés ont des baguettes géantes et c'est le supplice de Tantale, ils meurent de faim parce qu'elles sont trop longues pour porter la nourriture à leur bouche. Il visite ensuite le paradis. C'est exactement la même chose ! Sauf que chaque élu attablé donne à manger à son voisin d'en face et savoure son repas. Comme nous avenue Bosquet.

Tes baguettes me manquent, papa. En tant qu'ancien correspondant de guerre, tu as sûrement vérifié la véracité du scoop en arrivant. Tu as raconté la blague à Dieu ? Il a ri ?

Notre dialogue dans ce livre va bientôt arriver à son terme. Tu n'es plus pour moi un père immense avec des cheveux blancs, des sourcils noirs et un regard d'une tendresse affolante. Tu es un jeune type en combinaison de vol caché dans un avion, puis parlant jusqu'au bout de la nuit avec Tonio qui te lit des passages du *Petit Prince*. Un homme jeune avançant dans les ruines de Varsovie aux côtés du survivant impassible d'un camp de la mort. Un consul assistant en Inde au carnaval des lépreux. Un député de Paris puis de Lorraine. Un ambassadeur en tenue d'apparat. Un homme en mission de sacrifice dans une Algérie déchirée. Un ministre de l'Éducation nationale passionné. Un ministre de l'Intérieur qui a choisi de ne pas faire tirer sur ces manifestants de Mai 68 qui ont construit le monde dans lequel je vis aujourd'hui.

Les choses ont changé en quarante ans. Londres, Varsovie, Calcutta, Copenhague, Alger, Paris, Colombey, l'Iran se sont transformés. Notre façon d'aimer, d'envisager le sexe et le plaisir également. Mais le courage existe toujours, la fraternité, la tolérance, les espoirs et les rêves. J'ai tant appris de toi. Je t'ai un peu raconté de moi. Nous avons renoué le lien.

Quand je suis tombée sur ton livre bleu dans cette

brocante, je ne m'y attendais pas. Tu as déboulé comme un pavé dans la mare. La semaine d'après, j'ai dédicacé à côté d'Anne Goscinny, la fille du papa d'Astérix, du Petit Nicolas et d'Iznogoud, elle signait *Le Bruit des clefs* chez Nil. Son livre m'a donné l'adresse de la boîte postale où les pères disparus reçoivent leurs mails, il est magnifique. Deux mois plus tard, au fameux Salon du livre de Brive, j'ai à nouveau dédicacé près d'elle et de Mazarine Pingeot, la fille de François Mitterrand, qui signait *Bon petit soldat* chez Julliard. Nous avons toutes les trois grandi dans l'ombre tutélaire de pères qui ont paradoxalement ensoleillé notre enfance. Les quinze romans que j'ai écrits m'ont permis de prendre du champ avec la réalité, ce ne sont pas des leurres mais les roses qui poussent sur les plates-bandes de mes rêves.

Dans la mythique salle à manger du restaurant La Truffe Noire, j'ai raconté mon projet à Gonzague Saint Bris qui a haussé les sourcils :

— Ton père était ministre de l'Intérieur, c'est ça ? Tu devrais appeler ton livre *Mon père de l'intérieur*.

Je recopie dans mon carnet :

« T'écrire c'est remailler une passerelle. C'est m'assurer que je pourrai l'emprunter jusqu'à la fin de ma vie.

Je voulais un lundi comme les autres. Comme les autres lundis et comme les autres enfants. Pas un lundi avec un mort dans mon cartable. » (Anne Goscinny, *Le Bruit des clefs*)

Et j'écoute *Venise n'est pas en Italie* chanté par Serge Reggiani et écrit par Claude Lemesle.

Ligne 13

J'ai rendez-vous avec ton passé aujourd'hui pour mettre un point final à notre dialogue, papa. Je me préparais à retourner rue des Francs-Bourgeois près de chez Hughes mais les Archives nationales ont déménagé la semaine dernière au terminus de la ligne 13. Le conservateur de ton fonds a changé aussi. Ce n'est plus Pascal G. mais Jean-Pierre B.

« Conservateur », comme E 202 ou E 260, les additifs qui empêchent les aliments de se dégrader.

Je sors de ma bibliothèque *Ma ligne 13*, un livre de Pierre-Louis Basse qui a été un jour mon voisin de dédicaces. Sa mère, Esther Gaudin, jeune militante communiste, a été missionnée en 1941 pour récupérer les planches sur lesquelles Guy Môquet a écrit ses dernières volontés avant d'être fusillé à dix-sept ans. Esther et toi n'étiez pas du même bord, mais vous étiez de la même famille. Elle lui avait parlé de toi. Pierre-Louis et moi sommes frères.

Tout se recoupe dans l'enquête qui me mène sur tes traces. Les nouvelles Archives sont rue Guynemer. Tu as parlé de ce pilote de guerre dans ta conférence sur

Saint-Exupéry à Copenhague. En septembre 1917, il a disparu dans le ciel de Belgique. On a raconté aux écoliers français qu'il avait volé si haut qu'il ne pouvait pas redescendre. Il est mort l'année où Tonio a passé son bac.

Il fait un froid polaire, je suis nerveuse et troublée. Je prends la ligne 2 à Charles-de-Gaulle (évidemment) jusqu'à place de Clichy, puis la ligne 13 direction Saint-Denis. Je sors mon iPod, j'écoute *La Quête* de Jacques Brel, je fredonne tout bas : « Tenter, sans force et sans armure, d'atteindre l'inaccessible étoile. » À la station Guy-Môquet, les gens tournent le dos à la photo du jeune résistant exécuté, pour s'engouffrer dans le wagon bondé. Des stratèges grignotent une miette d'espace, des égoïstes se pétrifient sur leurs strapontins, les gens sont aussi collés que les pages d'un livre. À Mairie-de-Saint-Ouen, le wagon se vide un peu. Ceux qui restent soufflent et s'asseyent. Le métro repart vers Saint-Denis. J'ouvre le livre de Pierre-Louis. Je le tiens haut pour que les voyageurs voient le titre et puissent lire la quatrième de couverture au dos : « Ma ligne 13, ce sont des rencontres, des portraits, des moments de grâce ou d'horreur. Ma ligne 13 est une ligne de front car nous ne sommes plus en paix. Ma ligne 13 est une ligne de cœur où l'amour prend le maquis et rejoint la résistance. »

J'ai préparé mon cartable hier soir comme je préparais autrefois ma mallette de docteur avant mes gardes. Je vérifiais mon matériel : seringues jetables, tampons alcoolisés, ampoules injectables, garrot, stéthoscope, ophtalmoscope-otoscope, tensiomètre, ordonnancier, feuilles de maladie, arrêts de travail, trois stylos-billes. Aujourd'hui, j'ai pris un cahier vierge, des feutres et des mini-crayons, le plan de notre dialogue, une boîte de TicTac, des Post-it, et mon iPhone qui me servira d'appareil photo.

J'ai rendez-vous avec Jean-Pierre au terminus de la ligne mais je ne connais pas son visage. Nous avons correspondu par mail, je n'ai aucune idée de son âge, je n'ai même pas pensé à le *googler*, j'ai juste son numéro de portable. Je dévisage mes voisins de métro. Un sexagénaire avec une cravate club, une veste en velours et des mocassins à glands. Un quadragénaire avec une cravate en tricot, un costume froissé et les pieds plats. Un jeune homme en sweater à capuche, jeans et baskets fluo. Est-ce que l'un d'eux est Jean-Pierre ? Pascal, le conservateur qui était venu dans la cave de maman, avait un superbe duffle-coat pastel, mais personne n'en porte autour de moi. Je me rends compte avec surprise que je suis la plus vieille du wagon. Enfin, la moins jeune. J'ai pour la première et la dernière fois de ma vie l'âge de mon année de naissance, je suis née en 1956, j'ai cinquante-six ans. Il paraît que dans les émissions de télé branchées on n'invite plus les femmes après cinquante ans, sauf actualité tonitruante, genre si elles tuent leur père. C'est mal barré pour moi, je ne peux pas, tu es déjà mort.

Tout le monde descend à Saint-Denis-Université. Les passagers foncent dehors en un flot compact. Je crevais de chaud dans le wagon, engoncée dans ma doudoune matelassée. À l'extérieur, le froid me gifle. Je ne sais plus si j'ai rendez-vous avec Jean-Pierre, avec toi dans la force de l'âge, ou avec un centenaire dont les os ne sont plus que poussière qui file comme du sable entre les doigts. Avoir perdu mon père jeune m'a longtemps fourni une bonne excuse pour ne pas aller aux enterrements, on n'osait pas m'en vouloir. Pourquoi ai-je besoin, maintenant, de retourner en arrière ? Pourquoi est-ce que je ne supportais pas qu'on me parle de toi alors que je n'attendais que ça ?

J'ai quarante minutes d'avance. Il n'y a aucun café sur l'esplanade glacée. La foule me charrie jusqu'au bâtiment en face du métro, je la laisse me porter. Je me retrouve dans Paris-VIII, l'ancienne université de Vincennes. On ne me demande rien. La marée m'entraîne en haut d'un escalator dans un hall chauffé. Je m'assieds avec des étudiants le long des fenêtres. La bibliothèque est fermée, il est trop tôt, j'aperçois les livres sur les étagères. Ils me rassurent. Je me sens chez moi dans les hôpitaux, les bibliothèques et les librairies.

Je téléphone à Jean-Pierre à l'heure de notre rendez-vous. Nous nous retrouvons devant l'université. Plus malin, il a repéré ma tête sur mon site Internet. Il a trente ans, des lunettes, des cheveux noirs bouclés, du charme, une ombre de barbe sympa, l'accent mélodieux des Pyrénées, il porte un caban bleu marine, pas un duffle-coat. Il est chartiste, enseignant, il a écrit un livre sur Jacques Foccart, il est chargé de plusieurs fonds, dont le tien. Il me met tout de suite à l'aise. Nous marchons à travers les rues verglacées, vers toi. Je me demande si le fond de ta pensée se cache au fond de ton fonds.

On n'entre pas aux Archives comme à l'université, c'est Fort Knox, tout est sécurisé par des badges ou des clefs. Le bâtiment, flambant neuf, a été inauguré la semaine dernière par le président Hollande. Rectangulaire et moderne, il ressemble à la fois à une boîte à chaussures et à un mastaba de l'Égypte ancienne. Construit sur un terrain abandonné, il est entouré de bicoques chancelantes et de petits jardins qui ont par miracle survécu aux promoteurs. Depuis les étages supérieurs, on aperçoit les flèches de la basilique Saint-Denis. Jean-Pierre m'offre un café, m'installe devant un bureau, roule vers moi des étagères superposées où sont alignés des dossiers et des boîtes, tous numérotés. Il fait très chaud, je suis trop couverte.

J'ai appris en médecine qu'un adulte a six litres de sang dans le corps. Aux Archives nationales, une existence s'évalue en mètres linéaires. Les tiennes représentent soixante-cinq cartons et occupent sept mètres linéaires en tout. J'ai donné à l'avance la liste des documents que je veux consulter. On met à ma disposition trois mètres linéaires de toi. L'exacte envergure du condor.

Je passe une journée surréaliste. Les hackers qui font du piratage informatique pénètrent les programmes les plus sophistiqués par une porte dérobée. Je fais un peu la même chose avec toi. Je lis tes articles de Londres, ta conférence sur Saint-Exupéry, tes discours, tes manuscrits. Tu ratures, tu te corriges en rouge, tu prépares tes interviews en soulignant tes idées directrices, tu as des tics d'écriture, des phrases fétiches, des pudeurs, des colères, des mots favoris. On se ressemble, enfin, je te ressemble.

Je mets plus d'une heure à photocopier *Le Carnaval des lépreux*, feuille après feuille. Tes pages, de format A3, ont l'en-tête République française, Consulat général de France, Calcutta. Elles sont si jaunies et fragiles qu'on ne peut pas les mettre en pile, elles se déchireraient. Je les manie avec délicatesse comme je poserais des compresses de tulle gras sur une brûlure. Dès que quelqu'un a besoin de la photocopieuse, je m'efface pour laisser la place. Cette pause forcée me permet de réfléchir. Je me demande ce que tu penses. Est-ce une quête, une visite, ou une intrusion ?

J'apprends à attraper les lourds dossiers dans le bon sens, à dénouer les rubans et les nœuds (pas gordiens) qui ferment chaque classeur. Ce n'est pas facile parce que je me ronge les ongles. J'ai soif à cause de la chaleur, mais pas question d'approcher un liquide de tes documents, j'ai trop peur de renverser mon verre et d'abîmer tes papiers. Est-ce qu'ils ont vraiment ton odeur, ou est-ce que je prends mes désirs pour des réalités ? Je découvre une caricature de toi dans un *Canard enchaîné* de 1967 au moment du *Torrey Canyon*. Tu es Neptune pourfendant de ton trident les eaux polluées, caricaturé avec tes cheveux blancs et tes sourcils noirs, nu, une coquille Saint-Jacques en guise de maillot de bain. Pompidou est un petit poisson, Messmer une vestale portant une amphore pleine d'argent. Le nom du journal est entouré de deux écriteaux «Pompon…», «L'Amer». J'éclate de rire.

Je déjeune avec Jean-Pierre, nous sympathisons. Lui et ses collègues, Nicole, Olivier et Maïa, m'accueillent avec chaleur. Ils ne t'ont jamais rencontré mais ils connaissent une part de toi qui m'est étrangère.

Tes agendas et tes papiers personnels ne sont consultables qu'avec l'autorisation de maman ou la mienne. Tu écris à ton père en août 1922, à dix ans: «Comment vont vos chevaux Chanteur et Libertin? Je vous préviens, papa, que la fin du monde est fixée au 15 août.» Ta sœur Coco t'écrit à Londres à l'automne 1940 pour t'apprendre les circonstances de la mort de ton frère Marcel. De l'eau est tombée par endroits sur le papier, les lettres ont bavé sous tes larmes, j'ai du mal à retenir les miennes. Ces documents ne nous appartiennent plus, ils sont devenus la propriété de l'État, si je pleure je risque de dépréder le bien public.

Le grand Charles t'appelle «mon cher ami» par écrit et «mon vieux compagnon» en tête à tête. Malraux et Gaston t'écrivent «mon cher Christian» ou «mon cher camarade». Vous vous vouvoyez tous. Tes frères et tes sœurs t'appellent «mon petit vieux» ou «mon cher vieux Christian», ils sont les seuls à te tutoyer.

En juin 1960, Alexandra t'envoie un projet de scénario pour un film. Vous vous écrivez régulièrement. J'ai envie de me donner des baffes en lisant le nombre de fois où tu lui promets de m'amener chez elle, où tu lui dis qu'elle m'aimera. En février 1962, tu félicites Romain Gary pour son «grand et chic bouquin ». Il te répond : « Il faut nous voir rapidement ou alors forcément on finira par se rejoindre là où on ne se rencontre plus. »

En octobre 1971, Mme Jean Voilier, amie de Giraudoux, Saint-John Perse, Malaparte et Denoël, t'envoie la copie d'une lettre que lui a adressée Paul Valéry le 17 juin 1940 pendant que tu volais vers Londres. Valéry écrit : « Cependant, au travers de mon sombre esprit je ne puis m'empêcher de me sentir encore des éclairs de puissance spirituelle, de brefs signaux d'énergie qui me tendent à m'employer à faire renaître la lumière de mon pays. Le malheur extrême illumine crûment toutes les fautes, crimes et sottises ; mais il engendre l'âme des forces et des idées qui ne peuvent provenir que de sources situées dans ce qui n'est pas encore et qui pourrait être… »

Fin 1973, une amie astrologue t'envoie ton horoscope jusqu'en décembre 1974 : « Neptune stationne aux environs de Mercure qui vous inspire de nombreux projets. » Tu es mort en août 1974. On fait encore des projets là où on ne se rencontre plus ?

Une boîte contient tes cartes d'identité successives, tes cartes militaires, ta carte SNCF de député, ta carte d'électeur, un permis de conduire français délivré en 1935 et un permis danois, ta carte du cercle militaire, ta carte du Racing. Je ne me souviens pas que tu en étais membre, j'aurais mis ma tête à couper que non. Ton passeport prétend que Christian Marie Joseph Fouchet avait des cheveux châtains et des yeux marron. J'aurais mis ma main au feu que tu les avais noirs.

Le soir, sur la ligne 13, j'écoute le *Concerto pour clarinette en la majeur, K. 622* de Mozart sur mon iPod. Je suis claquée, moulinée. J'ai un trop-plein de toi. En cas d'overdose, les médecins injectent de la naloxone, un antagoniste mimétique de la morphine qui déplace la drogue des récepteurs neuronaux du bulbe rachidien et annule leur effet dépressif respiratoire. Ça empêche la drogue de tuer les toxicos mais ça les empêche aussi de planer. Je ne suis pas toxico et il n'y a pas de naloxone adaptée aux papas. Mais cette overdose transitoire est nécessaire. Pour nous deux et pour mieux t'historiciser, j'ai appris ce mot nouveau dans la thèse d'un chartiste qui a travaillé sur toi. S'il n'y avait pas eu le vieux monsieur déporté du salon littéraire, si je ne t'avais pas acheté un euro dans cette brocante, si je n'étais pas allée aux Archives nationales, tu aurais continué à avoir une paix royale.

Le lendemain est encore plus bizarre. Je compulse tes agendas qui s'échelonnent de 1944 à 1974. À Londres, tu prends l'habitude de noter « *my lunch* », « *my dinner* » pour tes rendez-vous. Après ton mariage, ça devient « *our lunch* », « *our dinner* ». De ta mission en Italie, tu gardes le mot « *oggi* » pour aujourd'hui. « *Oggi my lunch* avec Malraux », « *Our dinner* avec Gaston », « *Tel oggi* du G de G ».

Tu appelles le Général « Charles » quand tu es à Londres, à Moscou, en Pologne, à Calcutta. Quand il devient président de la République tu écris « G de G ». Le jour de sa mort et de son enterrement, il devient le « Gal de Gaulle ».

Tu écris Malraux, pas André. Mauriac, pas François. Gaston, pas Palewski. Jules, pas Antonini. Tu écris Ph Alexandre, JP Elkabbach, JF Kahn, Giesbert. Certains agendas de maman se sont par erreur mélangés aux tiens. Personne aux Archives nationales n'a trouvé étrange que tu notes « coiffeur », « esthéticienne », « essayer robe » ou « rendez-vous gynéco ».

Je ne peux pas tout lire, alors je cherche des moments charnières. Dans tes agendas de la France libre où les jours et les mois sont en anglais, tu te bottes les fesses en notant des pensées personnelles et des citations : « Acharne-toi, que diable ! », « Personne ne fait l'Histoire. On ne la voit pas plus qu'on ne voit l'herbe pousser » (Pasternak dans *Jivago*), « L'homme pressé s'habille lentement » (Talleyrand), « *Don't worry, it may not happen* », « Il faut tuer le temps avant qu'il ne vous tue », « On entend remuer sous le sol des armées extraordinaires » (Chateaubriand), « Il reste toujours qu'on peut être courageux » (Albert Schweitzer), « Cuirassez-vous, faites-vous une âme d'airain », « Tu trembles, carcasse, mais tu tremblerais bien plus si tu savais où je vais te mener » (Turenne). Et, toujours, ta fameuse devise : « La vie est trop courte pour être petite. »

Je lis les noms de tes petites amies russes quand tu es à Moscou en 1944. Le jour où de Gaulle passe la nuit au Kremlin avec Staline, tu notes « nuit historique... à laquelle je n'assiste pas » puisque Charles te réveille une fois la conversation finie. Il y a tout, ton départ pour la Pologne, ta terrible visite à Majdanek, ton entrée dans Varsovie détruit, ton inquiétude pour Tonio et les télégrammes que tu envoies à ta belle-sœur Pauline. Tes affaires sont éparpillées au gré de tes domiciles. Tu récapitules : « Une cantine chez E (qui est E ?), une valise un complet et un sac chez Léo à Londres, une valise à Alger, une malle à Saint-Germain-en-Laye avec une paire de *shoes* noires et une paire de *shoes* jaunes. » Tu notes régulièrement ton poids, qui oscille entre 89 et 110 kilos.

September 1945, tu pars aux Indes : « Départ train Bournemouth, puis départ avion Marseille, Malte, Le Caire, puis départ avion mer Morte, Bassorah, Bahrein, Dubai, Karachi, puis départ avion et arrivée Calcutta. »

November 1945, je vois sur la même page : « Élection Charles président » et « Rabindranath Tagore ». La phrase est piège. Charles n'est pas président de la République mais président du Gouvernement provisoire de la République française et ministre de la Défense nationale. Ravie de savoir que tu as rencontré Tagore, je me rafraîchis la mémoire avec sa biographie et je m'aperçois qu'il est mort en août 1941. Tu as dû aller à une conférence ou à un hommage. Les carnets sont trompeurs. *October 1945* : « Visite Gandhi et prières », là c'est clair.

Je saute les carnets de ta période au RPF. Je passe à 1955 où sur des agendas français de l'Assemblée nationale j'assiste *en live* à ta rencontre avec maman. Le 9 juillet : « réunions des élus de la Seine », « *my dinner* chez Gaston avec Colette Vautrin et la princesse de Polignac ». Après il y a une flopée de « *my lunch* Colette V», «*my dinner* Colette V». Tu choisis la bague de fiançailles de maman et tu hésites entre deux modèles. Le lundi 12 septembre, vous vous mariez à Antibes, «mairie 11 h 30, église 12 heures». Vous restez quelques jours «Hôtel du Cap» à Éden Roc. Tu l'emmènes dîner au Da Bouttau à Cannes et à La Chèvre d'or à Èze, tu lui fais le grand jeu. J'ai l'impression de regarder un film.

Un an plus tard, je tombe sur une info importante: j'existe, je suis née, c'est concret. Le 22 octobre 1956, tu as entouré en rouge «naissance Marie-Lorraine» et tu es allé l'annoncer en personne à ton frère et à tes sœurs.

Au moment de l'Algérie, du *Torrey Canyon*, de l'enlèvement du petit Maillart, de Mai 68, tu es si occupé, tu écris moins, juste l'essentiel.

J'apparais quand je grandis, «Lorraine promesse de Jeannette», «*birthday* Lorraine». Tu ponctues «Lorraine et la montre à Éden Roc!!» par deux points d'exclamation qui me font un trou dans le cœur.

Le dimanche 27 avril 1969, jour du référendum dont le résultat négatif amène la démission du Général, tu écris: «*Et nunc est ora...*»

Je saute dix-sept ans, je passe à 1974, nos derniers mois ensemble quand j'étais en terminale. Mercredi 1er mai, fête du Travail et jour férié, tu notes en bas de page: «22 h, *my visit* chez Dr C. pour douleur thoracique.» Je bondis, furieuse. Merde, papa, c'est pas vrai! Douleur thoracique et pas d'hospitalisation, pas de réa, rien? Pas étonnant que tu sois mort trois mois après. Tu es revenu dormir à la maison pour respirer l'odeur du muguet ? J'ai envie de te tuer tellement c'est stupide ! Mais ton palpitant s'en est chargé avant moi.

Début juillet : « ML admise à l'oral du bac. » Puis « bac ML oral » et tu as entouré en rouge « reçue ». Tu m'appelais Lorraine, pourquoi suis-je si souvent Marie-Lorraine dans ton agenda ? Tu as noté tous nos déjeuners du jeudi avec mes copines, « *my lunch* avec ML et son amie Nathalie, ou Sophie, ou Régine ». Et toutes mes soirées avec mon petit ami de l'époque : « ML dîne avec Patrice K », « ML au ciné ou au Pré Catelan avec P K ». « Premier Solex loué pour ML. » Tu as inscrit nos ultimes repas avec Jean-Louis Barrault et Madeleine Renaud à Évian, « *our drink* avec J-L Barrault et M Renaud », « *our dinner* avec J-L B et M R », « dernière tisane avec Barrault et Renaud ». Tu buvais de la tisane, toi ?

Tu es mort le 11 août au soir. Je tourne, le cœur en vrac, la page que tu n'as jamais tournée. Tu as écrit à la date du 12 août : « Appeler ML. »

J'attends toujours ton coup de fil.

La ligne doit être en dérangement.

Je ne me sens plus du tout ML, papa. Je n'ai même aucun souvenir de l'avoir été.

Je replace avec précaution tes agendas dans les boîtes numérotées que Pascal, le premier conservateur de ton fonds, a fait fabriquer exprès à la taille adéquate. J'ai l'impression de jouer dans la série *Cold Case*. Par curiosité, j'ouvre mon propre agenda en cuir orange. J'ai un ordinateur MacBook et un iPhone mais je reste attachée à mon agenda papier. À la date d'aujourd'hui, il y a écrit: «J'ai rendez-vous avec papa aux Archives.» Si quelqu'un le lit dans un siècle, il en déduira à tort que nous nous sommes vus.

Olivier, dont j'ai partagé le bureau pendant deux jours, rentre en voiture et me dépose à la Défense pour m'éviter la ligne 13 bondée. Je m'engouffre ensuite dans le métro où j'écoute mon iPod. Céline Dion a beau être une star planétaire, se produire à Las Vegas et posséder les plus sublimes stilettos, elle chante: «Je voudrais décrocher la lune, je voudrais même sauver la terre, mais avant tout, je voudrais parler à mon père», et elle donnerait sa collection d'escarpins pour pouvoir le faire.

J'ai lu dans ton agenda le nom des cardiologues qui t'ont soigné à Genève, le professeur M. et le docteur F. Je trouve sur Internet l'adresse de l'actuel patron de cardio du service, je lui écris en commençant mon mail par «cher confrère, professeur», je lui explique que je cherche tes médecins d'il y a quarante ans.

Anne Goscinny est allée le jour de ses dix-huit ans voir le cardiologue qui a fait faire à son père le test d'effort dont il est mort. Elle lui a fait croire qu'elle avait un flingue dans sa poche pour le buter, quelle élégante et merveilleuse revanche! Toi, tu es mort tout seul, ton cœur s'est emmêlé les pinceaux sans aide. Dialoguer avec toi, c'est t'accompagner jusqu'au bout. Je me sens une âme de flic qui ne lâche pas sa piste.

Le patron de cardio suisse, qui a pourtant autre chose à faire le dimanche, me répond tout de suite. Le professeur M. est décédé mais le Dr F., devenu professeur, est vivant, il me donne son mail. Je lui écris que j'ai fait médecine à cause de lui, après t'avoir parlé au téléphone en 1974. Je me trompe de génération. Le professeur François F., psychiatre, me répond que ce n'est pas lui mais son père, le Dr Constantin F., qui était ton cardiologue. Il t'a rejoint là où on va après, j'arrive trop tard. Son fils et moi échangeons des mails. Il se souvient d'avoir vu ton livre dédicacé dans la bibliothèque de son père. Mon dialogue avec toi commence et finit par ton livre bleu.

J'ai un peu peur, papa, parce qu'on va bientôt se quitter. Tu es une de mes plus belles rencontres, c'était intense, ça valait les chamboulements, le mal au dos, les insomnies, les somatisations. Rien n'est pire que le regret de ne pas s'être parlé. J'ai adoré t'avoir comme père, même si c'était seulement dix-sept ans, même quand j'étais enfermée à La Pinéta, même quand ces matamores ont envahi la terrasse, même quand j'avais honte d'avoir volé ta montre, parce que je n'ai jamais douté du fait que tu m'aimais.

Le lendemain de ma visite aux Archives, *Libération* publie un numéro spécial en hommage à Stéphane Hessel. Il y a une grande photo de toi avec lui en 1964 à Londres. Je lis sur Internet que vous avez été condisciples à l'École alsacienne et que, en 1940 à Londres, tu l'as convaincu de devenir aviateur dans les Forces françaises libres. Tu n'es jamais allé à l'École alsacienne, que je sache. Vous vous êtes connus à Sciences-Po et retrouvés à Londres. Mais comme une première personne s'est trompée et l'a écrit, on le retrouve à plusieurs endroits, et ça devient une affirmation corroborée. On peut écrire n'importe quoi sur le Web. Si tu étais allé à l'École alsacienne, tu ne m'aurais peut-être pas appelée Lorraine, mais Alsace ?

Je dévore en deux jours ton roman de jeunesse, je craque pour ton héros, ce Thierry Prieur qui « cherchait plus à *être* qu'à *être heureux* » et qui « ne s'est jamais effrité ni émoussé ». Quand un livre me fait vibrer, j'écris à l'auteur sur son site. Toi, je ne peux t'écrire qu'ici.

L'année de ta disparition, je chantais la chanson de Fugain « Chante la vie chante, comme si tu allais mourir demain ». On peut faire encore mieux, vivre chaque jour comme si on était mort hier et qu'on avait gagné vingt-quatre heures de rab. Orphée peut ne pas se retourner et sauver Eurydice. Les écrivains peuvent modifier la réalité. Je peux te réanimer comme Julie la mouette de Groix. Vraiment.

Tu ne me crois pas, papa ? Alors tu es comme saint Thomas, tu veux une preuve ?

OK. Revenons en arrière, au 11 août 1974. Il fait soleil sur Genève. Tu lis ton journal, peu importe lequel. Ton cœur se met brusquement à se contracter de façon anarchique. Je m'en fous, je suis là, dans ta chambre d'hôpital. Je fonce, je pose les palettes du défibrillateur sur ton thorax. Je gueule : « Attention, tout le monde s'écarte ! » comme dans *Urgences* et comme dans la réalité. J'appuie sur le bouton. L'appareil te balance un putain de choc électrique.

Et tu ouvres les yeux…

2014

Je marche vers la librairie où je vais dédicacer notre dialogue pour la première fois. Le *timing* est parfait, c'est la fête des Pères.

Ceux des autres m'émeuvent. Celui de Sylvie lui fait des rösti. Celui de Valérie peint à Étampes. Celui de Renata était un seigneur. Celui de Vincent vole dans un avion construit de ses propres mains. Celui de Marie-Pierre m'a appris à conduire. Celui d'Anne faisait rire les enfants avec Astérix. Celui de Gilles les soignait. Héloïse édite le sien.

Quand j'ai dédicacé mon premier roman en 1990, deux pères dont je n'étais pas la fille m'ont prise sous leur aile, ça ne s'oublie pas. Celui de Marie-Noëlle, André Frossard. Et celui de Jean, Guy des Cars. Au Salon du livre de Paris, j'étais assise près de lui, il n'a pas été Guy des gares mais Guy plein d'égards, il a dit à ses lecteurs fidèles : « Achetez le livre de poche de ma voisine, il faut aider les jeunes ! »

J'arrive devant la librairie. Une affiche annonce le livre. Et soudain, je ne rêve pas, je te vois arriver de loin sur le trottoir, ta crinière blanche et tes épaules larges dépassent de la foule, tes yeux brillent sous les gros sourcils noirs. Tu portes ton âge avec allure et élégance. Tu as un costume gris, une chemise blanche, un chandail que je meurs d'envie de te piquer pour écrire à Groix l'hiver au coin du feu, ta fameuse paire de mocassins Weston, ta canne préférée, et le sempiternel imperméable beige de l'inspecteur Columbo. Tu n'as pas l'air de remarquer que j'ai changé. Je suis pourtant plus âgée que maman la dernière fois que tu l'as vue. Je suis presque de la même génération que toi.

Après, c'est comme un mirage. Nous nous asseyons côte à côte, complices. La libraire nous offre à boire, tu veux de l'eau, moi un café. Les lecteurs arrivent. Tu me proposes de signer la première, honneur aux dames. Je refuse et je te repasse le bébé. Maman a promis de faire du bouche-à-oreille et de nous envoyer ses amies. J'ai annoncé l'événement sur mon site Internet, ma page Facebook et mon compte Twitter. Les journaux et les magazines ont publié de bons papiers. Un critique littéraire descend le livre en flammes, ce qui prouve qu'il existe.

Tu signes en turquoise, moi en noir. Je n'ai pas une écriture de médecin, je suis lisible, on te déchiffre avec peine. Chaque lecteur emporte avec lui un peu de nous. Ce n'est pas une marée noire de pétrole mais une marée de souvenirs, bleue comme ton livre. Notre nom et nos deux prénoms figurent sur la couverture de notre dialogue. Le premier chapitre ne se situe plus à Genève en août 1974 puisque tu n'es pas mort. Ce n'était qu'un horrible cauchemar. Je suis allée à La Turballe chez Sophie, tu es resté à l'hôtel d'Évian avec maman, puis vous êtes tranquillement rentrés à Paris dans ta Volvo à boîte automatique. L'histoire commence le 17 juin 1940 dans ton avion pour Londres. Nous dédicaçons à tour de bras, jusqu'à ce qu'il n'y ait plus qu'un seul exemplaire.

Tu le prends, tu le poses sur ta tête, comme ton assiette autrefois. Tu te lèves, tu fais le tour de la table, géant et imperturbable, tu te rassieds, tu le reposes sur la table.

Tu m'annonces en souriant :

— J'ai vu mon généraliste hier, il m'a vacciné, je suis bon pour le service, on peut y aller !

Je fronce les sourcils. J'aurais pu te vacciner moi, pourquoi tu ne me l'as pas demandé ? Ah, je comprends. Parce que tu n'es pas mort, donc je n'ai pas fait médecine.

— Quel vaccin, papa ?

Prononcer ce mot me trouble, je n'ai appelé personne papa depuis quarante ans.

— Je t'emmène en voyage pour tes dix-huit ans, tu as oublié ?

Je n'ose pas te préciser que j'ai trois fois dix-huit ans.

— Nous allons où ?

— Mystère et boule de gomme, c'est une surprise… Tu verras !

Un lecteur revient vers nous en courant, tout essoufflé :

— Vous vous êtes trompé, monsieur le ministre, vous avez signé deux fois.

On vérifie. Je m'aperçois que j'ai exactement la même signature que toi, le L de mon prénom est le jumeau du C du tien.

J'ai faim, je suis née affamée.

— Il y a un délicieux restau italien à côté, leur risotto tient du miracle. J'ai rendez-vous avec des amis, tu te joins à nous, papa ? On boira du prosecco à l'apéritif et tu goûteras leur saucisson aux truffes, c'est une tuerie.

Au lieu d'acquiescer, tu me regardes avec une tendresse effarante. Tu me dis que tu te fiches comme d'une guigne que je ne sois pas allée à ton quatrième enterrement à Toul, et tu répares mes fêlures. Tu me dis que tu te contrefous que je ne sois pas mariée et que je n'aie pas d'enfants, et tu me décabosses l'âme. Tu me dis que tu as lu et aimé mes romans, et tu fais tomber mes chaînes. Tu me dis qu'on vient de le faire ensemble, le voyage surprise de mes dix-huit ans, que je sais désormais où tu comptais m'emmener.

Puis, imperceptiblement, ta silhouette commence à s'estomper… Ton costume devient moins net… Ton visage s'efface… Tes cheveux blancs disparaissent… Tu te volatilises doucement…

Ta chaise est vide, maintenant. Ton imperméable s'est évaporé aussi, et ta canne. Seuls demeurent, sur la table, ton stylo et la montre que j'avais balancée dans les fourrés derrière la cabane d'Éden Roc. Je glisse le stylo dans mon sac et je mets la montre à mon poignet.

La libraire s'approche :

— Vous avez besoin de quelque chose ?

Je secoue la tête. J'avais juste besoin de toi. Mes souvenirs ne peuvent plus éclater en morceaux acérés, je les ai recollés à la Super Glue. Je me sens apaisée. Tu es devenu un ami proche qui, une fois la dernière page de ce livre tournée, déménagera ailleurs, dans un lieu sans téléphone ni Internet. Je vais à nouveau me cacher derrière les personnages de mes romans. Je vais refermer la parenthèse. Je vais lâcher ta main.

La dernière phrase de mon roman *De toute urgence* est : « Mais une chose est certaine, c'est que j'ai empêché mon père de mourir et que, jusqu'au jour de ma mort, je n'aurai plus jamais peur. » Les romans mentent, je ne t'ai pas empêché de mourir, papa. Il n'y a aucune explication à la mort, elle est injuste, elle terrasse. Il y a une explication à la vie. Depuis que tu es parti là où tu es, je cote ma peur de mourir à 0. Tu as expérimenté la chose, prem's. Si c'était l'enfer, tu m'aurais prévenue. J'ai peur de la disparition de ceux que j'aime mais tu m'as déblayé la route. Tu en savais tellement plus que moi sur tout, tu continues. Toi, tu sais où on va après. Je ne suis pas pressée, j'ai toute la vie devant moi, qu'elle s'arrête demain ou quand j'aurai cent ans comme Alexandra.

La séance de dédicaces est finie. Je remballe mes affaires, je remercie la libraire, je m'emmitoufle. Dans l'espace enfants, un petit garçon assis par terre tourne les pages d'un album d'Astérix avec ravissement. Dans la section romans, les mots de Marguerite Duras montent pour l'éternité une invisible garde d'honneur devant ses livres. Ceux de Malraux chuchotent aux lecteurs qu'une vie ne vaut rien mais que rien ne vaut une vie. Ceux d'Alexandra David-Néel marchent à l'étoile. Dans ceux de Saint-Exupéry, si le mouton mange la fleur, c'est comme si toutes les étoiles s'éteignaient.

Je connais une bibliothèque municipale où nous sommes rangés côte à côte, Fouchet C. et Fouchet L. Chez moi, sur mes étagères, tes livres et les miens côtoient désormais celui-ci. Pourquoi les hommes de ta génération se sont-ils si peu racontés à leurs enfants ? Est-ce que les papas d'aujourd'hui parlent plus que vous ?

Il fait froid sur Paris, moins qu'en Pologne, plus qu'en Inde. Je lève les yeux vers le ciel pollué de la capitale, si différent de la voûte étoilée qui recouvre l'île de Groix comme un caban de marin piqueté d'astres. Je viens de voyager avec toi de Genève à Londres, de Moscou à Lublin, de Varsovie à Calcutta, de Copenhague à Alger, de l'avion de Tonio à l'Himalaya d'Alexandra, de Grenelle à Beauvau, de Paris à Colombey, de Neuilly à Téhéran, de Paris à Saint-Germain-en-Laye. Et de la ligne 13 jusqu'à cette librairie qui permet les plus fabuleux voyages, sans vaccins, sans décalage horaire, sans filet, sans limites. Ton livre bleu m'a servi de carte d'embarquement.

J'ai réservé la table à mon nom au restau italien. On ne me demande plus : « Fouchet… comme le ministre ? », tu es mort depuis trop longtemps. Le jeune type qui accueille les clients n'a jamais entendu parler de toi, il ne connaît même pas Barbara, Reggiani, Alexandra ou Malraux.

Mais ce soir il est grippé. Son grand-père, venu d'Italie enfant pour fuir le fascisme, le remplace au pied levé.

Il me dit en roulant délicieusement les *r* :

— Fouchet… comme le ministrrre ?

Je ne lui demande pas :

— Lequel ?

Je lui réponds :

— Comme Christian.

Paris, île de Groix, Rome, golfe du Bengale, ligne 13, 2012-2013

Et j'écoute l'inoubliable adagio du Concerto pour hautbois *d'Alessandro Marcello. J'espère que, là où tu es, tu l'entends aussi…*

Postface

L'automne est arrivé. Il y a exactement un an que j'ai acheté ton livre bleu dans cette brocante. J'ai eu besoin de retourner aux Archives nationales pour boucler la boucle. Je n'ai pas dormi de la nuit puis j'ai repris la ligne 13.

En l'espace d'une journée, j'ai relu tes carnets de 1944 à 1974. Trente ans de vie d'affilée, ça mord le cœur. Jean-Pierre, le responsable de ton fonds, m'a réchauffée à coups de café de George Clooney et de carrés de chocolat. J'ai ouvert un agenda au hasard, je suis tombée sur un soir où tu es allé au cinéma avec maman voir *Un homme est mort* dans lequel jouait Jean-Louis Trintignant. Tu es mort depuis, comme le héros du film. À Cannes en 2012, Trintignant a cité Prévert : « Et si on essayait d'être heureux, ne serait-ce que pour donner l'exemple ? » Tu aurais pu le recopier à la fin d'un carnet.

Dans un grand carton rectangulaire, j'ai admiré une lourde cape chargée de décors qui était ta cape « d'ambassadeur ou de Légion d'honneur ». J'ai tapé « cape » et « Légion d'honneur » sur Google pour trancher. Internet m'a répondu que Cesaria Evora, intense chanteuse du « Cap » Vert, avait reçu la « Légion d'honneur ». Je n'ai pas insisté. Tu aurais aimé sa chanson *Sodade.* Ce mot dérivé du portugais parle de la nostalgie de l'exil. Tu es parti là où tu es, je suis restée là où nous étions. Tu as laissé ta cape, je ne mets plus de gabardine. Mais je porte ta montre, celle d'Éden Roc au cap d'Antibes. Et j'essaye de te faire honneur.

J'ai recopié les restaus dont les noms reviennent dans tes agendas. Je vais les essayer, ce sera un pèlerinage gourmand. Il y a des bistrots parisiens, des restaus italiens, des établissements élégants. Tu précises « veston » ou « smok ». La liste est appétissante. Tu prenais tous les jours tes repas dehors quand tu étais célibataire, soit chez ton frère ou tes sœurs, soit au restau avec un ami ou avec une femme dont tu n'écris que le prénom. Après ton mariage, tu déjeunais au ministère ou à l'Assemblée nationale et vous sortiez tous les soirs, maman et toi. Pas étonnant que ton cœur ait flanché à ce rythme.

Je n'ai pas voulu clore ma journée sur ton ultime agenda, celui où tu as prévu de me téléphoner le lendemain de ta mort. J'ai fini en feuilletant celui de 1944, quand tu étais jeune consul en Pologne. Puis j'ai rangé ta vie dans sa boîte. À ce moment précis, Anne Goscinny, qui m'avait donné l'envie de t'écrire, m'a envoyé de Pologne par SMS une photo prise pendant l'inauguration du buste de bronze de son père au lycée René-Goscinny, le lycée français de Varsovie. Je n'invente rien.

Notre dialogue non plus, je ne l'ai pas inventé. C'était le moment juste et parfait, celui de la parole perdue et retrouvée, la bonne heure à ta Jaeger-LeCoultre bosselée, l'heure de ne pas oublier, parce que tes copains et toi vous avez déménagé là où on ira tous après, et que les lecteurs d'aujourd'hui ne savaient plus qui vous étiez.

POSTFACE À L'ÉDITION DE POCHE

Il n'est jamais trop tard

Cette année, *J'ai rendez-vous avec toi*, avec Christian le père et la narratrice sa fille, sort au Livre de Poche en même temps que *J'ai failli te manquer*, une histoire de mère et de fille. Je n'avais pas réalisé que les deux titres se répondaient avant de voir les deux couvertures côte à côte.

Le récit de Christian et de Lorraine se lit comme un roman d'aventures, un dialogue à travers le temps, même si tout est strictement vrai. Alors que l'histoire de Lise et de Cerise est inventée, j'ai fabriqué un puzzle à partir d'émotions et de moments drôles ou moins drôles qui ont – ou pas – existé.

Grâce à ces deux livres, j'ai compris qu'on peut donner rendez-vous au passé, à ceux qui sont partis là où on va après, pour continuer une conversation, boucler une boucle, se réconcilier, s'étreindre par la pensée, se dire qu'on s'aime.

Aujourd'hui, le tome bleu des Mémoires de mon père est rangé dans ma bibliothèque, avec son copain le tome jaune, au milieu de mes vingt romans publiés, et de mon unique récit, que vous tenez entre les mains. Alignés, tranche contre tranche, peut-être qu'ils bavardent la nuit, que leurs mots s'entremêlent et dansent au petit jour. Je l'ai voulu drôle, émouvant mais sans pathos, romanesque, et surtout humain. C'est un dialogue entre lui et moi, mais il vaut pour tous les pères et toutes les filles, parce que les liens père-fille sont universels, intemporels. Le temps passe. On peut le rembobiner par un tour de passe-passe.

Papa m'avait promis de m'emmener en voyage pour mes dix-huit ans, ça devait être une surprise, il est mort deux mois avant, je me suis toujours demandé où nous devions aller. Maintenant, je crois que j'ai deviné, et je vous emmène avec lui dans les lieux importants de sa vie, à Londres, à Moscou, à Lublin, à Calcutta, à Copenhague, à Alger, à Antibes, à Paris, puis à Nancy et à Toul, où il a été le député.

Ce n'est pas moi qui ai trouvé l'accroche « mon père de l'intérieur », c'est mon ami Gonzague Saint Bris qui aimait les livres, l'Histoire, la Touraine et les écrivains. À l'intérieur du cœur de papa ministre de l'Intérieur en Mai 68, il y avait l'obsession de ne pas faire couler le sang des étudiants.

Il a écrit ces citations sur ses petits carnets. Il m'y désigne par l'acronyme ML, Marie-Lorraine, alors qu'il ne m'a jamais appelée ainsi. Il a noté le jour où il est tombé amoureux de maman. Celui de leur mariage. Le jour de ma naissance. Celui de la mort du général de Gaulle, Scorpion comme lui, plus âgé de vingt ans, avec lequel il avait un rapport presque filial. Celui de ma réussite au bac (mention passable, pas de quoi pavoiser). Je sens encore sa paume sur ma joue quand il m'a balancé une gifle parce que ma blague « pourquoi le général est une poule ? parce qu'il pond-pidou et qu'il couve-de-murville » (à cause de Georges Pompidou et de Maurice Couve de Murville) lui faisait de la peine, pourtant c'était vraiment drôle. Je me souviens de sa voix désolée et de ses bras tendres tout de suite après.

Il y a désormais une place Christian-Fouchet dans sa ville natale, je fais souvent des détours pour la traverser exprès. Et une plaque, sur leur maison natale, en hommage aux frères Fouchet : ses trois frères aînés Paul, Marcel et Serge, morts pour la France, et lui.

Une de mes plus belles rencontres n'est pas dans ces pages puisqu'elle s'est faite après la publication de la version brochée. Je raconte dans ce livre que, le 17 juin 1940, mon père, pilote sur la base de Mérignac, s'est caché dans un avion avec sept camarades pour rallier Londres et la France libre. Ils étaient déserteurs, ils risquaient la cour martiale, quelle décision dingue et courageuse. Mais l'un des sept autres a mis quelques minutes de trop pour courir vers l'avion, et quand il est arrivé sur la piste, il a vu l'avion s'envoler sans lui vers la liberté. J'ai raconté ça à des lecteurs lors du Salon du livre d'histoire à Versailles. Quelques jours plus tard, j'ai reçu une lettre poignante, avec la photocopie d'une partie d'un testament. La lettre venait du fils de ce septième homme, celui qui est arrivé trop tard. Resté en France, il a été un résistant courageux, puis un mari et un père de famille aimé. Il n'a jamais dit à sa femme ni à ses enfants qu'il avait failli rejoindre Londres. Mais il le leur a expliqué, dans une lettre posthume. En précisant qu'il avait longtemps regretté de ne pas avoir suivi son camarade Fouchet, qu'il avait hésité, oh, juste une minute, par crainte de représailles contre ses parents ou sa fiancée. Le destin a décidé à sa place. Il a gardé son secret toute sa vie, pour que ses proches ne puissent jamais croire qu'il regrettait ses choix et la famille qu'il a bâtie. Quelle force intérieure, et quelle délicatesse.

Voilà. À la fin de ce livre, il y a la bande originale des musiques. *Il pleut sur Nantes*, chanté par Barbara, *Papa Can You Hear Me*, de *Yentl*, chanté par Barbra Streisand, *Parler à mon père*, chanté par Céline Dion, et *Ma fille*, chanté par Serge Reggiani me transforment en flaque, mais les écouter me réchauffe comme un édredon moelleux et rembourré.

Tout ça pour vous dire que ce livre est un témoignage, un voyage à travers une époque, à deux voix, à deux cœurs, à quatre mains. On s'assied ensemble au coin du feu l'hiver avec un verre de whisky, ou au bord de l'eau l'été avec du vin rosé frais, lui, vous et moi, on s'installe confortablement, et on vous raconte ces histoires incroyables, abracadabrantes, impossibles, et strictement vraies.

J'aurais aimé inviter papa à l'île de Groix, me promener avec lui sur les sentiers côtiers, comme les filles et les pères que je rencontre parfois. Il y a cela, qui n'a pas pu se faire, et qui me serre le cœur quand je m'y attends le moins. On n'a jamais dédicacé côte à côte comme au dernier chapitre. Mais j'ai gardé son stylo et son briquet, et j'entends encore l'écho de son rire.

Je peux vous donner un conseil d'amie ? Parlez à vos parents, vos grands-parents, ceux que vous aimez. Posez-leur des questions tant qu'ils sont encore là, pour ne rien regretter quand ils se seront envolés. J'ai eu la chance de tomber sur les Mémoires de papa, mais j'ai failli le manquer. Ne faites pas comme moi. Allez-y. Maintenant. Hop. Qu'est-ce que vous faites encore là, à me lire ? Foncez !

Kenavo d'an distro, au revoir à bientôt.

Musiques

Valse en la mineur opus posthume de Chopin

Il pleut sur Nantes, Barbara

Ta main, Grégoire

Un été 42, avec Michel Legrand au piano et Catherine Michel à la harpe

Les Parapluies de Cherbourg, duo de Natalie Dessay et Michel Legrand

Première Gymnopédie de Satie, la version orchestrée par Debussy

Adagio du *Quintette en ut majeur, D 956* de Schubert, du film *Nocturne indien* d'Alain Corneau

Nisi Dominus de Vivaldi, chanté par Philippe Jaroussky

Where Have All the Flowers Gone, chanté par Marlene Dietrich

Out of Africa, John Barry

Papa, Can You Hear Me ?, du film *Yentl*, chanté par Barbra Streisand

Les Variations Goldberg de Bach, jouées par Glenn Gould, la version de 1955

Concerto pour clarinette en la majeur, K 622 de Mozart

Lascia ch'io pianga de Haendel, chanté par Philippe Jaroussky, puis Cecilia Bartoli puis Patricia Petibon

Concerto en ré mineur KV 466 de Mozart, avec Martha Argerich au piano

Ton héritage, Benjamin Biolay

Parler à mon père, Céline Dion

Ma fille, Serge Reggiani/Claude Lemesle

Venise n'est pas en Italie, Serge Reggiani/Claude Lemesle

La Quête, Jacques Brel

Dear Father, du film *Jonathan Livingstone le goéland*, Neil Diamond

Adagio du *Concerto pour hautbois* d'Alessandro Marcello

Bibliographie

Le Carnaval des lépreux, Christian Fouchet, Carrefour, 1949.

Au service du général de Gaulle, Christian Fouchet, Plon, 1971.

Les lauriers sont coupés, Christian Fouchet, Plon, 1973.

Christian Fouchet, Espoir, n° 45, revue de l'Institut Charles de Gaulle, Plon, 1983.

Papiers Christian Fouchet, Pascal Geneste et Aurore Cartier, Archives nationales, 2010.

Trente ans à cheval, Raymond Fouchet, ton père.

Mémoires de Jean-Raymond Fouchet, ton frère.

Mémoires d'Anne-Marie et de Jean-Paul Palewski, ta sœur et ton beau-frère.

REMERCIEMENTS

Infiniment et joyeusement, à Héloïse d'Ormesson et Gilles Cohen-Solal qui nous ont accueillis toi et moi

à toute l'équipe des Éditions Héloïse d'Ormesson

et à Anne Goscinny qui m'a donné l'adresse de l'endroit où les pères disparus reçoivent leur courrier

Amicalement et inconditionnellement, à Christine Soler, Catherine Ritchie, Vincent Rouberol et Anne de Jenlis, Renata Parisi, Évelyne Bloch-Dano, Yveline Kuhlmey, Dominique Tabone, Sylvie Overnoy, Valérie Lejeune, Geneviève Wolmark, Didier Piquot, Sylvie Bardeau, mes confrères du samu de Paris et de SOS Médecins, mes amis groisillons, yvelinois, parisiens et romains

Spécialement et profondément pour ce livre, à ma cousine Béatrice Bazin de Jessey et mes cousins Fouchet et Palewski, à Myriam Gouineau, Caroline Vié, Guy Lebeau, Colette et Daniel Roumanoff, Sylvie Fauré, Pierre et Florence Tcherkawsky, Isabelle Preuvot, Cécile Sauval

à Gonzague Saint Bris, à Olivier Bellamy

à Marie-Madeleine Peyronnet, la Tortue d'Alexandra David-Néel

à Pascal Geneste et Jean-Pierre Bat des Archives nationales

et à chacun de ceux qui ont écrit dans le numéro 45 de la revue *Espoir*

À maman, sans qui je ne serais pas là, et qui a traversé l'Histoire avec toi

À toi, avec qui je viens de passer cette étrange, merveilleuse et passionnante année par-delà le temps

P.S. Pendant que je t'écrivais, Kily Rouberol est partie te rejoindre là où tu es, je te la recommande.

P.P.S. Alors que je rédige cette postface inédite fin 2020, Irène, la femme de Jacques Doncker – l'ancien déporté de Buchenwald puis évadé de Majdanek qui a été ton aide de camp à Lublin à vingt ans, et qui est entré avec toi dans Varsovie vide et blessée –, m'écrit pour m'annoncer qu'il vient de te rejoindre là où on va après. Elle me demande si j'ai entendu parler de son mari. Je lui ai répondu que tu l'as sûrement accueilli en ami.

Du même auteur :

Aux Éditions Héloïse d'Ormesson

Face à la mer immense, 2021.
J'ai failli te manquer, 2020. Le Livre de Poche, 2021.
Tout ce que tu vas vivre, 2019. Le Livre de Poche, 2020.
Poste restante à Locmaria, 2018. Le Livre de Poche, 2019.
Les Couleurs de la vie, 2017. Le Livre de Poche, 2018.
Entre ciel et Lou, 2016 (prix Ouest 2016, prix Bretagne, prix Breizh 2016, prix des lecteurs U 2017). Le Livre de Poche, 2017.

Aux Éditions Robert Laffont

Couleur champagne, 2012.
La Mélodie des jours, 2010. J'ai Lu, 2012.
Le Chant de la dune, 2009.
Une vie en échange, 2008.
Place Furstenberg, 2007. J'ai Lu, 2010.

Nous n'avons pas changé, 2005. J'ai Lu, 2006.
Le Bateau du matin, 2004. J'ai Lu, 2006.
L'Agence, 2003 (prix des Maisons de la Presse 2003). J'ai Lu, 2005.
24 heures de trop, 2002. J'ai Lu, 2004.

Aux Éditions Denoël

Le Talisman de la félicité, 1999.

Aux Éditions Flammarion

Le Phare de Zanzibar, 1998. J'ai Lu, 2003.
Château en Champagne, 1997 (prix Anna de Noailles de l'Académie française 1998). J'ai Lu, 1999.
De toute urgence, 1996 (prix Littré de l'Académie Littré des écrivains médecins 1997). J'ai Lu, 1999.

Aux Éditions J'ai Lu

Taxi maraude, 1992.
Jeanne, sans domicile fixe, 1990.

www.lorrainefouchet.com

PAPIER À BASE DE FIBRES CERTIFIÉES

Le Livre de Poche s'engage pour l'environnement en réduisant l'empreinte carbone de ses livres. Celle de cet exemplaire est de :
250 g éq. CO_2
Rendez-vous sur www.livredepoche-durable.fr

Composition réalisée par MAURY-IMPRIMEUR

Achevé d'imprimer en France par
CPI BRODARD & TAUPIN (72200 La Flèche)
en mars 2021
N° d'impression : 3042722
Dépôt légal 1re publication : avril 2021
LIBRAIRIE GÉNÉRALE FRANÇAISE
21, rue du Montparnasse – 75298 Paris Cedex 06

48/3192/8